LETTRES
JUIVES,
TOME SIXIEME.

LETTRES JUIVES,

OU

CORRESPONDANCE

PHILOSOPHIQUE,

HISTORIQUE & CRITIQUE,

Entre un Juif Voyageur en differens Etats de l'Europe, & ses Correspondans en divers endroits.

NOUVELLE EDITION,

Augmentée de nouvelles Lettres & de quantité de Remarques.

TOME SIXIEME.

A LA HAYE,

Chez PIERRE PAUPIE.

M. DCC. LIV.

A

MAITRE NICOLAS,

BARBIER DE L'LLUSTRE

DOM QUICHOTTE

DE LA

MANCHE.

JE ne sçaurois vous exprimer, MAITRE NICOLAS, combien je suis sensible au plaisir de pou-

Tome VI.   a *

voir vous dédier un *Volume* des Lettres Juives. *Vous* tenez un rang si
distingué dans l'inimitable Roman
de Michel de Cervantes , qu'après
avoir assûré de mon attachement &
de mon respect vos illustres amis
les Seigneurs Dom Quichotte &
Sancho Pança , je ne pouvois gueres
me dispenser de vous donner les mêmes marques de mon estime & de
mon amitié. Il y avoit déja si long-
tems que j'en cherchois une occasion
favorable , que je désesperois presque de jamais la rencontrer : mais ,
certain Médecin empyrique est venu me l'offrir depuis peu , le plus
heureusement du monde : & j'ai
d'abord remarqué entre vous &
lui une si merveilleuse ressemblance , que je me suis fait un vrai

plaifir de ne vous la point laiffer ignorer.

En effet, vous n'étiez qu'un pauvre Barbier de Village, affez raifonnablement mal-adroit : & il n'étoit d'abord qu'un de ces infortunés Charlatans, que leurs petits paquets de poudre, & leurs petites bouteilles d'effence, ne font que fort maigrement fubfifter.

Vous vous élevâtes enfuite à la condition de Frater, à la vérité fuffifamment ignorant : & il fe mit au nombre de ces affaffins ambulans, que les Parques irritées laiffent vivre pour le malheur du genre-humain, & qui à la faveur de quelques miférables certificats & patentes, en impofent à la crédulité des fots, & tuent impuné-

a 2

ment la plûpart de ceux qui ont la bêtise de se remettre entre leurs mains.

Votre heaume de Fierabras faisoit mortellement rendre gorge à votre ami Sancho : & les médicamens de votre digne Imitateur ne manquent gueres de faire rendre l'ame à la plûpart des Patiens qu'il extorque, ou qui se livrent imprudemment à lui.

Las de raser des Villageois & de leur appliquer de tems en tems quelques emplâtres, vous vous livrâtes sans réserve à la noble fureur d'aller courrir les Champs, & ayant courageusement entrepris de juger les griefs & de redresser les torts : il vous en coûta si cher, que vous fûtes rudement culbutés

par terre, dès votre premier combat : & votre fidelle copie, le Sal-
timbanque-Médecin, ennuyé de tuer
les gens, ou plutôt défolé de n'en
plus trouver qui le vouluſſent être
de ſa façon, s'eſt aviſé de ſe re-
vêtir de la qualité d'Auteur, &
pour ſes péchés y réuſſit tout auſſi
mal, que vous dans votre Cheva-
lerie Errante. Il eſſuye tous les
jours maints oreillons & maints ca-
moufleis : & ſelon toutes les appa-
rences, le pauvre garçon achevera
bientôt de vous imiter entierement.
Las de ſe voir étrillé & berné, il
abandonnera les Belles - Lettres,
pour remonter ſur ſes tréteaux : ſi
cela ne ſuffit point pour le tirer
d'affaire, il ſe fera paraſite, & ſe
rencoignera dans le fond de quel-

que bonne Cuisine , d'où il fera
pour le moins aussi difficile de le
déloger , qu'il l'auroit autrefois été
de dénicher Sancho Pança de celle
du riche Gamache.

Je suis ,

MAITRE NICOLAS,

Votre très-humble & très-
obéissant Serviteur ,

Le Traducteur des
LETTRES JUIVES.
PRÉFACE

PRÉFACE

DU

TRADUCTEUR.

J'AVOIS bien prédit à la fin de la Préface de mon V. volume, que *je verrois éclorre au premier jour quelques mauvaises copies de mon Ouvrage.* Il vient en effet d'en paroître deux tout à la fois ; & pour ne point fatiguer inutilement mes Lecteurs, je ne dirai que deux mots de chacune d'elles.

I. La premiere est intitulée, *Anecdotes Historiques, Galantes & Litteraires*, & n'a proprement que ce titre d'interessant & de curieux. Ce n'est autre chose, qu'un assez mauvais Recueil de Contes usés & rebattus, d'aventures ridicules & ima-

ginaires, & de perfonnalités fouvent auſſi fauſſes qu'injurieuſes; le
tout ſi pitoyablement écrit, qu'entr'autres expreſſions ridicules, on y
fait *décrotter* les gens pour *ſe préſen-
ter à la Cour* (1) : & je me ſerois
bien gardé de faire ici la moindre
mention d'un ſi mépriſable Ouvrage, ſi des Lecteurs de très-peu de
diſcernement, mais de très-mauvais
goût ne m'avoient fait le deshonneur
de me l'attribuer ; & ſi l'on y voyoit
malheureuſement un éloge de mes
Lettres , incomparablement plus
propre à m'avilir, qu'à me recom-
mander.

II. La feconde eſt intitulée : *Correſpondance Hiſtorique, Philoſophique & Critique, entre Ariſte, Liſan-
dre & quelques autres Amis, pour
ſervir de réponſe aux Lettres Juives ;*
& compofée, dit-on, par une cabale
d'Ecrivains affamés & mercenaires,
que certain Libraire de la Haye en-

(1) Anecdotes, *tome I. p.* 154.

tretien pour cet effet à fes gages.
Quoiqu'il en foit, c'eft un Ouvrage
périodique de la nature du mien : &
comme fi ces Auteurs ne favoient
où prendre de la matiere pour le
remplir, ils s'emparent chaque ordinaire de deux ou trois textes de quelqu'une de mes *Lettres* , & les para-
phrafent à peu près auffi fenfément
que les Interpretes d'Ariftote, ou
que les Commentateurs de l'Apoca-
lypfe. C'eft ce que je me contenterai de faire voir par deux ou trois
exemples remarquables ; fans me
donner la peine de fuivre plus au
long ces Meffieurs dans leurs égaremens critiques, & fans fatiguer ainfi
les Lecteurs par des répetitions inutiles.

1°. Ils paroiffent fi novices dans les
matieres établies, qu'ils me font un
crime effectif d'une fimple plaifan-
terie, généralement reçue de quiconque fait parler; & qu'ils fe récrient
fort fur ce que j'ai tâché *de desho-*

norer en vain les *Jurifconfultes du Mari débonaire* (1). Peut-on faire un auffi pitoyable raifonnement! Eft-ce vouloir deshonorer Cujas, Barthole & Dumoulin, que de foutenir que les priviléges & les droits qu'on a attachés aux femmes qui fe féparent de leurs époux, font trop vaftes & trop étendus? Si j'ai deshonoré les Jurifconfultes en les appellant *Maris débonaires*, l'illuftre Des-Préaux a donc flétri la réputation de tous les Parifiens; car je trouve dans fa X. Satyre la même penfée exprimée en termes incomparablement plus forts que les miens. Les voici :

As-tu donc oublié, qu'il faut qu'elle y confente?
Et crois-tu qu'aifément elle puiffe quitter
Le favoureux plaifir de t'y perfécuter?
Bientôt fon Procureur, pour elle ufant fa plume,
De fes prétentions va t'offrir un Volume.
Car, *grace au droit reçu chez les Parifiens,*
Gens de douce nature, & *Maris bons Chrétiens,*
Dans fes prétentions une femme eft fans bornes.

(1) Correfpondance I.

Voilà donc Des-Préaux plus coupable que moi. C'eſt dommage , en vérité , que les Cottins & les Pradons , dans les Critiques qu'ils ont faites des Ouvrages de ce grand homme , n'ayent pas prévenu à cet égard Maître Nicolas & ſes Collegues , & ne leur ayent point fourni une remarque auſſi judicieuſe & auſſi ſenſée.

20. La ſeconde choſe que ces judicieux Cenſeurs me reprochent, eſt d'avoi. nommé les Chrétiens NA-ZARÉENS. *C'eſt le titre ,* diſent-ils , *qu'il nous donne , croyant vivement nous offenſer. Mais , J. C. l'ayant porté , nous ne pouvons que nous en faire gloire* (1). Le beau raiſonnement ! En vérité , je ſerois tenté de croire, que ces gens-là n'ont jamais lû que le *Pedagogue Chrétien ,* ou le *Paradis ouvert à Philagie.* S'ils avoient la moindre connoiſſance des Livres, ils ſauroient que dans

(1) Correſpondance I.

tous les Ouvrages écrits, ou suppo-
fés écrits, par des Auteurs Levantins, on donne prefque toujours aux
Chrétiens le nom de *Nazaréens*. Entre dix mille exemples que j'en pourrois citer, je me contenterai de celui que me fournit actuellement
l'*Efpion dans les Cours des Princes
Chrétiens*. Il pourra fervir de bonne leçon à Maître Nicolas & à fes
Confreres. *Je ne fuis pas pour les
Libelles, dit le fin Mufulman (1),
& je n'aime pas à parler avec irré-
vérence des têtes couronnées ; mais
les* NAZARÉENS *font fi flupides,
qu'ils m'oblige de dire ce que je dis :
je n'ai jamais vû dé gens fi fou.*
Que les Critiques refléchiffent fur
ce paffage, afin que s'ils lifent jamais quelque Livre où le terme de
Nazaréens fe rencontre, ils évitent
le ridicule d'étaler fi mal-à-propos
des réflexions Monacales & pédan-
tefques. Je veux bien encore leur

(1) Tome II. Lettre XC. *pag.* 500.

apprendre, que loin qu'on regarde dans le Levant le nom de *Naza-réen* comme une injure, il y eſt au contraire conſidéré comme plus noble que celui de *Chrétien*; & que dans les Traités que la Porte fait avec la France, il n'en eſt aucun où le Roi ne ſoit titré de *premier Roi des Souverains de la Croyance de* NAZARET. Maître Nicolas & ſes Collegues diront-ils que la Porte Ottomane *croit offenſer vivement* la France en s'exprimant ainſi? S'ils tenoient un diſcours auſſi imperti-nent, je ne doute pas qu'il ne ſe trouvât bien-tôt quelque imbécille Capucin, qui croiroit répondre bien ſpirituellement en diſant que *Jeſus-Chriſt ayant porté le nom de* Naza-réen, *les François ne peuvent que s'en faire gloire.*

3°. Je ne ſai ſi quelque confor-mité de fanatiſme avec *Marie Ala-coque* porteroit mes Cenſeurs à s'in-téreſſer pour elle; mais voici la maniere également fauffe & ridicule dont ils prennent la deffenfe de l'Auteur de fon Hiftoire. *L'Auteur de la* Vie myftique de Marie Alacoque *a fait une faute indigne de lui & de fon caractere. Il l'a reconnue. C'eft beaucoup de trouver tant d'humilité dans un Prélat. Il n'obtiendra pas le Chapeau de Cardinal. N'en fera-t-il pas affez puni ? Il auroit tort de fe vanter d'être l'Auteur d'un tel Livre. S'il penfoit ainfi, quel befoin a'en enlever tous les exemplaires, comme on a fait, de crainte qu'il n'en reftât dans le Public ?* En lifant ce paffage, il n'y a perfonne qui ne crût bonnement que M. de Sens a tâché lui-même de fupprimer les exemplaires de fon Livre. Mais c'eft-là une fauffeté qui ne mérite point d'autre réfutation que le *mentiris impudentiffimè* du bon Pere Valerien; & qui n'eft pas mieux appuyée que la critique qu'on me fait cinq ou fix ligne après, de *juger les procès*

fur l'étiquete du fac , & de faire va-
loir la *fotife* d'un Prélat *, pour condamner les autres.* Ce fecond menfonge eft encore plus impudent que
le premier ; vû que dans tous cet
endroit, il n'eft non plus fait mention des Prélats que des Imans de
la Mecque. Le Lecteur peut aifément s'éclaircir de cette vérité : &
j'ofe à cet égard lui faire un ferment bien terrible ; c'eft que fi je
lui en impofe, je confens de paffer
dans fon efprit pour auffi imbécille
& auffi menteur que mes Critiques.

4°. Ils fe récrient fur ce que j'ai
dit , que les *grands fujets font deffendus aux François, qu'il faut
qu'un Métaphyficien accommode fa
Philofophie à la politique de l'Etat,
& aux rêveries des Moines.* » Un
» Philofophe , répondent mes
» Cenfeurs, ne peut accommo-
» der fa Philofophie aux maximes
» de l'Etat, qu'il ne l'ait aupara-
» vant accordée à la raifon. En fui-

» vant ſes principes, nous n'écri-
» rons jamais rien, qui nous attire
» l'excommunication ou les peines
» inflictives du Magiſtrat. » Je vais
dans l'inſtant convaincre mes prétendus critiques d'être, non-ſeulement les plus ignorans des hommes, mais encore les plus impu-
dens. Je leur demande ſi Galilée
étoit un grand-homme, en ſuivant
les principes de la raiſon? Ils n'o-
ſeroient le nier. Cependant, que
ne lui arriva-t'il point? Perſonne
n'ignore, ſi ce n'eſt peut-être mes
Cenſeurs, qu'il fut mis extrêmement âgé dans les priſons de l'In-
quiſition, où il gémit pendant très
long-temps; & cela pour avoir démontré une verité, dont tout le
monde eſt aujourd'hui convaincu.
En l'année 1624, le Parlement de
Paris ne bannit-il pas à perpétuité
de ſon reſſort trois Sçavans, pour
avoir oſé ſoutenir des theſes contraires aux opinions d'Ariſtote? Et
même

même sous le regne de Louis XIV.
ce regne si éclairé, & dont on vante si excessivement les grandes lumieres, ce même Parlement ne
donna-t'il pas sur les remontrances
de la Sorbonne, un Arrêt portant,
qu'on ne pouvoit choquer les prin-
cipes de la Philosophie d'Ariftote,
sans choquer ceux de la Doctrine de
l'Eglise ? N'est-ce pas-là *attirer* sur
les gens *l'excommunication & les*
peines inflictives du Magistrat ? Si
mes Censeurs veulent prendre la
peine de lire ces faits dans une lettre
de mon sixieme volume (1), ils verront qu'ils auroient pu se dispenser
d'avancer cette insipide & ridicule
maxime, *qu'en suivant les prin-*
cipes de la vraie Métaphysique,
on n'écrit jamais rien qui attire l'ex-
communication ou les peines inflic-
tives. Mais, sans aller chercher des
exemples si éloignés, ils en avoient
un sous leurs yeux, dans cette mê-

(1) Lettre CLXXII.

Tom. VI. b

me *Lettre Juive* qu'ils ont prétendu critiquer. Je ne doute pas même
qu'ils en ayent fenti tout le poids,
que ce ne foit à deffein qu'ils l'ont
paffé fous filence ; & qu'ils ne fe
foient rendus par-là auffi coupables
de mauvaife-foi que d'ignorance.
Voici cet exemple : il eft décifif dans
la queftion dont il s'agit. »Ce fa-
» meux Des-Cartes, dont tu as lû
» la Philofophie avec tant de plai-
» fir, fut obligé de fe retirer dans
» le fond du Nord. L'ignorance &
» la haine monacale l'y pourfuivi-
» rent. Tout mort qu'il eft, elles
» l'attaquent journellement. « D'où
vient mes Cenfeurs n'ont-ils fait aucune mention de ce trait ? A cet
exemple de Des-Cartes, joignons
celui de tous les grands Philofophes que la France a produits. Quelle perfécution n'a point effuyée Gaffendi ? Il n'a pas tenu aux Eccléfiaftiques, qu'on ne l'ait fait brûler
vingt fois ; & fes *Differtations* con-

tre *Ariflote* fouleverent contre lui
toute la Nation Théologique. Ber-
nier, Difciple de ce grand-homme,
fut traité comme un hérétique ; &
ce ne fut qu'après bien des foins,
qu'il vint à bout de fe juftifier des
accufations qu'on avoit formées
contre lui. Locke n'a pas été perfé-
cuté perfonnellement en France. La
raifon en eft naturelle : il demeuroit à Londres. Mais, prefque tous
fes Ouvrages n'ont-ils pas été fe-
verement deffendus dans tout le
royaume, & ne le font-ils pas encore ? Un Libraire oferoit-il pré-
fenter à l'examen, fon *Effai fur
l'Entendement Humain*, Livre admirable, & dont mes critiques ne
connoiffent probablement que le
titre & la couverture ? Tel étant le
fort de la Philofophie en France :
j'ai donc eu raifon de foutenir que
*les grands fujets font deffendus aux
François ; & qu'il faut qu'un Métaphyficien accommode fa Philofophie*

*à la politique de l'Etat , & aux rê-
veries des Moines.*

Je ne pousserai pas plus loin ces
remarques. Elle suffisent non-seum-
ment pour faire voir l'injustice &
la mauvaise foi de mes prétendus
Critiques , mais même pour me
justifier dans l'esprit des personnes
éclairées & équitables ; & c'est tout
ce que je me suis proposé dans cette
Préface.

LETTRES

LETTRES JUIVES,

OU

CORRESPONDANCE

PHILOSOPHIQUE,

HISTORIQUE ET CRITIQUE,

Entre un Juif voyageur en différens États de l'Europe, & ses Correspondans en divers endroits.

LET. CENT CINQUANTE-QUATRE.

Isaac Onis, *Caraïte, autrefois Rabbin de Constantinople,* à Aaron Monceca.

'AI examiné avec attention, mon cher Monceca, la Lettre dans laquelle tu me proposes les difficultés que tu trouves dans le sentiment qui n'admet point que la pensée actuelle soit l'essence de l'ame. Après avoir comparé tes objections avec celles de Locke, j'ai resté persuadé que c'étoit avec beaucoup de fondement, que ce sage Philosophe soutenoit qu'il y avoit apparence que l'ame restoit quelquefois d'assez longs intervalles sans penser.

La comparaison que tu fais de l'*étendue*, essence de la matiere, avec la *pensée actuelle*, essence de l'ame, ne me paroît ni juste, ni convaincante. Je puis te nier d'abord que l'étendue soit l'essence de la matiere; & te dire, que loin que tu puisses connoître ce qui constitue une chose spirituelle, tu ignores même ce qui fait le premier principe des Etres materiels. *Des-Cartes*, dit un Philosophe moderne (1), *fait consister l'essence du corps dans l'extension, & conclut ensuite, que par tout il y a de l'étendue où il y a de la matiere... Je demande d'abord, qu'elle est la raison pourquoi l'extension doit constituer la nature & l'essence du corps plutôt que la solidité ou quelqu'autre qualité essentielle à la matiere? Car, de cette attention qu'on fait à un seul & unique attribut, par l'abstraction qu'on fait de tous les autres, il ne suffit point du tout que ces autres ne puissent subsister sans lui,*

(1) Le Marquis d'Argens, Philosophie du Bon Sens, ou Réflexions Philosophiques à l'usage des Cavaliers & du Beau-Sexe, pag. 278.

*& qu'il ne puisse subsister sans les autres.
Je puis trouver un attribut particulier
auquel je m'arrêterai , & que je suppo-
serai constituer l'essence du corps. Si je
tiens sur ma main une sphere pesante , par
abstration je puis concevoir que la pesanteur est toute dans son centre , & ne
faire attention qu'à l'idée de ce centre. Il
seroit pourtant absurde que je concluse
de-là , que la nature & l'essence du corps
consiste dans la gravité. D'ailleurs , tout
ce qui est dans le corps ne nous est pas
connu , ou du moins ne pouvons nous démontrer qu'il nous le soit. Ainsi , nous
ne savons point présentement ce qui le
constitue : & parce que nous n'appercevons
que sept ou huit attributs dans le corps ,
nous ne devons pas assurer qu'il n'en puis-
y avoir d'autres , sans lesquels son existence
soit aussi impossible que sans les sept ou
huit qui nous sont connus. Si la nature
d'une chose consiste en trente attributs nécessaires & inséparables les uns des autres , & qu'on en prenne dix , il seroit
ridicule de conclurre qu'on eut cette chose
qui en exige trente absolument. On en
auroit au contraire une autre qui n'en
demande que dix pour former son existence. Il en est de même du corps , dont
nous ne pouvons démontrer que nous connoissons les attributs. Ainsi , nous ne savons précisément ce qui constitue son
essence.*

Voilà, mon cher Monceca, des raisons bien fortes contre la prétendue certitude des Cartésiens sur l'essence de la matiere. Or s'il est vrai, que les hommes soient incertains sur ce qui constitue la nature du corps, comment peuvent-ils se flatter de connoitre la nature de l'ame ? Locke n'est-il pas en droit de dire aux Cartésiens : *avant d'afsïrer que vous devez definir l'essence de la matiere par l'étendue, & celle de l'ame par la pensée actuelle, parce que vous ne pouvez imaginer aucune chose corporelle qui n'ait de l'extension, & que vous ne pouvez concevoir aucun être spirituel qui n'ait la faculté de penser, attendez d'être parfaitement instruits de tous les attributs qui sont absolument nécessaires à ses differentes substances ; en sorte que vous n'accordiez plus à un seul attribut le pouvoir de former une chose, qui peut-être en demande absolument trente autres, que vous ignorez & qui lui sont essentiellement nécessaires, sans lesquels elles ne sauroient exister. Vous croyez, ou du moins vous voulez persuader les autres, que vous croyez être certains de l'essence des êtres spirituels & matériels. On pourroit avec raison vous dire, que loin de connoître la nature de ces substances, vous ignorez même ce qui les rend differentes.*

Je ne sai, mon cher Monceca, si tu as

as fait attention à ce que Locke objecte
si à propos aux Cartésiens, au sujet de
l'ignorance des hommes sur l'essence de
l'ame. » Nous avons, dit-il (1), des
» idées de la matiere & de la pensée;
» mais, peut-être ne serons-nous ja-
» mais capables de connoitre si un être
» purement materiel pense ou non,
» par la raison qu'il nous est impossible
» de découvrir par la comtemplation
» de nos propres idées, sans révelation,
» si Dieu n'a point donné à quelques
» amas de matiere disposés comme il le
» trouve à propos, la puissance d'ap-
» percevoir & de penser, ou s'il a joint
» & uni à la matiere ainsi disposée une
» substance materielle. Car par rapport
» à notre idée, il ne nous est pas plus
» mal-aisé de concevoir que Dieu peut
» ajouter, s'il lui plait, à notre idée
» de la matiere la faculté de penser,
» que de comprendre qu'il y joigne
» une autre substance avec la faculté
» de penser.... Puisque nous som-
» mes contraints de reconnoître, que
» Dieu a communiqué au mouvement
» des effets, que nous ne pouvons ja-
» mais comprendre que le mouvement
» soit capable de produire, quelle rai-

(1) Essai Philosophique sur l'Entendement Humain, liv. 4. chap. 3. pag. 440.

Tome VI.   A

>> fon avons-nous de conclure , qu'il ne
>> pouroit pas ordonner que ces effets
>> foient produits dans un fujet que
>> nous ne faurions concevoir capable
>> de les produire , auffi bien que dans
>> un fujet fur lequel nous ne faurions
>> comprendre que le mouvement de la
>> matiere , puiffe operer en aucune
>> maniere ?

Avant de définir que l'ame penfe toujours , & qu'il eft contre fon effence
qu'elle refte quelquefois dans un entier
affoupiffement pendant le fommeil du
corps , il faut que les Cartéfiens répondent aux objections de Locke , & qu'ils
montrent évidemment , qu'ils n'ont aucune incertitude fur la nature de l'ame.
S'ils ne peuvent pas prouver démonftra-
tivement qu'elle n'eft point materielle ,
s'ils ignorent qu'elle eft fa nature , comment ofent-ils en définir l'effence , &
fonder tous leurs raifonnemens fur une
définition hafardée ? Le Docteur Stil-
lingfleet voulut convaincre Locke , que
la néceffité de la fpiritualité de l'ame
pouvoit être démontrée , & que Dieu
n'avoit point le pouvoir d'accorder la
penfée à la matiere. Aux anciennes raifons des Cartéfiens , il en joignit quelques nouvelles. Mais Locke détruifit
bientôt toutes fes foibles objections. Tu
pourras voir un détail de la difpute de

ces deux Savans dans les notes , que le Traducteur de *l'Essai Philosophique sur l'entendement humain* a mises dans la derniere Edition de cet Ouvrage. Le Philosophe Anglois disoit à son adversaire : *l'idée que nous avons de la matiere étant une substance solide , & celle du corps une substance étendue , solide & figurée , vous prétendez que c'est confondre l'idée de la matiere avec l'esprit , que de dire , que la matiere est capable de penser. Je vous répons , que je ne confons pas plus ces deux idées differentes , que celle de la matiere avec celle d'un cheval , lorsque j'assure , que la matiere en général est une substance solide & étendue , & qu'un cheval est un animal ou une substance étendue , solide , avec sentiment & motion spontanée. Quoique Dieu joigne quelque nouvelle qualité à une chose solide & étendue , elle ne laisse pas d'être toujours materielle. Supposons qu'il plaise à Dieu de créer un corps , qui n'ait uniquement que l'étendue & la solidité. Ce corps sera sans doute materiel. Il accorde ensuite le mouvement à ce corps , & la faculté de se mouvoir. Ce corps reste toujours materiel. Il le rend ensuite végetatif , lui donne la vie & le pouvoir de grandir & de s'augmenter. Il reste encore materiel. Il lui donne enfin le sentiment , il le rend sensible à la douleur , à la faim , à la soif , il*

en fait un animal. il demeure toujours
materiel. Et pourquoi Dieu, après avoir
élevé ce corps par degrés jusqu'à la faculté
de sentir, ne pourra-t'il pas lui accorder
la perception ? A ces objections, mon
cher Monceca, dont je ne rapporte
qu'un précis, le bon Docteur Stiling-
fleet n'opposoit rien de raisonnable. Il
avoit recours à des généralités, si souvent rebattues, & tant de fois invinci-
blement réfutées. Avouons de bonne-
foi, que nous ne connoissons point la
nature de l'ame. Nous savons qu'elle
pense toujours dans un homme éveillé ;
mais de savoir si elle a des perceptions
continuelles pendant le sommeil, c'est
une chose que nous n'éclaircirons jamais.

Quant à ce que tu dis des oublis subits qu'on apperçoit tous les jours dans
l'esprit des hommes éveillés, ils ne peuvent point être comparés avec ceux dans
lesquels tomberoit l'ame, s'il étoit vrai
qu'elle pensât toujours pendant le sommeil. Car un homme, qui lorsqu'il veille, oublie quelque chose dont il étoit
occupé un moment auparavant, se sou-
vient qu'il a pensé, il ne se rappelle pas
à quoi, parce qu'il a été distrait par
d'autres idées ; mais il lui reste une
conviction certaine & un souvenir parfait, que son esprit a eu des percep-

tions : au lieu qu'un homme qui aura dormi toute la nuit , & qui s'éveillera le matin , n'aura aucune connoissance qu'il ait eu la moindre idée. On doit regarder les oublis dans un homme éveillé comme la suite de la continuelle circulation des idées. Il n'est pas raisonnable de vouloir expliquer par le même moyen l'ignorance où l'ame paroît être au reveil du corps de toutes ses belles pensées dont on dit qu'elle a été occupée. Locke n'a-t'il pas raison de dire , *reveillez un homme d'un profond sommeil , & demandez-lui à quoi il pensoit dans ce moment. S'il ne sent pas lui-même qu'il ait pensé dans ce tems-là , il faut être grand Devin , pour pouvoir l'assûrer qu'il n'a pas laissé de penser effectivement. Ne pourroit-t'on pas lui soutenir avec plus de raison , qu'il n'a point dormi ? C'est-là sans doute une affaire qui passe la Philosophie ; & il n'y a qu'une révélation expresse qui puisse découvrir à un autre qu'il y a dans mon ame des pensées , lorsque je ne puis point en découvrir moi-même. Il faut que ces gens-là ayent la vûe bien perçante , pour voir certainement que je pense , lorsque je ne le saurois voir moi-même , & que je déclare expressément que je ne le vois pas : & ce qu'il y a de plus remarquable , des mêmes yeux qu'ils penetrent en moi ce que je ne ſaurois voir moi-même , ils voyent que les chiens & les élephans ne penſent point , quoique ces animaux en donnent toutes les démonſtrations imaginables , excepté qu'ils ne nous le diſent pas eux-mêmes.*

Quant aux ſonges , mon cher Monceca , que tu veux faire ſervir à autoriſer ton ſentiment , prens garde qu'ils en démontrent la fauſſeté : car ils ſont des preuves évidentes , que lorſque l'ame a des penſées pendant le ſommeil , elle les communique au corps , & qu'elle ne penſe jamais , que toute la machine humaine n'y prenne part. Je conviens avec toi de l'inutilité des ſonges, mais il ne ſont occaſionnés que par des cauſes ſecondes. C'eſt aux mouvemens qui ſe font dans le cerveau durant le ſommeil, qu'ils doivent leur exiſtence. Ainſi leur inutilité ne peut excuſer celle de ces prétendues penſées ſecretes de l'ame , qu'elle n'auroit le pouvoir de former , que par le pouvoir immédiat de la Divinité ; puiſqu'elles ne pourroient être produites par les paſſions du corps , qui en prend connoiſſance dès qu'il les fait naître , comme les ſonges le démontrent. Locke a donc raiſon de dire , que la nature & la Divinité ne faiſant rien envain, il n'eſt pas vraiſemblable , que l'ame ait la faculté de former pendant le ſommeil du corps des penfées qui font auffi inutiles. Relis avec attention, mon cher Monceca, tout ce que Locke dit pour appuyer fon fentiment ; & je fuis affûré, que tu ne l'accuferas plus d'avoir été trop décifif.

Porte-toi bien, mon cher Monceca : & vis content & heureux.

Du Caire, ce . . . .

LETTRE CLV.

Aaron Monceca, à Ifaac Onis, *Caraïte, autrefois Rabbin de Conftantinople.*

LEs Anglois, mon cher Ifaac, font rigides obfervateurs de leurs Loix : ils en fuivent exactement le texte, ne cherchant point à l'éluder par des explications ; & fous le prétexte d'entrer dans l'idée du Légiflateur, ils ne rendent point la fcience des Loix une jurifprudence arbitraire. Les tribunaux chargés de l'exécution de la Juftice, ne font point embarraffés de favoir s'ils puniront un tel crime d'une tellepeine. Ils ne font occupés que de s'inftruire fi la perfonne qu'ils jugent eft réellement coupable. Dès qu'ils ont décidé qu'elle

A 4

l'eſt, les Loix prononcent ſa peine. En
Angleterre, le Juge eſt le Rapporteur du
Procès, le Légiſlateur eſt le véritable
Juge.

On ne ſauroit trop approuver, mon
cher Iſaac, un uſage auſſi judicieux &
auſſi prudent. De quelque probité que
ſoient doués ceux qui ſont prépoſés
pour rendre la juſtice aux peuples, il eſt
cependant néceſſaire de fixer leurs déci-
ſions, & de ne les pas laiſſer les maîtres
de punir ou d'innocenter, ſelon leurs
fantaiſie, ceux dont ils doivent prononcer le jugement. Le cœur de l'homme
eſt rempli de tant paſſion, & ſon eſprit
eſt ſi ſouvent la dupe de ſes préjugés,
qu'il lui eſt bien difficile de ne s'égarer
jamais lorſqu'il eſt le maître d'agir ſans
contrainte. Si les Juges n'avoient pas eu
beſoin d'être conduits, on n'eut point
compilé les Loix écrites : ils euſſent
eux-mêmes été des Légiſlateurs vivans.
Mais on a compris, qu'il étoit impoſſible, qu'ils ne ſe reſſentiſſent de l'humanité, & qu'ils ne viſſent très-ſouvent
les choſes au travers du voile de leurs
paſſions, qui les défigurent & les ſait
changer de forme.

Je ſai, mon cher Iſaac, que la rigide
obſervation des Loix cauſe quelquefois
des maux auxquels on auroit pû remé-
dier. Je n'ignore pas, qu'il eſt des cas

où il feroit à fouhaiter qu'on pût inter-
prêter la volonté du Légiflateur , & lui
donner un fens plus ou moins étendu.
Mais je fai auffi, que fi cette liberté eft
favorable à quelques particuliers, elle
devient nuifible & même pernicieufe au
bien public. Elle accoutume les Juges
à une jurifprudence arbitraire , & ou-
vre la barriere à tous les inconvéniens
qu'elle entraine après elle. Lorfqu'on
établit une regle , on ne doit point fonger qu'elle foit commode à une ou deux
perfonnes feulement : on doit tâcher,
au contraire, qu'elle foit utile à la plu-
part des gens (1). Seneque parlant des
Loix fur les débiteurs infolvables , dans
lefquelles on ne diftingue point ceux
qui le font devenus par quelque accident où il n'y a pas de leur faute ,
d'avec ceux qui ont tout dépenfé au jeu
ou par leur débauche, ne balance point
d'affurer , qu'il vaut beaucoup mieux
qu'un petit nombre de gens courre le
rifque de n'être pas reçu à alléguer une
excufe légitime, que fi tout le monde
pouvoit chercher quelque prétexte fpécieux pour fe difculper (2).

(1) *Nulla lex fatis commoda omnibus eft : id modo quæritur fi majori parti & in fummam prodeft.*
Tit. Livius, lib. 34. cap. 3. num. 1.
(2) *Quid tu tam imprudentes judicas Majores
noftros fuiffe , ut non intelligerent iniquiffimum effe*

Il suffit, mon cher Isaac, pour approuver la sage coutume d'être entierement soumis & attaché aux décisions communes des Loix, de montrer que cette coutume est plus utile au bien public, que celle de laisser aux Juges un pouvoir arbitraire. Or comme il n'est personne qui ne convienne que les hommes ont besoin d'un appui qui les garantisse contre les attaques de leurs passions, les Juges n'étant point des Divinités, ils ont par conséquent besoin de cet appui, & ils le trouvent dans l'observance exacte de la Loi qui ne leur laisse pas le moyen d'être la dupe de leur cœur & de leur esprit.

De la nécessité de suivre exactement les ordres des Législateurs, découle le besoin de n'avoir que des Loix sages & raisonnables. Dès qu'on s'apperçoit dans un Etat, que certaines régles, qui avoient pû être nécessaires pendant un tems, deviennent inutiles ou pernicieuses, il faut les abroger & les détruire.

---

eodem loco habere eum qui pecuniam, quam à Creditore acceperat, libidine aut alea absumsit, & eum qui incendio, aut latrocinio, aut aliquo casu tristiore aliena cum suis perdidit : Nullam excusationem receperunt, ut homines scirent fidem utique praestandam. Satius enim erat à paucis etiam justam excusationem non accipi, quam ab omnibus aliquam tentari. Seneca de Beneficiis, lib. 7. cap. 16.

C'eſt une erreur des plus dangereuſes à la tranquillité publique ; que le ſervile reſpect qu'on a dans bien des pays pour certaines Loix bizarres, ridicules, & pour la mémoire de ceux qui les ont établies. Il ſemble que ce ne ſoient pas des hommes qui ayent inſtitué ces coutumes : l'on diroit que la Divinité les ayant révélées comme celles qui ſont contenues dans nos Livres ſacrés, elles ayent appris aux peuples, qu'on ne pouvoit les rejetter ſans en courir ſon indignation. Triſte ſuite des préjugés qu'on reçoit dans l'enfance, & qui rendent un Etat entier la victime d'une impertinence inſérée dans le Droit écrit, ou dans le Droit coutumier !

On auroit bien moins de reſpect pour les Légiſlateurs, ſi l'on réfléchiſſoit qu'il n'en eſt aucun, même parmi les plus illuſtres & les plus renommés, qui n'ait ordonné quelque choſe, ou d'extravagant, ou de ridicule, ou de contraire aux bonnes mœurs ou à l'humanité. Lycurgue ordona par les Loix qu'il établit à Sparte, que les filles lutteroient toutes nues devant les garçons, & qu'elles danſeroient ainſi en leur préſence en chantant certaines chanſons. Ce Légiſlateur en inſtituant une coutume auſſi extravagante, avoit deſſein d'endurcir le corps des jeunes filles, pour qu'elles formaffent des enfans plus vigoureux , & qu'elles réfiftaffent avec plus de force aux douleurs de l'enfantement. Un pareil moyen de rendre les femmes robuftes ne s'accorde-t'il pas bien avec la pudeur & la bienféance ? Et ne faut-il pas avoir oublié jufqu'aux moindres régles de l'honnêteté naturelle , pour introduire une coutume qui les détruit entierement? Les Payens au milieu des impiétés & des ténébres de leur Religion , ont fenti combien une Loi auffi infâme étoit contraire aux bonnes mœurs. Dans l'*Andromaque* d'Euripide , Pélée n'attribue les débauches d'Hélene , qu'à l'éducation qu'elle avoit reçue à Sparte. *Il n'eft pas* , dit-il , *au pouvoir des Spartiates d'être fage , quand elles le voudroient : car elles fortent de la maifon de leur pere avec des jupes entr'ouvertes qui laiffent voir leurs cuiffes. Elles vont avec les jeunes hommes & luttent avec eux : ce que je ne faurois fouffrir. Après cela , faut-il s'étonner que vous n'ayez que des femmes débauchées* (1)? Ce paffage d'un Poëte

____

(1) - - - - *Neque, fi velit aliqua*
Puella Spartana , poffit effe cafta :
Quæ , relinquentes domos , cum juvenibus
Nudis femoribus , & tunicis laxatis ,
Curfus , & palæftras , non tolerandas mihi

Communes habent. Deinde an mirari oportet,
Si non educatis mulieres castes ?
    Euripides, Andromachæ *Versu* 598. *p.* 519.

Payen , qui condamne si justement la
débauche que Lycurgue avoit établie
sous des prétextes aussi faux que ridicules , est une preuve évidente que la
probité & la pudeur ont trouvé des dé-
fenseurs parmi les gens qui professoient
les Religions les plus impies , & les plus
favorables aux déréglemens du cœur.
La vertu , dit un ancien Docteur Nazaréen , *a même été respectée dans des*
tems où la débauche regnoit le plus (1).
Ne doit-on donc point s'étonner avec
raison , que ceux qui étoient chargés de
la conduite des autres hommes , & qui
leur prescrivoient les Loix qu'ils devoient suivre , n'ayent pas compris des
bienséances & des vérités qui ont été si
sensibles à de simples particuliers ?

Les erreurs des Législateurs anciens
doivent servir d'instruction à ceux qui
ont aujourd'hui le pouvoir de corriger
& d'annuller les Loix. Ils doivent se

_____

(1) *Tanta vis est probitatis & castitatis , ut om-*
nis , vel pene omnis , ejus laude moveatur humana
natura ; nec usque adeo sit turpitudine vitiosa , ut
totum amittat sensum honestatis. Augustin. de Civit.
Dei , *lib.* 2. *cap.* 16. *pag.* 255.

garantir d'une prévention trop grande
pour les regles de ceux qui les ont pré-
cédés , & les fupprimer entierement fi
elles font inutiles ou nuifibles. N'eft-
il pas ridicule d'avoir plus de refpect
pour un homme , ou pour une coutume , parce que l'un eft mort & l'autre
eft établie , depuis cinq ou fix cens
ans , que l'on n'en avoit dans le tems
même que cet homme vivoit , & que
cette coutume fut inftituée ? Si l'on convient de ce principe , il fera aifé de montrer que tous ceux qui ont été chargés
par quelques peuples de leur prefcrire
des Loix , ont trouvé des gens qui en
ont condamné plufieurs , & qui ont écrit
pour en faire connoître le faux & le vicieux.

Lycurgue avoit établi dans Sparte un
Sénat compofé de vingt huit perfonnes,
qui balançoient & tempéroient l'autorité des Rois. Ariftote condamnoit dans
l'inftitution de ce Sénat , que les Sénateurs jouiffent pendant toute leur vie de
leurs Charges. *L'efprit* , dit ce Philofophe, *ne vielliffant pas moins que le corps ,
il eft injufte de commettre la fortune & la
vie des citoyens à des hommes qui ne font
plus en état d'en juger.*

Platon n'approuvoit pas que Lycurgue eût ordonné , qu'on jettât dans la
fondriere des Apotêtes près du Mont

Tagere, les enfans qui, en naiffant pa-
roiffoient mal-faits, délicats & foibles.

Ariftote, au contraire, loue une cruauté fi dénaturée, & plus digne d'être
exercée par des bêtes féroces que par
des hommes. *Quam aux enfans*, dit
ce Philofophe, *qu'on doit nourrir, ou expofer, il faut faire une Loi qui défende
d'en nourrir aucun qui foit imparfait, ou
mutilé de fes membres : & dans les lieux
où cette Loi feroit contraire aux Loix du
pays, il faut faire bleffer les femmes,
avant que les enfans ayent fentiment de
vie.*

Après un raifonnement auffi abfurde,
auffi cruel & auffi contraire à l'humanité, doit-on adopter aveuglement les
Loix qu'ont prefcrites des hommes
qu'on a regardés comme au-deffus des
autres par l'étendue de leurs lumieres ?
Heureux le peuple, mon cher Ifaac,
qui foumis aveuglément à fes Loix,
n'en reçoit d'autres que celles qui font
fondées fur la vertu, fur la prudence
& fur la probité ! Ce qui fait que dans
bien des pays, les Juges ont pris la li-
cence de s'élever au-deffus des Loix,
de s'attribuer un pouvoir defpotique, &
de ne fuivre ordinairement, fur-tout
dans les matieres criminelles, qu'une
Jurifprudence arbitraire, ce font les
défauts qu'ils ont apperçus dans certai-

nes Loix. Comme ils n'étoient pas les
maîtres de les annuller, ils ont pris le
parti de les expliquer à leur fantaisie,
& l'ont fait de cent façons differentes,
suivant qu'ils ont cru que la nécessité
du cas l'exigeoit. Dans toutes ces diverses explications, ils ont souvent pris
les mouvemens de leurs passions pour
les impressions de la justice ; s'ils ont
sauvé par-là plusieurs innocens, peut-
être aussi n'ont-ils pas puni bien des
coupables.

Je reviens, mon cher Isaac, à la maniere dont les Anglois administrent la
justice : elle est sage, prudente, digne
d'être imitée par toutes les Nations.
Dès qu'ils s'apperçoivent qu'une Loi est
utile au bien public, ils l'ordonnent : &
tandis qu'elle n'est point abrogée, ils
la suivent exactement. S'ils voyent dans
les suites qu'elle devient nuisible, ils ne
cherchent point à éluder par de vaines
explications, ils l'annéantissent. Dans
la crainte d'introduire la pernicieuse coutume de laisser les Juges maîtres de suivre leurs caprices dans ce qui regarde
la vie & les biens des citoyens, loin d'accorder un pouvoir arbitraire à de simples Magistrats, les Anglois veulent que
les Rois soient les Protecteurs des Loix,
& n'en soient point les Tyrans.

Porte-toi bien, mon cher Isaac : vis
content

content & heureux, & que le Dieu de
nos Peres te comble de profpérités.

De Londres, ce...

LETTRE CLVI.

Aaron Monceca, à Ifaac Onis, Caraïte,
 autrefois Rabbin de Conflantinople.

LES égaremens, mon cher Ifaac,
dans lefquels j'ai vû les Nations
que j'ai parcourues, les erreurs & préjugés qui aveuglent généralement les
hommes, m'ont fait refléchir fur le
trifte état où fe trouve la morale chez les
Européens. Ils font prévenus, qu'ils
fuivent des maximes bien plus confor-
mes à la raifon & à la droiture, que les
Afriquains & les Afiatiques. Cependant,
l'orfqu'on vient à examiner plufieurs de
leurs fentimens, fur-tout ceux qui ne
font fondés que fur l'autorité de certains
Théologiens, on les trouve prefqu'aufli
éloignés de la juftice & de l'équité, que
ceux des Caraïbes & des Cannibales.

On ne doit pas s'étonner que les Peuples ne s'apperçoivent point des erreurs

Tome VI.   B

qu'on leur a perfuadées , & qu'on fomente tous les jours parmi eux. On les leur couvre du voile de la Religion & de la piété , on les leur rend ainfi refpectables. Ils croyent fervir la Divinité, en s'éloignant des regles de la bonne morale. Comment penferoient-ils à les fuivre?

Les premiers Docteurs Nazaréens (1) ont préché une Doctrine fi conforme à l'équité , & fi utile à la fociété , que leurs plus grands Adverfaires conviennent aujourd'hui , que leurs préceptes moraux font infiniment au-deffus de tous ceux des plus fages Philofophes de l'antiquité. Nos Rabbins avouent eux-mêmes, que fi les Nazaréens fuivoient exactement les principes fondamentaux de leur morale, ils feroient forcés de les eftimer & de les regarder comme des gens à qui Socrate ne pourroit être comparé. Mais malheureufement pour eux, & encore plus pour nous qui en fouffrons infiniment , ils ont entierement abandonné les fentimens de leurs premiers Docteurs; & leur morale n'eft plus qu'une politique plâtrée & fardée , qui tâche de conferver encore quelque reffemblance avec l'ancienne morale.

Il femble , mon cher Ifaac , que le

_____

(1) Les Apôtres.

fort des hommes foit d'être les dupes de tous ceux qui veulent s'en fervir pour les faire agir felon les vûes d'intérêt qu'ils ont. Deux cens ans après ces premiers Docteurs Nazaréens, qui avoient ouvert les yeux à leurs Difciples, & qui leur avoient fait connoitre les regles de l'exacte équité, il commença à s'élever plufieurs Théologiens, qui entreprirent de détruire ce que les autres avoient fait (1). Un d'entr'eux, nommé Origene, homme d'un tempérament fombre & mélancolique, voulut pouffer les chofes à l'extrême. Auffi porta-t'il le premier la peine de la bizarrerie de fes idées : car dans la violence d'un de fes enthoufiafmes, il fe mutila lui-même, afin de pouvoir apprendre la Religion aux femmes, fans courrir le rifque de fuccomber à quelque tentation.

Tertulien s'éloigna encore plus des regles de la faine Morale. Il publia & foutint des opinions, qui renverfoient abfolument l'ordre & la regle dans les Etats. Il prétendit, qu'un Nazaréen ne pouvoit exercer en confcience l'office de Juge ; damnant tous les Magiftrats,

(1) Voyez la feconde Partie, ou Lettre des Mémoires Secrets de la République des Lettres, dans laquelle il eft parlé amplement des Peres de l'Eglife,

& infinuant qu'on ne pouvoit être Empereur & Nazaréen.

Ces premieres erreurs fi contraires à la faine morale, furent bien-tôt augmentées par de nouvelles qu'inventerent & publierent d'autres Docteurs. Chaque fiécle produifoit quelque Ecrivain, qui fappoit quelque point effentiel des principes équitables qu'avoient établis les premiers Docteurs Nazaréens. Quoique ces Ecrivains euffent du génie, de la fcience, & même du mérite, cependant ils fe laiffoient emporter à leurs mouvemens impétueux, & devenoient les premiers les duppes de leurs paffions. Dans le tems que les Ariens avoient l'Empereur de leur côté, Gregoire de Nazianze déclamoit contre toutes les perfécutions; il préchoit vivement la tolérance; & il foutenoit qu'on ne devoit perfuader les efprits que par la douceur. Mais dès que cet Empereur fut mort, fon fucceffeur n'étant point du parti des Ariens, le même Gregoire écrivit à Nectaire, pour l'exhorter à repréfenter à l'Empereur, que la piété & la Religion demandoient qu'on ne permit point à ces Hérétiques de s'affembler, & qu'on ne devoit avoir aucun égard aux priviléges qu'on leur avoit accordés. Ainfi loin que ce Docteur Nazaréen enfeignât une morale qui fe reffentit de la pureté de celle des premiers Fondateurs de fa Religion, elle étoit infiniment au-deffous de celles des Philofophes Payens, qui reconnoiffoient, que la fidélité qui confifte à être fincere, & à tenir fa parole, eft le fondement de la juftice (1).

Ce Grégoire n'eft pas le feul parmi ceux que les Nazaréens appellent *les Peres*, qui ait foutenu des erreurs directement contraires à la tranquillité publique & à la raifon. Auguftin, homme véritablement illuftre, & d'un efprit vif & élevé, mais vain, fier & emporté, écrivit d'abord avec affez de modération & de fageffe contre fes adverfaires, qu'on appelloit les Donatiftes. Mais enfin fon génie ardent l'emporta. Le Philofophe s'évanouit : il ne refta plus que le Controvertifte ; alors il foutint fi hautement, qu'il falloit perfécuter, detruire, annéantir & exterminer ceux qu'on nommoit Hérétiques, qu'il en a juftement mérité le titre de Patriarche des perfécuteurs. Il ofa avancer qu'on n'étoit point obligé de garder la Foi qu'on avoit promife aux Hérétiques ; parce que par le droit Divin,

_____

(1) *Fundamentum eft autem juftitiæ fides ; id eft dictorum conventorumque conftantia & veritas.* Cicero *de Officiis*, lib. 1. cap. 7.

tout eſt aux véritables Fideles, & que
les Hérétiques ne poſſedent rien légitimement. Ainſi ſelon ce bouillant Africain, les contracts, que les Nazaréens
font avec des hommes d'une différente
Religion, ne doivent durer qu'autant
qu'ils n'ont pas la puiſſance de les violer. Combien la morale de Ciceron eſt-
elle plus pure? *La fraude*, dit-ce Philoſophe Romain, *bien loin d'empêcher*
qu'on ne viole le ſerment, ne fait que
rendre le parjure plus criminel (1).

Ce n'eſt pas dans leurs ſeuls diſputes
de Religion, que les *Peres* ou Théologiens Nazaréens ont renverſé les vrais
principes moraux. Ils ont abuſé quelquefois de certains paſſages de nos Livres Saints, pour autoriſer leurs opinions erronées. Ambroiſe, en expli-
quant le Pſeaume où David reconnoît
qu'il a péché contre Dieu ſeul (2), ſe
ſert de cette occaſion, pour établir le
principe le plus abſurde & le plus contraire à l'humanité. Il dit en termes
formels, que *David ne pécha point en-*
vers Urie, lorſqu'il le fit mourir; parce
que les Rois étant maîtres de la vie &
des biens de leurs ſujets, ils peuvent les

_____

(1) *Fraus enim adſtringis, non diſſolvis perju-*
rium. Cicero de Officiis, lib. 3. cap. 32.
(2) *Tibi ſoli peccavi, & malum coram te feci,*
&c. Pſalm. 50. ⋎. 6.

leur ôter, lorsqu'ils le jugent à propos, sans qu'ils soient coupables auprès des hommes de leurs cruautés & de leurs caprices (1). Accorde si tu peux un pareil principe avec le procédé impérieux & altier que ce même Docteur tint envers l'Empereur Théodose, & que les Nazaréens ont si démesurément loué depuis, ou bien avec les injures atroces dont il ne fit aucune difficulté d'accabler Magnence. Cela étoit bien éloigné de ce pouvoir excessif, qu'il accorde si libéralement aux Rois. N'est-il pas affreux, extravagant & digne de punition, de soutenir qu'un Prince, qui enleve la femme de son sujet, & qui le fait mourir tout innocent qu'il est, ne péche que contre Dieu, & qu'il ne commet pas une véritable injustice envers celui sur qui tombe sa cruauté? Pour sentir tout ce qu'il y a de pernicieux dans une semblable opinion, on n'a qu'à réfléchir aux désordres qu'elle entraine nécessairement après elle. *Il y a un commerce,* dit le sage la Bruyere (2), *ou un retour*

(1) *Rex utique erat, nullis Legibus tenebatur, quia liberi sunt Reges à vinculis delictorum. Neque enim ullis ad pœnam vocantur Legibus, tuti Imperii potestate. Homini ergo non peccavit, cui non tenebatur obnoxius. Sed quamvis tutus Imperio, devotione tamen ac fide erat Deo subditus.* Ambrosii Apologia Davidis, *cap.* 10.

(2) Caractères ou Mœurs du Siècle, *tome* 1. *pag.* 479.

des devoirs du Souverain à ses sujets, &
de ceux-ci au Souverain. Quels sont les
plus assujettissans & les plus pénibles, je
ne le déciderai pas. Il s'agit de juger d'un
côté, entre les étroits engagemens du res-
pect, des secours, des services, de l'o-
béissance, de la dépendance, & d'un au-
tre, les obligations indispensables de
bonté & de justice, dont le Prince est
dépositaire. Ajouter qu'il est maître ab-
solu de tous les biens de ses sujets, sans
égard, sans compte, sans discussions,
c'est l'opinion d'un favori, qui se dédira
à l'agonie.

Voilà, mon cher Isaac, une morale
bien différente de celle d'Ambroise. Il
est d'autant plus surprenant, qu'elle ne
lui ait pas été connue, qu'elle l'a été des
Payens les plus dévoués au Despotisme.
Bien loin qu'ils ayent crû, que les Rois
étoient les maîtres de prendre injustement les biens de leurs sujets, & de
leur ôter la vie, Hérodote nous apprend (1), que les Perses, si soumis à
leurs Souverains, avoient chez eux une
Loi, par laquelle il n'étoit pas permis
aux Rois de faire mourir un homme qui
n'avoit commis qu'un seul crime. La
même Loi défendoit à tous les grands
Seigneurs de traiter rigoureusement

(1) Herodot. *lib.* 1. *pag.* 67.

leurs

leurs efclaves pour une feule faute. Il leur étoit ordonné de confidérer fi les fautes que leurs Domeftiques avoient commifes, étoient plus grandes que les fervices qu'ils en avoient reçus ; alors il leur étoit permis de contenter leur colere & de punir les coupables.

Quelle différence, mon cher Ifaac, n'y-a-t'il pas entre des Loix auffi fages, & les opinions de certains Docteurs Nazaréens ! N'eft-il pas furprenant, que des gens, qui n'étoient éclairés que d'une foible raifon, d'une clarté obfcurcie par les ténébres du Paganifme, ayent eu des idées d'une morale beaucoup plus fage & plus équitable que celle qu'ont enfeignée des Savans & des Prêtres, qui reconnoiffoient la fpiritualité & l'unité de la Divinité ?

Quelques-uns d'entr'eux ont même paru ignorer les bienféances les plus fimples, & n'ont point été retenus par les liens les plus facrés de la fociété. Ils ont violé les devoirs de l'amitié. Leur paffion & leurs emportemens les ont fi fort aveuglés, qu'ils ont déchiré par les médifances & les calomnies les plus atroces, des perfonnes qui leur avoient été très-cheres, & avec lefquelles ils n'avoient eu d'autre fujet de difpute, que la diverfité & l'oppofition de fentiment fur quelques points de Doctri-

Tome VI.   C

ne. Jerôme, génie hardi & Auteur vé-
hément, dont le ftyle approche affez de
la pureté de celui de Cicéron, écrivit
de la maniere la plus vive & la plus
forte contre fon ami Ruffin, parce
qu'il avoit embraffé les opinions d'Origene. L'union qui avoit regué pendant
très-long-tems entre eux deux, ne put
arrêter fa fureur : il fallut qu'il exhalât
fa bile par un libelle. Heureux, s'il eût
pû profiter des leçons qu'un Auteur
Payen avoit données à l'Univers, &
qu'il eut pratiqué les fages maximes du
traité de l'amitié de Cicéron! Sans doute
alors bien loin de fonger à décrier Ruffin, il eut tâché de le convaincre par la
douceur & par de bonnes manieres.

La véritable tendreffe ne goûte de
plaifir, de fatisfaction & de gloire,
qu'autant que les perfonnes pour qui
elle s'intéreffe y prenne part. (1). Ce fentiment délicat eft ignoré depuis long-
tems des Théologiens, & fur-tout des
Controverfites. Il n'eft rien qu'ils ne facrifient à leurs paffions : & dès qu'un
de leurs amis ceffe d'être le partifan de
leurs opinions, leur tendreffe ceffe de

(1) *Nec fas effe ulla me voluptate frui
Decrevi tantifper, dum ille abeft meus
Particeps.*

Terent. Heaut. *Act. 2. Scen. 2.*

même. Leur amitié se change en haine. Ils oublient jusqu'aux moindres regles de la bienséance & de l'équité. Il ne tient pas à eux qu'on extermine par le fer & par le feu ceux qui n'ont fait d'autre crime, que de ne point continuer d'être leurs esclaves (1). Triste suite de la foiblesse des principes d'une morale également fausse & pernicieuse, qui colore du nom de vertu les défauts les plus contraires au bien public, & à la tranquillité de la societé civile.

Si la véritable & saine morale est connue chez les Nazaréens, c'est aux Laïques à qui ils en sont redevables. Grotius & Pufendorff, ont plus fait de bien au genre-humain, que tous les écrits des Théologiens anciens & modernes. Ces sages Jurisconsultes ont re-

(1) Dans tous les tems les Ecclésiastiques ont couvert d'un beau nom les persécutions affreuses qu'ils ont faites à leurs ennemis, ou pour mieux dire, aux gens qu'ils n'aimoient pas. Je passe sous silence, dit un Evêque du cinquieme siécle, persécuté pour le Nestorianisme, les chaînes, les confiscations de biens, les notes d'infamie, les massacres dignes de compassion, & dont l'énormité est telle, que ceux-mêmes qui ont le malheur d'en être les témoins, ont peine à les croire véritables. Toutes ces tragédies sont jouées par des Evêques.... Parmi eux l'effronterie passe pour une marque de courage ; ils appellent zèle leur cruauté, & leur fourberie est honorée du nom de sagesse.

monté à la fource. Ils ont examiné avec
foin les mouvemens qu'infpiroit la Loi
naturelle. Il fe font apuyés des autorités
des premiers Légiflateurs Nazaréens
dont je t'ai déja fait l'éloge. En corrigeant
les abus, & détruifant les erreurs qu'a-
voient introduits ceux qui avoient faits
des points de morale de leurs caprices,
de leur haine & de leur ambition, ils
ont montré aux hommes la vérité toute
nue, qu'on leur cachoit avec tant de
foin. Cependant quelques efforts qu'ils
ayent fait pour être utiles à l'Univers,
ils n'ont pû faire jufques ici qu'une partie du bien qu'ils s'étoient propofé ;
plufieurs Théologiens, ardens à foutenir leurs erreurs & celles de leurs Pré-
décefleurs, ayant fait ce qu'ils ont pu,
& agiffant encore de toutes leurs forces pour décrier tous les ouvrages qui
enfeignent une morale pure, fimple,
humaine, & qui défapprouve toutes les
violences qu'on veut confacrer fous le
prétexte de la Religion. *Lorfque l'ad-*
mirable Traité du droit de la guerre &
de la paix *eut paru*, dit Pufendorff(1),
les Eccléfiaftiques, au lieu d'en remercier
l'Auteur, fe foulevercent contre lui ; & il
fut, non-feulement mis dans l'indice ex-

_____

(1) Traité du Droit des Gens, *Préface de Bar-*
rebrac, pag. xxij.

purgatoire , *des Inquisiteurs Catholiques Romains (je n'en suis pas surpris) mais encore plusieurs Théologiens Protestans tâcherent de le décrier. La même chose est arrivée au Livre* du Droit de la nature & des gens. *Les Jésuites de Vienne le firent deffendre.*

Crois-moi , mon cher Isaac. La haine des Théologiens outrés contre ceux qui veulent soutenir les droits de l'humanité , & en faire connoître les devoirs à leurs Concitoïens , est l'obstacle le plus fort que trouve la bonne morale. Aussi peut-on dire , qu'on doit bien plutôt en étudier les préceptes dans les Ouvrages des Payens , que dans ceux de certains Docteurs qui passent cependant pour les arbitres du sort & de la destinée des hommes. Malheur aux Nations chez lesquelles on ne connoît d'autres principes de morale , que ceux qu'on trouve dans les livres approuvés par les Inquisiteurs Espagnols, Italiens & Portugais.

Porte-toi bien , mon cher Isaac , & fais des vœux pour qu'il plaise à la Divinité d'éclairer les yeux de tous les hommes. Quoique nous soyons Juifs , nous devons cependant souhaiter, que les Nazaréens suivent les principes d'une morale équitable. Si les Espagnols & les Portugais pensoient comme Grotius &

Pufendorff, ils n'égorgeroient point nos
Freres auffi iniquement qu'ils font.
Que le Dieu de nos Peres te comble
de profpérités.

De Londres, ce....

LETTRE CXLVII.

Ifaac Onis, Caraïte, ancien Rabbin de Conftantinople, à Aaron Monceca.

TU auras fans doute été furpris,
mon cher Monceca, de mon filence, & tu m'auras accufé de pareffe
& de négligence ; mais tu changeras de
penfée, en apprenant que j'ai été faire
un voyage de quelques jours à Jérufalem. La proximité de la Sainte Cité de
David. Le defir de voir cette illuftre
Capitale du Royaume de nos Ancê-
tres, la facilité de fatisfaire ma curio-
fité, m'ont fait profiter de l'occafion
d'un vaiffeau qui partoit d'Alexandrie
pour fe rendre à Saint Jean d'Acre.

Je ne puis, mon cher Monceca,
t'exprimer les mouvemens dont j'ai été
agité, en entrant dans la Paleftine. La
joie, la douleur, la piété, la fureur,

le respect, le dépit, toutes ses passions se succédoient dans mon cœur, & quelquefois elles sembloient y agir toutes ensemble. *Heureux séjour*, disois-je, *où le Dieu d'Israël fut autrefois servi par son Peuple, avec la splendeur que demande son culte, se peut-il que mes yeux ayent la douceur de te contempler ? Mais hélas ! dans quel état leur offres-tu les Villes & les Palais, dont tu étois rempli ? Je ne vois que des ruines, restes infortunés, échappés à la cruauté, à la rage, & à la fureur de nos ennemis. Dieu juste ! Dieu vengeur ! Souviens-toi de ton Peuple !*

A ces mots, mon cher Monceca, mes yeux se sont remplis de pleurs ; & quoique je desapprouve la vengeance que nos freres desirent, une sainte fureur, dont je n'étois point le maitre, l'a emporté sur mes réflexions Philosophiques. Je me suis prosterné à terre ; & me tournant du côté des ruines du Temple, dont je n'étois éloigné que de quinze lieues, j'ai fait la priere que nos Freres font plusieurs fois l'année dans leurs Synagogues. *Regarde Seigneur les maux que nous ont fait nos ennemis. Rappelle-toi les cruautés de Nabucodonosor & celles de Titus ; mais souviens-toi surtout d'Adrien, le plus cruel des Destructeurs de notre nation, qui éleva sur ton*

C 4

Autel des Statues imfâmes, qui souilla t&
Ville par l'Idolâtrie, qui rasa & sac-
cagea neuf cent quatre-vingt Bourgs, &
brûla quatre cent quatre-vingt Synago-
gues (1).

Ma douleur, mon cher Monceca, a
pris de nouvelles forces en arrivant à Jerusalem. J'ai senti mon cœur percé de
mille coups mortels, lorsque j'ai examiné les ruines du Temple. Les Turcs
ont bâti une Mosquée dans l'ancien Par-
vis. Il est encore pavé de marbre blanc
& noir. Au milieu, & dans le même
endroit où se trouvoit autrefois le Saint
des Saints, est aujourd'hui le Temple
Mahométan, couvert d'un grand dôme soutenu par deux rangs de colonnes
de marbre. Au milieu de ce dôme, on
voit une grosse pierre, sur laquelle les
Turcs assurent que Mahomet se plaça
lorsqu'il monta dans le Ciel.

Juge, mon cher Monceca, du désef-
poir d'un Israélite à la vûe de cet infâme édifice construit sur les fondemens

---

(1) Il y a dans le Rituel des Juifs une Hymne
pour le neuvieme jour du mois *Ab*, dans laquelle
on lit ces mots. *Recordare, Domine, qualis fuerit
Adrianus. Crudelitatis consilia amplexus, consuluit
Idola si prevertentia, & sustulit combussitque quadraginta & octoginta Synagogas.* Tractatus Talmudi-
dus, *Gistin* dictus, *apud* Joan. à Lent, de Judæorum Pseudo-Messiis, *pag.* 18.

du Temple élevé par Salomon. La douleur, dont j'en été pénétré, ne m'a pas
permis de faire un long séjour à Jerufalem. Content d'avoir baisé cette terre
chérie, & dans laquelle nos defcen-
dans purifieront un jour toutes les impiétés & les abominations que nos ennemis y ont commifes, je fuis retourné
au Caire, où j'ai emporté dans une
boëte de la précieufe terre fur laquelle
le Temple avoit été bâti. Ce n'eft pas,
qu'imitant la fuperftition des Nazaréens,
qui ont pour certains lieux de Jerufalem un refpect infini, je penfe qu'il
y ait une vertu plus efficace dans cette
terre que dans aucune autre. Mais j'ai
été bien-aife d'en avoir avec moi, pour
me rappeller plus fortement les maux
où nos crimes ont plongé notre Patrie,
& m'exciter par-là à devenir plus vertueux.

Lorfque je penfe, mon cher Monceca, aux maux que nos Peres ont
foufferts, je fuis tenté de croire qu'ils
s'étoient rendus coupables de quelques
grands crimes, dont la connoiffance
n'eft pas venue jufques à nous : & il
faut que je t'avoue, que fi je n'étois
point auffi affuré que je le fuis de la vérité de ma Religion, quand j'examine
les maux qui nous ont accablés depuis
la naiffance du Nazaréifme, je croirois

volontiers que les Prophéties ont été accomplies ; & que le Dieu d'Ifraël ayant abandonné fon Peuple, en auroit choifi un autre.

Sans m'arrêter à la premiere deftruction de Jérufalem par Titus, je parcours avec étonnement & avec frayeur, les malheurs dont les Juifs ont été accablés par Adrien. Après que ce cruel Empereur eut fait mourir Barcokebas, pris la Ville de Bitter, derniere reffource d'Ifraël, il ordonna qu'on plaçât un pourcean de marbre fur la porte de Jérufalem, par laquelle on alloit à Bethléhem. Il fit fervir à la conftruction d'un théatre & de plufieurs Temples de fes faux Dieu, les pierres du Temple de Salomon : il fit élever la ftatue de Jupiter dans le lieu où fe trouvoit autrefois le Sanctuaire. Il deffendit, fous peine de la vie, à tous les Juifs, de pouvoir entrer dans Jérufalem : il ordonna qu'on coupât les oreilles à un grand nombre d'entr'eux qu'il fit tranfporter en divers pays.

Si les maux que nous avons foufferts en Efpagne & en Portugal, ne nous montroient évidemment jufqu'où peut aller la dureté des hommes, ce feroit avec peine que nous ajouterions foi aux cruautés que nos Auteurs affûrent avoir été exercées fur nous, par Adrien &

par ses soldats. Ils disent, *qu'après la prise de Bitter, le carnage fut si grand, & que le sang couloit avec tant de force qu'il entraînoit avec lui des pierres de la pesanteur de quatre livres, & qu'il entra bien avant dans la mer* (1). Ils ajoutent que *lorsque les Romains furent maîtres de la Ville, ils assemblerent tous les écoliers, & les brûlerent avec leurs livres; parce que ces jeunes gens, dans les commencemens du siége, voulant se rendre utiles à leur Patrie, s'étoient servis de leurs poinçons ou de leurs canifs, pour tuer les ennemis* (2). On leur fit un crime énorme d'avoir osé se deffendre lorsqu'on les attaquoit. La perte de Bitter fut suivie de l'entiere dispersion de notre Nation. Les maux que nous avions essuyés sous Titus, n'étoient que de legeres playes, eu égard au coup que nous porta Adrien. Il fit vendre un nombre infini des Juifs, dans les foires, au même prix que les chevaux; & il en fit conduire beaucoup en Egypte,

(1) *Quinimo, sanguis rapiebat secum petras magnitudinis quadraginta modiorum, donec ad quadraginta milliaria usque in Oceanum fluxerit.* Lent, pag. 28.

(2) *Ista pubes principio hostes impetum facientes graphiis suis confodiebat. Cum vero hi prævalerent, urbemque cœpissent, involverunt puerulos illos cum Libris suis eosque igne sic cremarunt.* Joan. à Lent, pag. 13.

qui moururent de faim, de foif & de fatigue.

Eſt-il poſſible, mon cher Monceca, que la Divinité expoſe un Peuple à des maux auſſi grands, s'il ne les a mérités par des crimes qui demandent des châtimens auſſi rudes ? Je crois être fondé à ſoutenir que nos Auteurs ne nous ont point dit les véritables cauſes qui peuvent avoir obligé le Seigneur d'abandonner ainſi ſon Peuple à la cruauté de ſes ennemis. Sans doute il falloit que les Juifs euſſent commis quelques offences contre les Romains, dont la Divinité étoit juſtement irritée. Sous le prétexte de la Religion, peut-être avoient-ils fait pluſieurs meurtres, & s'étoient-ils ſouillés du ſang des innocens. On doit même penſer que les ſoupçons ſont bien fondés, ſi l'on veut ajouter foi aux écrits d'un ancien Docteur Nazaréen, qui vivoit environ deux ſiecles après Adrien. Il a laiſſé par écrit, que le fameux Barcokebas, auteur de la guerre des Juifs contre les Romains, étoit un célebre impoſteur, qui plongea la Nation dans un abîme de maux dont elle n'a pu ſortir. Ce malheureux qui ſe diſoit le Meſſie, ſe ſervoit d'une ruſe par laquelle il paroiſſoit vomir des flammes, & jetter des étincelles de feu

par la bouche (1). Il excita les Juifs à
la révolte; & par un excès d'un fanatiſme qui tenoit de la rage & du dé-
ſeſpoir, il exigea de tous les Juifs qui
entrerent au nombre de ſes ſoldats, &
qui ſe montoient à deux cens mille, qu'ils
ſe coupaſſent un doigt pour donner une
preuve de leur courage. Ce monſtre
né pour la deſtruction de ſes freres,
vint à bout de ſéduire preſque toute la
Nation. Elle entra dans ſes vûes: elle
ſecoua pour un tems le joug des Romains, en égorgea pluſieurs, & prit
pour le ſujet de ſa révolte, & des meurtres qu'elle commit, le prétexte le plus
frivole. Nos Auteurs en conviennent: &
par les raiſons qu'ils apportent de la priſe
d'armes des Juifs, ils ſemblent juſtifier
tous les maux que leur firent les Romains.

Si nous croyons ce que raconte le
Talmud, la guerre contre Adrien fut
occaſionnée par la mort de pluſieurs Romains, qu'on égorgea très-injuſtement.
Ce Livre nous dit (2), que les Juifs

(1) *Ut ille Barcokebas Auctor ſeditionis Judaicæ,
ſtipulam in ore ſuccenſam, anhelitu ventilabat, ut
flammas evomere videretur.* Hieronymi Apologia II.
adverſus Ruffinum.

(2) *In more fuit ut cum naſceretur infans, plan-
tarent cedrum, cum infantula, pinum: cumque nati
contraherent matrimonium, ex iis conſiderent thala-*

avoient la coutume de planter un Cedre
lorfqu'il leur naiſſoit un fils, & un Pin
lorfqu'il leur naiſſoit une fille. Ils ſe ſer-
voient du bois de ces arbres, pour faire
le lit Nuptial, lorfqu'ils venoient à établir les enfans à la naiſſance deſquels ils
les avoient plantés. La fille de l'Empereur
Adrien, traverſant la Judée, ſon Char
vint à ſe briſer. Pour le racommoder,
les Romains, qui accompagnoient cette
Princeſſe, ignorant l'uſage & la deſti-
nation de ces arbres, en couperent un.
Les Juifs ſe ſouleverent dans l'inſtant,
& tuerent ces Romains, qui avoient
oſé détruire une choſe qu'ils regardoient
comme ſacrée.

Il n'eſt rien de ſi ridicule & de ſi faux
que cette Hiſtoire ; car il eſt très-cer-
tain, que l'Empereur Adrien n'eut jamais de fille. Mais en ſuppoſant la réa-
lité de ce conte fabuleux ; nos Peres ne
méritoient-ils pas d'être punis rigoureuſement de s'être revoltés pour un
pareil ſujet ? Et n'étoit-ce pas une bar-

---

mum. *Dic quadam tranſiliit filia Cæſaris, & con-
fractum eſt et crus, carpenti cædrum iſtiuſmodi exci-
derunt, atque eam attulerunt. Inſurrexerunt in eos
Judæi, atque eos ceciderunt. Relatum eſt Cæſari re-
bellare Judæos. Profectus ille in eos iracundus, ex-
cidit totum cornus Iſraelis.* Tractatus Talmudico-
Babyl. *Giſſin* dictus, folio 57. apud Joli. à Lent.
de Judæorum Pſeudo-Meſſiis, *pag.* 7.

barie affreufe, que d'avoir égorgé les
Gardes d'une Princeffe , pour avoir
commis une faute dont ils ne connoiffoient point les conféquences ?

Sans recourir à toutes les chimériques
vifions du *Talmud* , convenons , mon
cher Monceca , que l'Impofteur Barcokebas , & l'efprit remuant de nos Peres , toujours prêts à la révolte , leur
attirerent les maux dont ils furent accablés. Au lieu de fe fouvenir de ceux
qu'ils avoient effuyés fous Titus , pour
éviter d'en effuyer de nouveau de femblables , ils irriterent les Romains , par
leur défobéiffance ; & par leurs cruautés & leurs meurtres , ils offenferent
grievement la Divinité , dans laquelle
feule ils devoient avoir leur recours. Il
faut avouer de bonne-foi , que s'il n'eft
point de Peuple au monde , qui ait été
traité auffi durement que nous , il n'en
eft point non plus , dont l'orgueil ,
l'obftination & la cruauté, ait plus mérité le total abandon de Dieu. Et ce
qu'il y a de plus douloureux pour nous,
c'eft que la plùpart des crimes de notre
Nation ont été occafionné par des gens
qui l'ont abufée fous le prétexte de deffendre la Religion.

Nos malheurs paffés doivent être
éternellement préfens à nos yeux , &
nous empêcher d'être de nouveau la

dupe de quelque Imposteur. Lorsque le Messie viendra finir notre esclavage, & rompre nos fers, il n'aura pas besoin de nous ordonner de tremper nos mains dans le sang. Sa seule puissance domptera les cœurs les plus rebelles ; & pour en venir à bout, il n'aura qu'à le vouloir. Rien ne lui sera impossible. Il n'y a que les faux Prophetes & les Imposteurs qui veulent fonder la Doctrine qu'ils annoncent sur la destruction d'une partie du genre-humain. N'y-a-t'il pas de la folie & de l'extravagance à soutenir que Dieu ne nous enverra un Libérateur, que pour nous autoriser à commettre toutes sortes de cruautés ? Ceux qui se forment cette idée du Messie, se figurent apparemment, qu'il y aura peu de différence entre lui & un Inquisiteur Espagnol. Rejettons, mon cher Monceca, ces fausses notions ; & soyons certains, que notre Libérateur, loin de mettre en feu l'Univers, ramenera le calme & la paix dans les quatre parties du Monde.

Porte-toi bien, mon cher Monceca, & ne conçois que des esperances aussi sages que salutaires de notre Libérateur à venir.

Du Caire, ce....

LETTRE

LETTRE CLVIII.

Aaron Monceca, à Isaac Onis, Caraïte, autrefois Rabbin de Constantinople.

LEs Nazaréens, mon cher Isaac, me paroissent fondés dans les reproches qu'ils font à la plus grande partie des Ecrivains de notre Nation. Ils les accusent d'avoir inventé mille contes odieux, pour flétrir leur Législateur, & d'avoir falsifié l'ancienne Histoire, avec autant d'ignorance que de malice. On ne sauroit nier, que les Auteurs Juifs n'ayent donné à nos ennemis un juste sujet de se plaindre. Car sans parler des fables grossieres, qu'on a inférées dans le *Talmud*, pour rendre odieuse la mémoire de Jesus de Nazareth, dont la morale fut si pure, & qu'un Israélite véritablement Philosophe ne peut s'empécher d'admirer, quels écrits calomnieux n'ont pas débité les Rabbins, dans tous les tems, depuis la naissance du Nazaréïsme ? Je ne sai, mon cher Isaac, si tu connois un livre dont l'Auteur vivoit il y a environ quatre ou cinq cens ans, quoiqu'il ait tâ-

Tome VI.   D

ché de se déguiser le plus qu'il lui a été
possible, dans le dessein que son ouvrage passât pour avoir été composé peu
de tems après la mort du Législateur
des Nazaréens. Cependant on découvre
aisément la supposition de ce prétendu
manuscrit; & les Nazaréens, loin d'en
craindre les suites, ont pris eux-mêmes
le soin de le publier. Ils l'ont fait imprimer, & ont accompagné le texte de sa-
vantes notes, qui couvrent de confusion, non-seulement l'Auteur de cet
écrit fabuleux, mais encore toute notre Nation, avide des faits qui peuvent
nuire aux Nazaréens, & incapable de
vouloir distinguer le vrai du faux (1).
Ceux, qui adoptent sans examen toutes les calomnies qu'on publie contre nos
Adversaires, ne prennent pas garde
qu'ils leur fournissent des armes pour
les combattre. Les gens qui font usage de
leur raison, & qui ne sont point aveuglés par les préjugés, sont indignés de
voir qu'on suppose des faits notoire-
ment faux, & n'ajoutent plus aucune

---

(1) *Voici le titre de cet Ouvrage traduit en Latin :*
Historia Jeschuæ Nazareni, à Judæis blaspheme
corrupta, ex Manuscripto hactenus inedito nunc
demum edita, ac Versione & Notis (quibus Judæorum nequitiæ propius deteguntur, & Autho-
ris asserta ineptiæ ac impietatis convincuntur),
illustrata, à Joh. Jac. Huldrico Tigurino. *Lugduni
Batavorum,* 1705. *in-8.*

croyance à tous. ceux qu'ils trouvent dans les ouvrages d'un Ecrivain, qui ne rougit point d'avancer un menſonge, dont il connoit lui-même toute la noirceur. Cela fait que la vérité ne peut ſe faire jour, & qu'elle eſt entierement obſcurcie & avilie par les fauſſetés dont elle eſt accompagnée.

Il n'eſt rien de ſi affreux, mon cher Iſaac, que les impoſtures qui ſont inſérées dans l'ouvrage dont je viens de te parler. Que nos Rabbins ſoutiennent avec force, que le Légiſlateur des Nazaréens ne fut point le Meſſie, je trouve qu'ils agiſſent conformément aux principes de leur Religion ; mais, qu'ils inventent les fauſſetés les plus atroces, rien ne ſauroit les excuſer. Il eſt de notoriété publique, que Jeſus de Nazareth nâquit d'une femme, dont les mœurs furent très-pures. Ses Sectateurs diſent, que cette femme conçut Jeſus par l'opération de l'Eſprit de Dieu. Les Juifs, qui ne ſont point outrés dans leurs Ecrits, aſſûrent qu'il nâquit du mariage de Marie & de Joſeph. Mais, l'Auteur du manuſcrit débite ſur cette naiſſance la fable la plus abſurde.

Selon lui (1) : ſous le regne d'Hé-

_____

(1) *Ecce, tempore Regni Herodis Proſeliti, erat Vir quiſpiam cui nomen Papus F. Jeh. Huic uxor*

D 2

rode, un nommé Papus, fils de Jeh;
épousa une femme appellée Miriam,
fille de Kalphus, sœur du Rabbin Si-

erat nomine Miriam, filia Kalphus, soror R. Simeo-
nis Hakalph. Erat autem illa Miriam (celebris illa)
ante quam in matrimonium duceretur, comtrix capil-
lorum muliebrium. Nupta illa erat Papo, justa Legem
Dei & Israelis, formaque speciositate supra alias
emicebat. Oriunda ex Tribu Benjamin. Nec maritus
ejus Papus ei permittebat ex ædibus egredi in publi-
cum, sed fores eum in finem clausas habebat; sus-
picabatur enim lascivos homines (formæ præstantia
illectos) cum sæpe cum illa habituros. Factum vero
est, ut die uno, quo jejunium Expiationum agita-
batur, fenestras ejus transiret improbus ille Joseph
Pandira, Nazarenus, qui forma etiam pulchritudi-
ne insignis erat. Is, cum animadverteret virum in
ædibus suis nullum esse, elata voce inclamat: Mi-
riam, Miriam, quo usque sedebis seclusa? Pros-
pectat illa de fenestra, eique respondet: Joseph,
Joseph, liberam me fac, sodes! It ergo Josephus,
& adducit secum scalam, Miriam è fenestra descen-
dit, & fugiunt ambo Hierosolyma Bethlehemam, ipso
Expiationis die jejunio, ibique degunt diebus multis
nemini cogniti. Concubuit autem Josephus cum Miriam
ipsa Exp. die, feria essentiali. Concepit illa, eique
parit anno vertente Jeschuam Nazarenum. Concepit
rursus, & peperit filios filiasque (1).

Hist. Jeschuæ, pag. 4. & 5.

(1) *Filios filiasque.*] Secundum literam Nebulo
intelligere petulanter voluit quæ in Evangelio me-
morantur de Christi fratribus & sororibus. *Math.*
XII. 46. XIII. 55. 56. &c. Cum tamen nosse facile potuisset recentius, phrasi Hebr. *fratres* deno-
tare quosvis proximæ cognationis conjunctos, &c.
Huldrici Notæ in Hist. Jeschuæ, pag. 10.

meon Hakalph. Cette Miriam étoit fort belle , & Papus fon mari fort jaloux. Auffi avoit-il foin de la tenir renfermée. Cependant, fes précautions furent inutiles. Un jour de fête , où cet époux foupçonneux ne fe trouvoit point au logis , un certain Jofeph Pandira , Nazaréen , paffa fous les fenêtres de Miriam , & lui tint ce difcours féducteur : *Miriam , Miriam , jufques à quand demeurerez-vous enfermée ?* A ces douces paroles , Miriam fe mit à la fenêtre , & répondit : *Jofeph , Jofeph , delivre-moi de ma prifon , & je deviendrai ta compagne.* Jofeph alla chercher une échelle , & Miriam defcendit par la fenêtre. Ces deux Amans s'en allerent à Bethléem ; & de leur concubinage nâquit au bout d'un an Jefus de Nazareth , & dans la fuite plufieurs enfans , tant fils que filles.

Eft-il rien de plus abfurde , mon cher Ifaac , que ce conte odieux , démenti par la plus grande partie de nos propres Auteurs ? C'eft ce que l'habille Ecrivain ; qui a fait des Notes fur ce Texte fabuleux , a fait fentir avec beaucoup de force. Il a encore démontré d'une maniere évidente , que l'Auteur Juif , pour donner un air de vérité aux Fables qu'il racontoit , avoit puifé dans les Ecritures des Nazaréens plufieurs chofes

qu'il avoit entierement défigurées. Telle
est la fin du passage que je viens de te
citer, où il donne à Jesus de Nazareth,
plusieurs Freres, & *plusieurs Sœurs*;
prenant au pied de la lettre quelques
expressions, qui signifioient plutôt une
fraternité d'amitié, qu'une véritable
parenté formée par les liens du sang.

La Haine de l'Ecrivain Juif n'a point
été assouvie en donnant au Législateur
des Nazaréens la naissance la plus infâme. Il a voulu encore le faire passer pour
un parricide, afin que ses crimes sur-
passassent ceux des plus grands criminels; & il a débité une seconde Fable
encore plus grossiere & plus ridicule que
la premiere (1). *Jesus*, dit-il, *ayant con-*

(1) *Accidit autem ut Jeschua, his visis, cogni-
toque sperum se esse, ad idcirea Nota (Calvitii) à
Sapientibus de honestatum, abierit Nazaretham con-
venerunque Matrem suam, ibique Οδονταλγία se
graviter affligi simulans, Matri asseruerit se se cum
Academicis studiis incumberet, probatum contra den-
tium dolores remedium audivisse; illudque hoc esse,
si Mater afflicti mammas immittat inter januam car-
dinesque medias, dentibusque laborans, eas exugat,
cum revaliturum. Respondit Mater (indulgentissime,
malique nihil suspicata) Agedum, Fili mi, ponam
ego mammas meas inter cardines medias: tu eas
exsuge. Mater itaque mammarum alteram interponit;
sed Jeschua fores claudens, mammas maternas gravis-
sime affligit, Matremque ita alloquitur: Non te
prius dimitto, qua mihi edixeris qua ratione in
lucem editus ego sim, & qua studia olim tua suc-*

mu qu'il étoit né d'un *adultere*, & *se*
voyant méprisé par les Sages, s'en alla
à *Nazareth*. Lorsqu'il fut arrivé chez sa
Mere, *il feignit d'être très-incommodé*
d'un mal aux dents. j'ai appris, *lui dit-*
il, quand je faisois mes études, un
remede certain contre la douleur qui me
tourmente ; & si vous voulez mettre vos
mammelles dans ma bouche, je serai guéri
dans peu de tems. *Miriam consentit à ce*
que souhaitoit son Fils. Mais celui-ci, lui
ayant serré les mammelles, l'assura, qu'il
ne lâcheroit point prise, qu'elle ne lui
avouât de qui il étoit fils, & qu'elle ne
lui fit un recit de ses aventures. Je vous
avouerai tout, *répondit Miriam*. Papus
fut mon légitime mari. Mais, vous,
& tous mes autres enfans, êtes nés
du commerce criminel que j'ai eu avec
Joseph. *Ces paroles enflammerent Jesus*
de colere. Il assassina son Pere Joseph, &
se sauva ensuite en Galilée.

Est-il possible, mon cher Isaac, que
nos Freres les Juifs n'aient pas suppri-

---

rint. *Respondit ego Mater*, Spiritus tu es. Maritus
enim alter etiam mihi est, cui nomen Papus.
Progenitor autem tuus Joseph in matrimonium
me accepit, non accepto à legitimo marito divor-
tii libello. Omnes itidem liberi mei reliqui spurii
sunt. *Hæc cum percepisset Jeschua, excandescit ira,*
& abiens Patrem Josephum occidit, postea vero in
Gallilæam Judæ aufugit.
Hist. Jeschuæ, *pag.* 32. & 33.

mé pour leur honneur , un livre rempli de fauſſetés auſſi évidentes ? Et comment n'ont-ils pas compris , qu'elles autoriſoient les reproches que nous font les Nazaréens de n'avoir reſpecté , ni les bienſéances , ni même la vraiſemblance , dès qu'il a été queſtion de pouvoir leur nuire ? Lorſqu'un Philoſophe lit des abſurdités pareilles à celle que je viens de te rapporter , & qu'il réfléchit qu'elles ſont , non-ſeulement approuvées des Juifs, mais encore ſoutenues comme des vérités inconteſtables , n'eſt-il pas en droit de conclure , qu'il y a apparence que tous les Ecrivains Juifs , depuis près de ſeize ſiécles , ont été des fourbes ; & que ceux , qui ont ajouté quelque confiance à leurs Ouvrages , n'avoient pas le ſens commun ? Peut-on voir un conte plus pitoyable , que ce mal aux dents , dont Jeſus feint d'être tourmenté , & que l'expédient dont il ſe ſert pour apprendre de qui il eſt né ? Je ne dis rien du prétendu aſſaſſinat de ſon Pere Joſeph. C'eſt-là un fait démenti , non-ſeulement pas tous les Auteurs Nazaréens , mais encore par les Ecrits de pluſieurs Rabbins , qui , quoi qu'ils aient publié tout ce qu'ils ont crû de plus propre à rendre odieux le Légiſlateur des Nazaréens , ne l'ont cependant jamais accuſé de ce parricide.

Je

Je ne m'étonne point, mon cher Isaac, de la haine des Nazaréens envers tous ceux qui professent le Judaïsme. Les excès où se sont portés plusieurs de nos Ecrivains, semblent la mériter justement : & je ne sai comment ils ont encore autant d'égard pour nous, vû la maniere indigne dont nous agissons à leur égard. Je croirois volontiers que le mépris qu'ils font des contes odieux que nous débitons, les vengent assez des fades plaisanteries de nos Auteurs.

Avant que je finisse ma Lettre, permets que je t'aprenne celle que l'Auteur de ce mauvais Ouvrage a faite sur un miracle que les Nazaréens assûrent avoir été fait par leur Législateur (1).

(1) *Venerunt itaque inde in divorsorium. Quærit ibi Jesus ex hospite : Est ne tibi unde hi edant? Respondit hospes : Non mihi suppetit, nisi anserculus unus assatus. Sumit ergo Jesu anserem, illisque apponit, aiens : 'Anser hic exiguus nimis est, quam ut à tribus comedi debeat. Dormitum eamus, & ille qui somniarit somnium optimum, comedet anserem solus. Decumbunt igitur. Tempesta vero nocte surgit Jehuda, & anserem devorat. Mane itaque illis surgentibus, Petrus ait : Somnio mihi visus fui assidero solio Filii Dei-Schaddai : Jesus ait, Ego sum Filius ille Dei-Schaddai, & somniavi te prope me sedere. Ecce ergo me præstantius quid somniasse te. Quare meum erit anserem comedere Jehuda tandem aiebat : Ego quidem ipsemet in somnio comedi anserem. Quærit ergo anserum Jesus, sed frustra; Jehuna enim devorabat illum.* Hist. Jeschuæ, pag. 51.

Tome *VI.*   E

Jefus, avec deux de fes Difciples, dit-
il*, arriva dans une habitation. Il demanda à fon Hôte s'il n'avoit rien à lui
donner à manger ?* Il ne me refte, *lui
répondit cet Hôte,* qu'un Oifon. Jefus le
prit ; & l'ayant mis dans un plat, *cet
Oifon,* dit-il*,* eft trop petit pour être
partagé en trois portions. Allons-nous-
en dormir ; & celui qui fera le plus beau
fonge le mangera à fon reveil. *Les Difciples obéïrent. Mais, pendant la nuit,
Jehuda fe leva, & mangea lui feul l'Oifon. Lorfque le jour fut venu, Pierre
dit, qu'il avoit fongé qu'il étoit affis à la
droite du Fils de Dieu. Jefus répondit :*
C'eft moi, qui fuis le Fils de Dieu, &
j'ai auffi fongé que tu étois affis à mon
côté. Je dois donc manger l'Oifon ;
car mon rêve eft beaucoup plus beau
que le tien. *Mais Jehuda leur dit :* Et
moi, j'ai rêvé que je mangeois l'Oifon.
*Jefus, entendant cela, le chercha vaine-
ment, puifque Jehuda l'avoit réellement
mangé.*

Une nourrice fait-elle à fon enfant des
contes auffi pitoyables ; & les Nazaréens n'ont-ils pas raifon d'avoir plus de
pitié, & de mépris pour les Ouvrages
que nous écrivons contr'eux, que de
colere & de dépit ! Prions l'Etre Souverain, mon cher Ifaac, qu'il éclaire
les Ifraélites, & qu'il les empêche d'af-

foiblir leurs bonnes raifons par des fables & des impoftures.

Porte-toi bien , mon cher Ifaac : & vis content & heureux.

De Londres, ce ....

LETTRE CLIX.

Ifaac Onis , *Caraïte, autrefois Rabbin de Conftantinople*, à Aaron Monceca.

JE connois parfaitement , mon cher Monceca , le Livre dont tu m'as parlé dans ta derniere Lettre. C'eft un de ces miférables Ouvrages enfantés par les Rabbins , & qui deshonorent autant le Judaïfme , que le ramas de vifions que contient le *Talmud*. En embraffant les fentimens des fages Caraïtes , j'ai acquis le droit de rejetter tous ces Ecrits impofteurs , dictés par la haine , & que la paffion & les préjugés ont confacrés fous le voile de la Religion.

Les endroits que tu m'as cités de la prétendue *Hiftoire de Jefus de Nazareth* , ne font pas les plus ridicules de ceux qu'on y trouve en grand nombre.

E 2

En voici un qui me paroît surpasser tout ce qu'on a écrit de plus absurde (1). *Jehuda*, dit cet Auteur, *alla trouver le Roi, & lui apprit que Jesus étoit ar-*

(1) *Jehuda vero clanculum se ad regem confert, eique nunciat Jesum cum suis esse in ædibus Puræ. Mittit ergo rex juvenes Sacerdotes in ædes Puræ, qui cum illuc venissent, ad Jesum aiunt: Homines nauci non sumus, & in te ac verba tua credimus. Tantum nobis da ut coram facie nostra Miracula patres. Patravit itaque Jesus coram iis mira, per nomen immensum. Ederunt autem Jesus & Discipuli ejus ipsa die Expiationum, feria esuriali, nec jejunarunt. Biberunt etiam de vino quod mistum erat aquis oblivionis, cubitumque postea iverunt. Circa tempestam vero noctem Satellites regis ad ejus mandatum ædes Puræ corona circumdant. Aperit Pura Januam: ingrediuntur Satellites conclave Jesu & Assedarum ejus, eosque compedibus constringunt. Jesus itaque intendebat animum in nomen immensum, sed non valebat illud assequi, omnium enim ejus connexionum oblitus erat. Tunc dixit Jesus: De me dictum est, vinum & mustum &c. (Hos IV. 11.) Satellites autem Jesum & Asseclas abducunt in carcerem, dictum Domus Blasphemantis, quia probris & blasphemiis affecit Deum. Mane itaque regi nunciabatur Jesum & Sequaces ejus captos esse & carceri inclusos. Præcepit vero rex custodire eos usque ad Festum Tabernaculorum coram Domino in Festo, juxta id quod præceperat Moses. Jussit ergo rex lapidare Jesus Discipulos extra Hyerosolymam, & viderunt omnes Israelitæ, & lapidibus obruerunt Sequaces Jesu. Universus autem Israel Cantica & laudes deferebat Deo Israeli, quod viros hosce Belial in manus eorum tradiderit.*

Hist. Jeschuæ, pag. 67, 68. & 69.

rivé. Ce Prince envoya les jeunes Prêtres vers lui, & ils dirent à Jesus : Nous ne sommes point des trompeurs ni des méchans. Nous ajoutons foi à vos discours. Nous vous demandons seulement que vous fassiez devant nous quelque miracle. Jesus consentit à leur demande ; & par la vertu du nom Tout-puissant, il opéra plusieurs prodiges. Or, Jesus, ainsi que ses Disciples, n'observerent point les jeûnes établis les jours d'expiation. Ils bûrent du vin dans lequel on avoit mêlé de l'eau d'oubli. Ensuite, ils allerent se coucher. Mais pendant la nuit, des Soldats entourerent la maison dans laquelle ils étoient, & les garotterent. Jesus faisoit tout ce qu'il pouvoit pour se ressouvenir du nom Tout-puissant, sans que cela lui fût possible, parce qu'il l'avoit oublié. . . . Les Soldats le conduisirent donc, lui & tous ses Satellites, dans une prison appellée la maison de blasphême, parce qu'il avoit blasphêmé contre Dieu. Cependant, le matin on apprit au Roi que Jesus & ses Disciples avoient été arrêtés. Le Roi ordonna de les garder en prison, jusqu'à la Fête des Tabernacles, durant laquelle les Peuples accouroient de toutes parts pour se prosterner devant le Seigneur, ainsi que Moïse l'avoit ordonné. Le Roi ordonna donc qu'on conduisît les Disciples de Jesus hors de Jerusalem, & qu'on

les lapidât ; ce qui fut exécuté aux yeux
de tous les Ifraëlites , qui chantoient des
Cantiques , & rendoient grace à Dieu de
leur avoir donné le moyen de punir ces
méchans Hommes.

En ne faifant point attention , mon
cher Monceca , aux fauffetés & aux
menfonges qui font dans ce récit , &
qu'on voit fi évidemment démentis &
détruits par toutes les Hiftoires les plus
autentiques , il s'enfuit une abfurdité
qui faute aux yeux des Lecteurs les
plus ignorans. Si tous les Difciples de
Jefus perirent à la Fête des Tabernacles , & fi Jefus lui-même fut crucifié
quelque tems après , & ne fortit plus
de fa Prifon depuis le jour qu'il fut arrêté , comment eft-ce que le Nazaréïfme
a pû s'établir & devenir fi puiffant ? Qui
furent ceux qui allérent le prêcher dans
les climats les plus éloignés ? Comment , après avoir été éteint dès fa
naiffance , pût-il renaitre de fes cendres ? L'Hiftorien Rabbinifte a prévû
une partie de ces difficultés , & il les a
fauvées , ou du moins il a tâché de les
fauver ; mais d'une maniere fi pitoyable , que ce qu'il dit enfuite eft cent fois
plus fou & plus infenfé , que cette eau
d'oubli qu'il fait mêler fi à propos avec
du vin , pour faire perdre la mémoire à
Jefus , & l'empêcher de pouvoir fe ref-

fouvenir du nom Tout-puiſſant. N'eſt-
ce pas fonder un fait fur des preuves
bien inconteſtables , que de l'établir fur
un conte puiſé dans les Ecrits des Poëtes Payens , & dans ceux des Cabaliſ-
tes , les plus incurables de tous les
Fous ? Ce ſont-là , mon cher Monceca , les ſources de cette eau d'oubli qui
n'exiſta jamais davantage que le fleuve
Lethé , & de cette puiſſance ſurprenante du nom Tout-puiſſant . dont les
connexions cachées n'eurent jamais d'autre pouvoir , que de deranger le bon-
ſens , & de renverſer la cervelle d'un
grand nombre de Rabbins.

Celui dont tu mépriſes ſi fort l'ouvrage , mérite de tenir un rang diſtin-
gué parmi ces inſenſés ; & je ne penſe
pas qu'aucun de ſes Confreres ait jamais rien écrit d'auſſi fou que ce qu'il
raconte de l'établiſſement du Nazaréïſme , après la mort de Jeſus (1). " Il

(1) *Factum vero eſt , cum incudirent Aïtæ ſuſ-
penſum eſſe Jeſchu , ut litem indicerent acerbum Iſ-
raeli. Quando ergo offenderunt Aïtæ Iſraelitam , cum
neci dederunt ; & occiſa ita ſunt Iſraelitarum bina
millia virorum. Nec poterant Iſraelitæ adſcendere in
Feſtum , propter viros Aï : Bellum igitur gerebat
Rex cum Aïtis , ſed eoſdem ſubigere non valebat.
Nam ipſis etiam Hieroſolymis increſcebat numerus
hominum improbiſſimorum coram Rege. Quidam autem illorum hominum Propudia Aï ibant , menda-
ciſque Aïtis referebant , ſcilicet triduo poſtquam ſuſ-*

» arriva, dit-il, que les Habitans d'Aï,
» ayant appris que Jefus avoit été cru-
» cifié, eurent une vive difpute avec les
» Ifraëlites. Ils tuoient tous ceux qu'ils
» rencontroient. Ils en maffacrerent
» deux mille; & les Ifraëlites n'ofoient
» plus venir à Jerufalem les jours de Fê-
» te. Le Roi avoit bien déclaré la guer-
» re aux Aïtains. Mais il lui étoit im-
» poffible de les foumettre. Il y avoit

penfus fuiffet Jefchu, ignem de Cælo cecidiffe, Jefchu
circumcinxiffe, indeque illum è veftigio revixiffe,
pofteaque in Cælum afcendiffe. Fidem vero adhibe-
bant Aïtæ verbis fcelefterum illorum, & jurisjurandi
fide interpofita confpirabant fe crimen ulturos in If-
raelitis, cujus reatum fibi confciverunt Jefchu fufpen-
dendo. Jehuda autem cum videret horrenda Aïtas fa-
cinora moliri, ad eos Literas in hunc fenfum dedit.
Non eft pax, ait Dominus, impiis. Quare conf-
pirant Gentes, & Nationes meditantur vanita-
tem? Venite, quæfo Hierofolymam, & confpi-
cite Pfeudo-Prophetam veftrum. Ecce enim ille
eft cadaver protritum, canis mortuus & fœtidus,
quem depofui ego in reconditorio ftercorum. Inutiles ergo ille homines, cum hæc perciperent, Hierofolymam pergunt, ibique vident Jefum depofitum in
loco fordibus & ftercoribus inquinatiffimo. Recipientes
autem fe in Aï, divulgant ibi pura mendacia effe,
quæ tranfcripferit Jehuda. Nam ecce (aiebant) ve-
nimus nos Hierofolymam, & plures ibi funt qui
contra Regem infurrexerunt, eumque expulerunt,
quod noluerit credere in Jefum: multi quoque Sapientum occifi funt ob ipfam etiam infidelitatem
in Jefum. Aïtæ itaque credebant verbis mendacibus
hominum nauci, bellumque indicebant Ifrael.

Hift. Jefchuæ, pag. 95. 96. 97.

» d'ailleurs dans la Ville plusieurs esprits
» séditieux , & amateurs de nouveau-
» tés. Quelques-uns d'entr'eux alloient
» trouver les gens d'Aï , & leur ra-
» contoient mille fables. Ils disoient ,
» que trois jours après la mort de Je-
» sus , il étoit tombé un feu du Ciel
» qui avoit entouré son corps ; & qu'il
» étoit revenu à la vie , & monté en-
» suite dans les Cieux. Les Habitans
» d'Aï ajoutoient foi à ces discours sé-
» ducteurs , & formoient toujours d'a-
» vantage la résolution de venger sur les
» Israëlites la mort de Jesus de Naza-
» reth , qu'ils croyoient avoir été mis
» à mort injustement. Jehuda , ayant
» connu les crimes que méditoient les
» Aïtains , leur écrivit dans ces termes :
» *La Paix du Seigneur n'est point avec*
» *les Impies. Pourquoi donc les Peuples*
» *se laissent-ils séduire par les mensonges ?*
» *Venez à Jerusalem & vous y verrez*
» *votre prétendu Prophete. Il est enterré*
» *dans les latrines , où je l'ai moi-mê-*
» *me inhumé. Il est à demi-pourri , &*
» *répand une odeur aussi puante qu'un*
» *Chien mort.* Les Habitans d'Aï , ayant
» reçu cette Lettre , envoyerent quel-
» ques uns d'entr'eux à Jerusalem ,
» qui virent Jesus dans les latrines où
» il étoit enterré. Mais , lorsqu'ils fu-
» rent de retour chez leurs conci-

» toyens , loin de rendre gloire à la
» vérité , ils dirent que la lettre de
» Jehuda étoit remplie de menfonges ;
» & que beaucoup de gens , dans Je-
» rufalem même , avoient pris le parti
» de Jefus , & s'étoient révolté con-
» tre le Roi. A ces nouvelles , les gens
» d'Aï égorgerent plufieurs fages per-
» fonnages, qui s'étoient déclarés con-
» tre Jefus , & continuerent à faire la
» guerre aux Ifraëlites. »

Voilà , mon cher Monceca , des faits
dont aucun Hiftorien , foit Payen , foit
Nazaréen , n'a jamais fait aucune mention. Il eft furprenant qu'un homme ,
quelque accoutumé qu'il foit au menfonge , n'ait pas honte de donner un
Roman odieux comme une Hiftoire véritable. Du moins le Rabbin devoit-
il donner un air de vraifemblance à fes
impoftures. Eft il rien de plus contraire , & qui le détruife davantage , que
de dire que tous les Difciples de Jefus
furent lapidés, que le Peuple entier ap-
plaudit à leur mort ; que les Aïtains vinrent être témoins de la corruption du
Corps de Jefus ; & d'affurer en même-
tems, que ces mêmes Aïtains font les
premiers à foutenir les interêts & la mémoire de ce même Jefus ? Les Nazaréens n'ont-ils pas raifon de traiter en
général tous les Rabbins comme des

impofteurs, & de décrier le Judaïfme, puifqu'il s'autorife de leurs Ecrirs, & qu'il fonde fa défenfe fur un tiffu d'injures & de menfonges ?

Si tous les Ifraëlites fuivoient les fages opinions des Caraïtes, ils ne craindroient point ces reproches. Nous n'établiffons notre croyance que fur les livres divins. Les Oracles qui nous inftruifent font infaillibles ; & nous ne faurions nous tromper. Pour défendre nos fentimens contre les Nazaréens, nous n'avons point recours à des rufes indignes d'un honnête homme. Ils nous attaquent par les Ecritures. C'eft par ces mêmes Ecritures que nous nous deffendons. S'ils pouvoient nous montrer qu'elles ont été accomplies, fans héfiter un feul moment, nous nous foumettrions à recevoir leur croyance. Mais, c'eft ce qui n'arrivera jamais ; puifqu'il eft vifible que cette lampe promife à Ifraël, n'a point encore lui. Dès que fa clarté paroîtra, tous les cœurs feront éclairés. C'eft vainement qu'on voudroit fermer les yeux. Ses rayons pénétrans perceroient les voiles le plus épais ; & puifque le Meffie viendra pour rendre parfaitement heureux tous les Juifs, il feroit ridicule de prétendre qu'il les laiffera prefque tous dans l'aveuglement.

C'eft-là, mon cher Monceca, un des grands argumens contre les Nazaréens. Ils difent que le Meffie eft arrivé. Quel bien a-t'il donc fait aux Juifs ? Car c'eft à eux, & pour eux, qu'il eft dit dans l'Ecriture, qu'il doit venir fur la terre. Cependant, tous les maux femblent vouloir accabler notre Nation. Elle eft chaffée & bannie de Jerufalem. Le Temple du Dieu vivant eft détruit. Elle ne peut plus offrir des Sacrifices. Elle eft en proye à l'avarice, à la haine & à la cruauté de tous les Peuples. Sont-ce-là les bonheurs qui nous font promis par la venue du Meffie ? Eft-ce-là cette Etoile brillante qui devoit luire fur Ifraël, & la combler de toutes les profperités ? Nos infortunes, mon cher Monceca, font des preuves évidentes que notre Liberateur n'eft point encore arrivé. Lorfqu'il paroîtra, les Nazaréens pourront aifément le reconnoître aux biens dont il nous comblera. Il nous tirera de leur efclavage : & notre liberté, notre gloire, notre bonheur, feront des marques auxquelles les plus entétés de nos ennemis feront forcés de fe rendre.

Porte-toi bien, mon cher Monceca : vis content & heureux ; & compte que dans ma premiere Lettre je te parlerai plus au long de l'impertinent Ouvrage du Rabbin imposteur.

Du Caire, ce . . . . .

LETTRE CLX.

Isaac Onis, *Caraïte*, *ancien Rabbin de Constantinople*, à Aaron Monceca.

JE t'ai promis, mon cher Monceca, de te parler encore des absurdités & des mensonges, que les Rabbins ont inserés dans la vie du Législateur des Nazaréens. Je commencerai par l'endroit qui suit celui où je me suis arrêté dans ma derniere Lettre, & où le prétendu & ridicule Historien continue en ces termes (1).

(1) *Rex ergo & Sapientes, perspicientes Aïtas Israelitis superiores evadere & adaugeri etiam agmen hominum impiissimorum [erant hi fratres & cognati Jesu] consilia invicem ineunt, Jehudamque rogant quid optimum facta in re difficili sibi videretur? Respondit Jehuda:* Ecce avunculus Jesu est Simeon Hakkalpasi, qui itidem est senex venerabilis admodum. Tradite, sultis, ei nomen immensum, & ablegate illum. Aï, ibi ut patret Miracula : civibusque edicat, omnia illa se facere, Aïtæ vero opinabuntur, dicere illum velle, in Nomine Jesu ;

» Le Roi & les Sages, voyant que
» les Aïtains devenoient tous les jours

cum explicatio tamen vocularum ambigua fit ,
atque adeo apta nata ad decipiendos illa Aïtas :
nam [quod notare etiam poteſt *ex Mente Jeſu,
in Nomine Jeſu*] ſtylo Rabbinico eſt , Phraſis
quæ exprimit actum , quem coactus quis & in-
vitus ob urgentem neceſſitatem ſuſcipit. Viri vero Aïtæ credent verbis Simeonis , avunculus Jeſu cum fit. Oportet autem perſuadeat Simeon illis in mandatis ei dediſſe Jeſum edicere iis ne
belligerarent cum Iſraelitis , cum Jeſus ipſemet
vindictam de illis ſumturus eſſet. *Approbabat ſe
hæc conſilium Regi & Sapientibus. Accerſunt itaque Simeonem , illique rem totam enarrant. Reſ-
pondit Simeon :* Jurate mihi ſanctè Hæredem me
futurum ſeculi venturi. Tunc ibo ego lubens , il-
liſque proponam Statuta non bona , atque ceſſa-
re faciam bellum ab Iſraele. *Jurant proinde Sapientes & Seniores Simeoni , eique committunt Nominis
immenſi arcanum ſacratiſſimum.*

*Abiit ergo Simeon , & cum prope jam Aï eſ-
ſet , effinxit nubeculam aliquam minorem , tonitru-
buſque & fulgetris inde emiſſis , ipſe nubeculæ in-
ſidit , magnitque tonitru , qua Aïtas percelleret ,
edito , in hæc verba fari cœpit :* Audite , viri Aïtæ.
Convenite ad turrim Aïticam , & ibi præſcri-
bam vobis Statuta Jeſchu. *Aïtæ , voce hac audi-
ta , perterrefacti , undique ad turrim iſtam concur-
runt. Et ecce Simeon fertur ſupra nubem. Deſcen-
dit vero poſtea de nube in turrim , & viri Aïte ſe
coram eo proſternunt. Dicit autem Simeon :* Ego ſum
Simeon Hakkalph , avunculus Jeſchu. Jeſus vero convenit , me , neque ad vos amandavit , ut
edocerem vos Statuta ejus ; nam Jeſus Filius Dei
eſt. Ego porro Simeon edocebo vos Legem Jeſu,
Statuta nova. *Edidit vero Simeon in conſpectu eorum ſigna & portenta magna. Aïtæ proin verbis Si-*

» plus puiſſans , & que le nombre des
» Impies & des Novateurs augmen-

meonis fidem adhibuerunt , eique dixerunt : Facie-
mus , & obſequemur omni quod præcepturus es
nobis. Simeon ait ; Recipite vos in ædes veſtras.
Omnes ergo Aïtæ ædes ſuas repetunt. Simeon autem in terri Aïtica reſidebat , & conſcribebat Statuta illa , prout ei edixerant Rex & ſapientes. Im-
mutabat etiam Alphabetum , aliiſque Litteras Nomi-
nibus inſigniebat , ad dandum tacite indicium , omnia quæ præcepturus erat mendacia fore. Hoc vero
Alphabetum eſt quod ille cudit : a , be , ce , de , e,
ef, cha , i , ke , el , em , en , o , pe , ku , er , es,
te , w , iex , etzet , zet. Et hæc eſt explicatio ejus.
Pater meus eſt Eſaü. Venator , & laſſus ille erat :
& ecce Filii ejus credunt , in Jeſum , qui vivit
ut Deus. Suffocetur anima illorum ; quia Deo
non eſt Mater , Jeſu vero habebat Matrem : ſed
Epicureus Seductor , &c.

Conſcripſit inſuper , in uſum illorum Libros menda-
ciſſimos , eoſque vocavit. Iniquitatem Conſumtio-
nis. Putaverunt vero illi , cum dicere q. d. Pater ,
& Filius , & manifeſtatus Spiritus S. Et conſcripſit
illis etiam Libros nomine Diſcipulorum Jeſu , &
ſpeciatim Johannis : dixit vero Jeſum omnia illa
ſibi tradidiſſe. Nec abſque intentione ſingulari con-
cinnavit Librum Joannis. Illi proin putabant Myſ-
teria ea eſſe , cum tamen omnia illa non ſint niſi va-
nitas , & figmentum cordis : uti quæ [v. g.] ſcrip-
ſit in illo Libro Joannis Cap. XIII. Johannem vi-
diſſe Beſtiam aliquam , cui fuerunt ſeptem capita
& decem cornua , cum decem etiam coronis ;
nomenque Beſtiæ eſt nomen blaſphemiæ , & nu-
merum nominis Beſtiæ eſſe 666. Hic Verborum
Senſus eſt : Beſtia hæc eſt Jeſchu Nazarenus : ei
ſunt ſeptem capita , tot nimirum literæ ſunt in bi-
nis vocabulis hiſce , &c.

Hiſt. Jeſchuæ , pag. 100. 113.

» toit , parmi lefquels les freres & les
» parens de Jefus tenoient un rang dif-
» tingué , délibererent fur le parti qu'ils
» devoient prendre , & prierent Jéhu-
» da de vouloir leur apprendre com-
» ment ils devoient fe conduire dans
» une fituation auffi épineufe. Jéhuda
» leur repondit : *Voici Simeon Hakkal-*
» *pafi , oncle de Jefus. C'eft un vieillard*
» *refpectable. Découvrez-lui les myfteres*
» *& les decrets du nom Tout-Puiffant.*
» *Envoyez-le enfuite chez les Aïtains ,*
» *afin qu'il faffe plufieurs Miracles à leurs*
» *yeux , & qu'il dife , que c'eft par la*
» *vertu d'un autre. Les Aïtains croiront*
» *fans doute que c'eft par celle de Je-*
» *fus ; cette façon de parler étant très-obf-*
» *cure , & fort propre à les tromper. Car ,*
» *ces termes , par la vertu d'un autre ,*
» *peuvent être facilement attribués à Je-*
» *fus , & font une phrafe , qui , dans le*
» *ftyle Rabbinique , fignifie qu'on eft*
» *contraint par la puiffance d'un autre ,*
» *& déterminé par fon pouvoir. Les Aï-*
» *tains croiront donc aux difcours de Si-*
» *meon , oncle de Jefus , & il faut qu'il*
» *leur perfuade que Jefus leur ordonne*
» *de ceffer de faire la guerre aux Ifraëli-*
» *tes , s'étant réfervé à lui-même la ven-*
» *geance.* Le Roi & les Sages, approu-
» verent fort l'avis de Jéhuda. Ils en-
» voyerent chercher Simeon , & lui
         » déclarerent

» déclarerent ce qu'ils avoient résolu :
» *Jurez-moi*, leur répondit-il, *que je*
» *ne ferai point réprouvé dans tous les*
» *siécles à venir ; & pour lors je vous*
» *obéïrai avec plaisir. J'établirai des opi-*
» *nions criminelles parmi vos Ennemis ,*
» *& leur ordonnerai de cesser de vous faire*
» *la guerre.* Les Sages jurerent ainsi que
» le demandoit Simeon , & ils lui dé-
» couvrirent les mysteres du nom Tout-
» Puissant.

    » Il partit ensuite , & lorsqu'il fut
» près des Aïtains , il fit former une
» nuée , de laquelle sortoient des
» éclairs. Il monta dessus , & leur par-
» la de la sorte : *Ecoutez-moi , Habitans*
» *d'Aï. Assemblez-vous au pied de la*
» *Tour , & là je vous apprendrai les*
» *ordres de Jesus.* Les Aïtains , saisis
» de frayeur , s'y rendirent en foule.
» Simeon s'y transporta assis sur son
» nuage , & descendit ensuite sur la
» tour. Les Aïtains se prosternerent de-
» vant lui , & il leur tint ce discours :
» *Je suis Simeon Hakkalph , oncle de Je-*
» *sus , qui m'est venu trouver & m'a*
» *envoyé vers vous afin que je vous an-*
» *nonçasse ses ordres ; car Jesus est le*
» *fils de Dieu : & moi je vous enseigne-*
» *rai sa Loi.* Alors Simeon fit plusieurs
» miracles , dont ceux qui l'écoutoient
» furent les témoins. Aussi crurent-ils à

Tome VI.   F

» fes difcours , & ils lui dirent : *Nous*
» *obéïrons à tout ce que vous nous ordon-*
» *nerez , & nous fuiverons exactement*
» *les regles que vous nous preferirez.* Si-
» meon leur ordonna de fe retirer dans
» leurs maifons. Quand à lui il refta
» dans la tour , & il y travailloit à faire
» des reglemens mauvais & criminels ,
» ainfi qu'il l'avoit promis au Roi &
» aux Sages ; & il changeoit l'alpha-
» bet , & donnoit d'autres noms aux
» lettres pour fervir d'indice fecret ,
» que tout ce qu'il preferivoit n'étoit
» que des menfonges & des impoftu-
» res. Voici l'alphabet qu'il inventa : *a* ,
» *be, ce , de , e , ef, cha, i , ke , el , em* ,
» *en , o , pe , hu , er , es , te , u , iex , ci-*
» *zet , zet* , dont telle eft l'explication ,
» *Mon pere Efaü , chaffeur , étoit fort*
» *las , & fes enfans croioient en Jefus* ,
» *qui dit être Dieu. Que leurs ames pe-*
» *riffent ; par ce que Dieu n'a point de*
» *mere , & Jefus en a eu une. C'eft un*
» *épicurien, un féducteur, un trompeur,*
» *&c.*

   » Simeon compofa enfuite plufieurs
» livres remplis de menfonges, & ils
» les appella *le Comble de l'iniquité.*
» Mais les Aïtains crurent qu'il vou-
» loit dire, *le Pere, le Fils, & l'Ef-*
» *prit Saint.* Il écrivit auffi plufieurs
» ouvrages au nom des Difciples de Je-

» fus , & particulierement à celui de
» *Jean*. Il affura que tout cela lui avoit
» été révélé par Jefus. Et ce ne fut pas
» fans un deffein formé qu'il fit le li-
» vre qu'il publia fous le nom de *Jean :*
» car les Aïtains penfoient qu'il con-
» tenoit les plus grands myfteres , quoi-
» qu'il n'y eut mis que des contes & des
» vifions ridicules , & chimériques. Il
» dit , par exemple , qu'il *vit une bête ,*
» *qui avoit fept têtes , dix cornes , & dix*
» *couronnes ; que le nom de la bête étoit*
» *un nom de blafphéme , & que le nom-*
» *bre de ce nom étoit* 666. Voici quel
» eft le fens de ces paroles : *La bête eft*
» *Jefus de Nazareth ;* y ayant dans ces
» deux mots Hebreu, ישׁו נצרי fept let-
» tres , dix cornes & dix couronnes.

Penfes-tu , mon cher Monceca , qu'il
y ait des contes des Fées auffi ridicules.
que celui de Simeon Hakkalpafi ? Peut-
on rien dire d'auffi extravagant que
cette Loi donnée fur le haut d'une tour,
par un homme qui s'y tranfporte dans
une nuée ? Le ferment qu'il exige des
Sagès , qu'en trompant les Aïtains , il
ne nuira point à fon falut , & l'affurance
que lui en donnent ces mêmes Sages
n'eft-elle pas la chofe du monde la plus
contraire à la bonne Morale ? Quel eft,
je ne dis pas l'honnête-homme , mais
le fcélerat , qui ôfât foutenir qu'il doit

F 2

être permis, par un principe de Religion, d'abufer de la crédulité de tout
un Peuple, & de l'induire dans les plus
grands crimes, fous le prétexte de lui
réveler les ordres du Ciel ?

Le Rabbin Hiftorien avoit des fentimens tout auffi éloignés de la droiture
& de l'équité, que de la verité. Il falloit qu'il fût auffi fourbe que menteur :
car, il paroît qu'il approuvoit fort toutes
les rufes qui pouvoient être utiles. En
voici la preuve dans fes propres termes (1). » Le Rabbin AK. alla à Naza-

(1) R. AK. igitur Nazaretham it, exque in-
colis urbis inquirit ubinam habitet Mezaria, con-
jugio juncta cum Karchat. Monftrant indigenæ Rab-
binæ ædes, quas cum adiiffet R. AK. non offendit
ibi maritum, fed uxorem folam ; illam ita affatur ?
Filia mea, fingulari Domini providentia effectum
eft quod maritus tuus domi non fit. Ego itaque
te per Dominum Deum Celorum adjuro ut edi-
cas mihi quæ ftudia tua, & fint, & fuerint olim :
tibique [fideliter gefta narranti] fpondeo feculum
futurum. Refpondit ei uxor : Jura, quæfo, mihi per
Nomen Domini, jufjurandum conceftim præftat R.
AK. ore fuo, fed corde illud nullum facit. Tunc uxor
ita ad eum loquitur : Miriam ego fum. Soror Simeonis Hakkalph, uxor Papi Aufugi vero cum
Jofepho Pandira, & procreavit ille ex me liberos
fpurios Bethlehemæ. Eo autem tempore quo He-
rodes illuc venit nos lapidaturus, in Ægyptum
fugimus. Ibi cum ingravefceret annona, huc re-
vertimur, nominaque noftra immutamus ne nof-
cerent nos homines. Hæc cum audiffet. R. AK.
veftes laceravit eique ita edixit, &c. Hift, Jefchuæ,
pag. 24 & 25.

» reth , & s'informa de l'endroit où de-
» meuroit Mezaria , épouſe de Karchat.
» Lorſqu'on le lui eut appris, il s'y
» tranſporta, & trouva Miriam toute
» ſeule , ſon mari étant ſorti. *Ma fille ,*
» lui dit-il , *c'eſt par une faveur ſingu-*
» *liere du Ciel que je vous rencontre*
» *ici ſans votre mari. Je vous conjure ,*
» *par le Dieu du Ciel , de m'apprendre*
» *quelles furent vos amours : & ſi vous*
» *me dites la vérité , je vous promets un*
» *bonheur éternel.* Miriam répondit : *Ju-*
» *rez , je vous prie , par le nom du Sei-*
» *gneur , que ce que vous me promettez*
» *eſt véritable.* Le Rabbin AK. jura ſur
» le champ : mais la bouche ſeule pro-
» nonça ſon ſerment , & le cœur n'y
» eut point de part. Alors la femme
» qu'il interrogeoit lui dit : *Je ſuis Mi-*
» *riam , ſœur de Simeon Hakkalph. Pa-*
» *pus fut mon époux. Je le quittai pour*
» *ſuivre Joſeph qui m'enleva , & dont*
» *j'eus pluſieurs enfans à Bethléem. Dans*
» *le tems qu'Herode vouloit nous faire la-*
» *pider , nous nous enfuîmes en Egypte.*
» *La famine y étant , nous fûmes obligés*
» *d'en ſortir. Nous retournâmes ici , après*
» *avoir changé nos noms , dans la crainte*
» *d'en être reconnus.* Rabbin AK. ayant
» oui ce diſcours déchira ſes habits ,
» &c. »

Voilà un homme bien ſingulier , mon

cher Monceca , que ce Rabbin AK. ! Il
ne s'embarraſſe pas de faire un faux ſerment , ni de prendre le nom de Dieu
pour garant de ſes menſonges ; mais
il déchire ſes habits , & fait pluſieurs autres extravagances , au recit d'un adultere : comme ſi le premier péché étoit
moins criminel que le ſecond. Mais un
homme auſſi peu ſenſé que cet Hiſto-
rien n'examinoit pas de fort près les
choſes qu'il écrivoit. Et que peut-on
attendre de bon & de ſage d'un homme auſſi fou & auſſi ignorant que lui ?

Je finirai ma Lettre , mon cher Monceca , par l'extravagant & comique récit qu'il fait d'une aventure qu'il dit
être arrivée à pluſieurs Diſſiples de Jeſus. » Siméon Hakkalph , dit-il , alla
» trouver le Roi , & lui demanda qu'il
» le laiſſât agir à ſa fantaiſie , & qu'il
» détruiroit tous les Impies & les Sec-
» tateurs de Jeſus qui ſe trouvoient
» dans Jeruſalem. Le Roi lui répon-
» dit : *Je conſens à votre demande. Al-*
» *lez , que le Seigneur ſoit avec vous.*
» Alors Simeon ſe rendit en ſecret au-
» près des Novateurs , & leur dit:
» *allons à Aï ; & là vous verrez les mi-*
» *racles que j'ai opérés aux nom de Je-*
» *ſus , & ceux que je dois encore faire.*
» Pluſieurs de ces Impies prirent donc
» le chemin d'Aï , & pluſieurs autres

» monterent avec Simeon fur un nua-
» ge. Mais en chemin , les ayant pré-
» cipité de ce nuage , ils tomberent fur
» la terre , & moururent de leur chûte.
» Simeon retourna alors à Jerufalem ,
» raconta cette aventure au Roi , à qui
» elle caufa beaucoup de joye : & de-
» puis ce jour-là , Simeon ne quitta
» plus la Cour de ce Prince (1). «

Je te demande , mon cher Monceca : ai-je eu tort d'embraffer les fages
fentimens des Caraïtes , & peut-on
refter dans une fecte dont les principaux Docteurs enfeignent des imperti-
nences auffi abfurdes ? Si l'on vouloit in-
inventer une fable , qui pût rendre ridicule un ouvrage , pourroit-on mieux

(1) Tum Simeon Hakkalph adit Regem , ait-
que : Domine , Rex concede mihi , & removebo
ego nequiffimos hos homines ex Hierofolimis. Refpondit Rex Simeon : Vade , Dominus tecum fit ! Simeon ergo, clanculum fe ad nebulones conferens, iis ait:
Surgite ; afcendamus Aï , & tibi videbitis prodi-
gia quæ ego edidi in Nomine Jefus , quæque infuper facturus ibi fum. Quidam igitur hominum tur-
piffimorum Aï eunt. Quidam etiam nubi juxta Simeonem impofiti, Hierofolimam linquunt. In itinere vero contigit ut Simeon nube vectus decerneret in ter-
ram illos dejicere, & ceciderunt homines illi nul-
lius frugi de nube, ac moriuntur. Simeon vero Hierofolimam repetens , Regi negotium enarrat , Rexque
de eo gavifus eft. Ex ea vero die , & poftea non
receffit Simeon ex aula Regis ufque ad mortem fuam.
Hift. Jefchuæ , pag. 125. 126.

réuffir que ne l'a fait ce Rabbin? Je ne
crois pas qu'on trouve dans l'Ariofte
aucune vifion auffi commique que celle
de faire monter des hommes , dont on
veut fe débarraffer fur un nuage , &
de les en faire tomber fur la terre. Une
perfonne qui avoit un pouvoir auffi
grand , qui favoit s'ouvrir des routes
nouvelles au travers des airs , avoit-elle
befoin d'un expédient auffi extraordinaire pour punir des criminels qui mé-
ritoient la mort ? Il dépendoit fans doute
de lui de les faire périr par une voye ordinaire , puifqu'il avoit le don d'exécuter de fi grandes chofes. A quoi fervoit-
il donc de les faire monter fur un nuage , & de rifquer d'eftropier , en les jet-
tant fur la terre, quelque honnête-homme , qui auroit pû fe trouver au-deffous du nuage? En vérité, mon cher
Monceca, il n'y a que des Rabbins qui
foient affez vifionnaires pour faire pleu-
voir des hommes.

Porte-toi bien : vis content & heureux ; & que le Ciel te comble de profpérités , te donne une fanté parfaite , &
te rende vainqueur de tes ennemis.

Du Caire , ce . . . ?

LETTRE

LETTRE CLXI.

Jacob Brito, *à* Aaron Monceca.

JE fuis arrivé, mon cher Monceca, depuis huit jours en Afrique. Mon paffage de Lifbonne à Alger a été très-heureux; & les vents, après m'avoir retenu pendant long-tems en Portugal, ont enfin favorifé mon envie.

Cette Ville eft bâtie en amphitéatre fur le bas d'une montagne. La vûe en eft agréable, lorfqu'on la regarde étant fur la mer; mais dès qu'on a mis pied-à-terre, on revient bien-tôt de l'idée qu'on en avoit conçue. On ne trouve gueres que des maifons baffes & mal conftruites, non plus que des rues étroites & mal-propres. Alger, à fa grandeur-près, reffemble parfaitement à ces mauvais Villages, qu'on trouve fur la route de Turin à Lyon. Je ne fai fur quel fondement Moreri a écrit, qu'on voit dans cette Ville des Palais magnifiques. Les plus belles maifons ont moins d'apparence que les plus médiocres bâtimens en Europe. Pour avoir une idée jufte du Palais du Dei, il faut fe repréfenter

Tom. VI.   G

quatre ou cinq grands cabaretes à demi-
ruinés , dont on auroit fait une feule
maifon. Le Mole eft l'unique édifice
qui mérite quelque attention. On a bâti
au bout une tour magnifique qui fert
de phare. Elle eft d'une hauteur confidérable & bien munie de canons. Les
Turcs ont travaillé à perfectionner cet
ouvrage depuis le dernier bombardement. Ils fe flattent, que , par le moyen
de cette tour , ils font aujourd'hui à
couvert d'une pareille infulte ; les vaiffeaux ne pouvant mouiller aflez proche
de la Ville pour pouvoir la bombarder
fans courir le rifque d'être coulés à fond
par les batteries du Mole. Les Européens qui font ici prétendent que les
Algériens comptent fur une vaine fûreté , & que les travaux qu'ils ont faits
n'ont fervi qu'à rendre l'exécution d'un
bombardement un peu plus difficile.

Ce ne font point les Africains qui
commandent dans Alger. Ils font au-
contraire très-foumis, & proprement
les efclaves des Turcs Européens. Les
anciens habitans du pays gémiffent fous
la domination la plus dure & la plus
cruelle ; & il y a une différence infinie
entre les Algériens qu'on nomme les
Maures, & ceux qu'on appelle fimplement les *Turcs*. Peut-être ne feras-tu
pas fâché que je t'apprenne ce qu'on

m'a raconté ici sur la cause de cette distinction parmi des gens nés dans le même pays, & professant la même Religion.

Lorsque l'Afrique devint entierement Mahométane, ceux qu'on appelle Maures, & qui en étoient pour lors les seuls habitans, en changeant de Religion resterent les maîtres dans leur patrie : & loin d'être soumis à des étrangers, ils firent de vastes conquêtes dans les pays Européens, & envahirent même presque toute l'Espagne. Longues années après ces conquêtes, plusieurs Turcs Levantins vinrent s'établir sur les côtes de Barbarie ; & ils y furent d'autant plus gracieusement reçus, que les Maures qui avoient passé en Espagne, ayant excessivement idiminué le nombre des Soldats, on étoit bien-aise de suppléer à cette perte par l'arrivée de ces nouveaux habitans. Peu-à-peu leur nombre s'accrut beaucoup ; & lorsqu'ils virent qu'ils étoient assez puissans pour se rendre les maîtres du Gouvernement, ils se révolterent, se saisirent de toute l'autorité, firent un Dei ou un Roi de leur nation, & ne laisserent aux anciens Africains qu'une ombre de liberté. Ils joignirent le mépris à la dureté, & publierent une Loi, par laquelle il est ordonné qu'un Maure qui

ofera menacer un Turc , aura la main
coupée , & fera puni de mort. Les Levantins croiroient fe deshonorer s'ils s'al-
lioient avec des Maures ; l'on peut dire
qu'ils affectent autaut d'éloignement
pour eux , que les Nazaréens en ont
pour notre nation.

Lorfque les Africains furent entierement chaflés de l'Efpagne , & contraints
de fe retirer dans leur ancienne patrie ,
ils demanderent un afyle aux Turcs qui
s'en étoient emparés : ils fubirent les
mêmes conditions que leurs compatriotes , qui avoient été fubjugués ; &
ils s'eftimerent heureux de pouvoir
trouver une retraite fûre, en fe char-
geant des fers qu'on leur préfentoit.
L'autorité des Turcs n'a point diminué
depuis ce changement. Ils ont toujours
le même pouvoir : ils poffedent toutes
les principales charges ; ils font les maîtres abfolus du gouvernement. Comme
le nombre des Maures eft beaucoup
plus grand que le leur , ils font très-fouvent venir des recrues confidérables du
Levant , pour remplacer les familles
Turques qui viennent à s'éteindre : &
il ne refte aucun efpoir aux anciens habitans du pays de pouvoir rentrer dans
leurs anciens droits. Il femble même
qu'ils en ont perdu la mémoire, & paroiffent accoutumés à leur efclavage.

Ils font d'ailleurs fi peu courageux qu'ils n'oferoient entreprendre d'employer la force pour recouvrer leur liberté. Cent Turcs battroient deux mille Maures, & ne balanceroient pas un inftant à les attaquer. En forte que la forte prévention où font les Turcs du peu de courage des Maures, & où font les Maures de la valeur des Turcs, fait le plus ferme foutien de la puiffance de ces derniers.

Quoique tous les habitans du Royaume d'Alger foient Turcs ou Maures, ils fe difent fujets du Grand-Seigneur, cependant on doit regarder ce pays comme une République libre, & qui fe gouverne elle-même. Les Turcs font les maîtres d'élire leur Dei ; quelque protection que lui accorde le grand-Seigneur, elle ne les empêche point de le détrôner, & même de le faire étrangler lorfqu'ils en ont la fantaifie, ou qu'ils penfent en avoir quelque fujet. Ce Dei n'eft point entierement Souverain : & dans les chofes effentielles qui regardent l'Etat, il eft obligé d'agir conformément aux décifions du Divan, qui regle les principales affaires. Ce Confeil eft compofé des principaux habitans de la Ville.

Le pouvoir des Deis n'eft point borné pour ce qui concerne la perfonne des particuliers. Ils peuvent fans aucune formalité faire couper le cou aux premiers du Royaume : il s'en trouve très-fouvent, qui ufent affez cavalierement de ce privilége ; fur-tout lorfqu'ils craignent quelque fédition, ou qu'ils veulent s'emparer des richeffes de quelqu'un. Malgré ces cruelles exécutions, il eft peu de Deis à qui tôt ou tard il n'arrive quelque fâcheufe cataftrophe. Le gouvernement des Etats Africains reffemble à celui de l'ancienne Rome : les Soldats y font auffi infolens & inconftans que les légions ; & prefque tous les fouverains y imitent les Caligulas, les Nérons & les Dioclétiens.

Comme c'eft le crime qui met ordinairement les Deis fur le trône, c'eft auffi le crime qui les en fait defcendre. Un Prince ne regne en Afrique que jufqu'à ce qu'il fe trouve quelqu'un, qui, au rifque de fa vie, veuille entreprendre de le tuer. On a vû fouvent trois ou quatre perfonnes caballer contre le Souverain, l'affaffiner au milieu de fon armée, fans qu'elle en fût prévenue, ni qu'elle dût s'attendre à cette confpiration. Ce qu'il y a de furprenant, c'eft qu'on a vû cette même armée reconnoître un des meurtriers pour fon Souverain ; & ce changement arriver avec autant de tranquillité, que fi l'on eut ôté la vie au plus misérable particulier.

Amurath, Bei de Tunis, avoit exercé dans son Royaume les cruautés les plus inouies ; & par un sort malheureux pour ses sujets, il avoit toujours été assez fortuné pour découvrir les conspirations qu'on faisoit contre lui. Ces découvertes étoient suivies de sanglantes exécutions, dans lesquelles l'innocent se trouvoit souvent enveloppé avec le coupable. Il sacrifioit à ses soupçons tous ceux qu'il croyoit ne lui être pas entierement dévoués. Ibrahim, Aga des Spahis, résolut de mettre fin lui seul à une entreprise qui avoit si souvent échoué, & ne communiqua son dessein à personne. Le Bei étant parti de Tunis avec son armée, pour aller combattre les Maures des montagnes, après deux journées de marche, Ibrahim choisit le moment où ce Prince étoit renfermé dans son carosse, & arrêté au passage d'une petite riviere. Il tira sur lui un coup de fusil chargé à plusieurs balles. Mahomet, favori du Bei, qui étoit dans le carosse, en fut tué, mais lui ne fut blessé qu'à la cuisse. Ayant voulu se jetter précipitamment à terre pour se venger, & sa veste s'étant accrochée à la portiere, le fit tomber, & donna moyen à Ibrahim de lui emporter la tête d'un coup de sabre. Pendant

G 4

cette action, dont la durée fut au moins
d'un demi quart-d'heure , la garde du
Bei , qui n'étoit point prévenue de ce
qui devoit arriver , demeura tranquille
fpectatrice. Un feul Turc , lorfque tous
les autres abandonnoient leur Prince ,
fe mit en devoir de le deffendre. Il tira
un coup de piftolet à Ibrahim. Mais dès
qu'il vit le Bei mort , il prit la fuite , &
fongea à fe garantir du courroux du nou-
neau Bei , qui ne manque jamais d'accorder fa protection à ceux qui ont tué
fon Prédéceffeur , puifque c'eft par leur
moyen qu'il monte fur le trône.

Il arrive même très-fouvent , que le
meurtrier eft celui qui obtient la Couronne ; ainfi qu'il arriva dans l'occafion
dont je viens de parler. Ibrahim fut re-
connu Bei , & jouit ainfi du fruit de
fon crime. Le fort de celui auquel il
fuccédoit , lui fit connoître combien
le fien étoit incertain. L'experience lui
apprenoit que le même forfait qui lui
donnoit le trône , pouvoit le lui ôter
avec autant de facilité. C'eft pourquoi
il voulut engager les Turcs à prendre
des idées differentes , & leur faire connoître que la gloire & la vertu exigent
que les Sujets s'intéreffent à la confer-
vation des jours de leur Souverain. On
lui amena le Turc qui lui avoit tiré un
coup de piftolet , & l'on ne doutoit

point qu'il ne le fit punir du supplice le plus cruel. Mais bien loin d'ordonner qu'on lui donnât la mort, il le reçut avec un visage riant, & lui dit qu'il ne jugeoit pas des choses comme les autres ; qu'il l'estimoit infiniment d'avoir défendu son bien-faiteur ; qu'il le prioit de vouloir devenir son ami, & qu'il lui donnoit la charge d'Aga du Quef (1).

Si nous lisions, mon cher Monceca, une action aussi généreuse chez les Auteurs Latins, nous lui donnerions les louanges qu'elle mérite : l'Europe entiere en auroit connoissance ; on la proposeroit pour modele dans les livres qu'on écriroit pour l'éducation des Princes. Elle est arrivée dans un pays barbare : c'est un Roi presque inconnu qui l'a faite ; elle demeurera éternellement dans l'oubli, si quelqu'un, vrai Sectateur du mérite, en quelque endroit qu'il se rencontre, ne la transmet à la postérité. Je conviens, mon cher Monceca, que la grandeur d'ame eut peut-être moins de part au généreux pardon d'Ibrahim, que la politique de s'acquérir le cœur de ses nouveaux Sujets, & de préparer une défense contre ceux qui pourroient attenter à ses jours. Mais, quelle que

(1) Cette histoire est arrivée peu de jours après que le Duc d'Etrées eût été renouveller les Traités à Tunis.

foit la raifon qui ait occafionné une action auffi héroïque, on doit toujours
avouer qu'il y a en elle quelque chofe
de grand & d'admirable. Si nous allions
fouiller dans les caufes fecretes des Démarches des plus illuftres Princes, il
n'en eft prefque aucune qu'on ne pût
attribuer à la politique. La clémence
d'Augufte envers Cinna paffe pour le
plus beau trait de la vie de cet Empereur. L'intérét perfonnel ne le conduifit-il
pas? Il n'avoit pû mettre fes jours en
fûreté par les plus fanglantes profcrip-
tions : il voulut effayer la voie de la douceur ; & elle lui réuffit heureufement.

Je ne doute pas, mon cher Monce-
ca, que fi les Princes Africains imitoient
les Souverains Européens dans la façon
de gouverner leurs Sujets, ils ne vinf-
fent enfin à bout de leur infpirer des fentimens d'amour & de vénération pour
ceux qui les gouvernent. Mais, comment peuvent-ils fe flatter d'avoir quelque place dans leurs cœurs, s'ils font
plutôt leurs bourreaux que leurs peres?
Le Dei d'Alger eft l'ennemi de tout les
Particuliers : il ne cherche qu'à trouver
des prétextes pour les dépouiller de
leurs biens & pour les faire mourir.
Ceux-ci en revanche, ne lui obéiffent que
parce qu'ils y font forcés, & attendent
avec impatience le moment où ils feront

délivrés de fa tyrannie. A quels boule-verfemens & à quelles tempêtes ne doit-on pas s'attendre dans un état où les Sujets font les ennemis du Prince, & le Prince le Deftructeur des Sujets ? Je regarde les Deis d'Alger comme des Sangfues, qui fe rempliffent de fang juf-qu'à ce qu'elles crevent. Le Souverain dans ce pays, pille, vole, tue, maffa-cre pendant quelques années. Dès qu'il commence à s'imaginer qu'il va jouir de fes rapines, il fubit la peine de fon crime, & il en eft puni par quelqu'un qui tombe dans les mêmes défauts, & que l'exemple de fes Prédéceffeurs ne peut rendre plus vertueux, & par conféquent plus heureux & plus ftable fur le trône.

Porte-toi bien, mon cher Monceca ; vis content, heureux & tranquille.

D'Alger, ce . . . . .

LETTRE CLXII.

Jacob Brito, *à* Aaron Monceca.

LEs femmes, mon cher Monceca, ont beaucoup plus de liberté dans toute la Barbarie que dans le Levant ; celles d'Alger font encore moins génées que les autres Africaines. Elles fortent lorfqu'elles veulent, fous le prétexte d'aller au bain. Elles ne font ordinairement accompagnécs que de quelques efclaves Chrétiennes, qui leur tiennent lieu de fuivantes. Celles dont les maris font fort riches, fe font précéder par un homme qui leur fert de conducteur. Cet homme eft toujours un Efclave, fur la fidélité duquel le mari compte beaucoup : mais il eft fouvent trompé par la perfonne même à qui il accorde fa confiance. Les Eunuques étant très-chers dans ce pays, & ne pouvant être employés qu'à la garde des femmes, parce que leur état & leur foibleffe les rendent incapables d'un travail pénible, les Algériens ne s'en chargent point. Ils aiment mieux les efclaves Nazaréens, qui leur font d'une grande utilité, &

qu'ils employent à toutes sortes d'ouvrages. Il est vrai, que de la liberté
qu'ont les Esclaves de voir les femmes,
& même de leur parler, il s'ensuit très-
souvent des engagemens dangereux
pour l'honneur & le repos des maris.

Le beau-sexe est encore plus suscep-
tible de galanterie dans ce pays qu'il
ne l'est à Constantinople. le climat inspi-
re la tendresse; & l'air brûlant communique aux cœurs un feu violent que
rien ne peut éteindre. Il n'est point de
péril qu'une femme Africaine n'affron-
te, point de risque qu'elle ne coure,
pour contenrer sa passion : la crainte de
la mort ne peut l'intimider. Il y a ici
une loi observée à la rigueur, par laquelle il est ordonné qu'une fille, con-
vaincue d'avoir eu commerce avec un
Nazaréen, doit être noyée dans la Mer,
la tête liée dans un sac, si son Amant ne
se fait point Mahométan. Il arrive très-
souvent des exemples d'une punition
aussi rigoureuse. Malgré cela, les femmes & les filles ont un penchant invin-
cible pour les Nazaréens ; il y a peut-
être autant d'intrigues galantes dans Alger, que dans aucune Ville Nazaréene.
Le peu d'amour qu'elles ont pour leurs
maris, & la contrainte qu'on leur impo-
se, les excitent à devenir infidelles.
L'oisiveté d'ailleurs dans laquelle elles

paſſent leurs jours , étant renfermées dans des maiſons où elles ne ſont occupées qu'à trouver l'occaſion de tromper leurs tyrans ; & les longs voyages que la plûpart des Algériens ſont ordinairement , favoriſent beaucoup les intrigues amoureuſes. Ils paſſent quelquefois des huit ou neuf mois ſur la mer ; & pendant qu'ils ſont occupés à voler & à détruire les Nazaréens , ceux qui ſont eſclaves à Alger vengent une partie des maux qu'on fait à leurs compatriotes.

Lorſque ces Pirates font leurs courſes , ils tiennent ordinairement leurs femmes dans la ville. Dès qu'ils ſont revenus ils les conduiſent dans leurs maiſons de campagne , où ils vont ſe délaſſer des fatigues qu'ils ont eſſuyées ſur la mer. La liberté qu'ils leur accordent de ſe promener dans les Jardins , leur donne le moyen de continuer les intrigues qu'elles ont formées. Si elles ne peuvent parler à leurs Amans qu'à la dérobée , elles entendent par l'arrangement de certains pots de fleurs ce qu'ils veulent dire.

L'induſtrie & l'amour ont inventé un langage dans ce pays inconnu à toutes les autres Nations. Un eſclave amoureux & aimé de ſa Patrone , fait lui expliquer tous les mouvemens de ſon cœur par l'aſſemblage de pluſieurs fleurs, & par l'ordre qu'il met dans un parterre. Un bouquet fait d'une certaine maniere, contient autant de choses tendres & passionnées qu'on pourroit en mettre dans une Lettre de huit pages. L'*Amarante* auprès de la *Violette* signifie qu'on espere qu'après le départ du mari on se refera des maux que cause la présence. La *fleur d'Orange* marque l'*esperance*. Le *Souci* exprime le *désespoir*. L'*Immortelle* témoigne la *constance*. La *Tulippe* reproche l'*infidélité*. La *Rose* célebre & loue la *beauté*.

Des attributs particuliers qu'ont toutes ces fleurs, on en forme un langage parfait. Si je veux par exemple, apprendre à ma Maîtresse que les tourmens que je souffre me jetteroient dans un désespoir mortel, si je n'attendois d'être plus heureux par l'absence de mon rival: je forme un bouquet composé d'un *Souci*, d'une *fleur d'Orange*, d'une *Amarante* & d'une *Violette*. Les Esclaves ne sont point embarrassés pour donner ces billets doux à leurs Maîtresses. Il y a quelqu'endroit caché dans les Jardins où elles savent qu'on a soin de les placer. Elles répondent de la même maniere : & en ramassant quelques fleurs, elles forment leurs Lettres sans qu'on puisse s'appercevoir de cette maniere d'écrire, dont quelquefois la significa-

tion des principaux caracteres n'eſt connue que de deux perſonnes qui ont ſoin
de changer pluſieurs choſes au langage
ordinaire, afin de prévenir toute ſorte
de ſurpriſe.

Avoue, mon cher Monceca, que le
ſeul amour a pû être aſſez induſtrieux
pour inventer une façon auſſi ingénieuſe
de tromper la prévoyance des jaloux.
De quoi ne viennent point à bout deux
Amans, que la néceſſité force à recourir aux ſtratagêmes ? On m'a raſconté,
il y a quelques jours, une hiſtoire auſſi
intereſſante qu'elle paroît ſurprenante
à ceux qui ne connoiſſent point à quel
excès les femmes Africaines portent
leur paſſion.

La fille unique d'un des plus riches
Maures du pays devint ſenſible pour un
Eſclave Portugais. Elle ſuivit l'uſage
établi en Afrique, & fit les premieres
avances. Les grands biens qu'elle eſpe-
roit, ni l'état humiliant & ſervile de
ſon Amant ne purent la détourner du
deſſein qu'elle conçut d'en faire ſon
époux : quelques oppoſitions qu'elle
prévit de trouver à l'exécution de ſes
projets, elle ne perdit point l'eſperance
de les faire réuſſir. Le Portugais, vivement touché de ſa bonne fortune, of-
frit à ſa maîtreſſe, dès qu'elle lui eut
appris ſes ſentimens, de l'enlever & de
la

la conduire à Lisbonne. La chose auroit été très-facile ; & ce Nazaréen
eut aisément pù se sauver par les moyens
que lui eut fournis Zulima : c'étoit
ainsi qu'on appelloit cette belle Africaine. Elle sentoit que le parti que lui
proposoit son Amant, étoit le plus raisonnable & le seul qui pût pour ainsi
dire la rendre heureuse. Mais comme
elle étoit Mahométane zélée, & fortement persuadée de sa Religion, elle ne
voulut point consentir à se retirer dans
un pays où elle eut été forcée de l'abandonner. *Je vous aime Sébastiano,* dit-
elle à son Amant, *beaucoup plus que
moi-même : je mourrai de douleur si je
ne suis point votre femme. Cependant je
ne puis me résoudre d'acheter mon bonheur par le prix de ma croyance. Sans ris-
quer d'être découverts dans notre fuite,
il n'est point impossible que nous puissions
devenir heureux dans ce pays. Changez de
Religion : détruisez, en vous faisant Mahométan, le principal obstacle qui nous
sépare : & laissez-moi le soin de votre
sort.* Le Nazaréen étoit beaucoup moins
ferme dans sa Religion que ne l'étoit
la Musulmane. D'ailleurs la crainte de
perdre entierement sa Maîtresse, l'envie
d'avoir la liberté, & l'esperance de devenir très-riche l'ébranlerent entierement. Il promit de devenir tout ce

qu'on voudroit : & fur la parole qu'il donna d'abandonner le Nazaréïfme lorf-qu'il en feroit requis, la belle Maure lui prodigua fes plus cheres faveurs.

Ces faveurs ne firent qu'augmenter l'amour de Sebaftiano, la crainte de perdre fa chere Zulima lui donnoit tous les jours de nouvelles ardeurs ; fa belle n'étoit pas dans un état plus tranquille. Elle étoit uniquement occupée de la réuffite du deffein qu'elle méditoit : mais elle rencontroit tous les jours de nou-velles difficultés ; & fon pere lui apprit dans le tems qu'elle s'y attendoit le moins, qu'il avoit réfolu de la marier à un des premiers du pays. Cette nou-velle fut pour elle un coup de foudre. Elle penfa d'abord fe jetter aux pieds de fon pere, & lui avouer ce qui fe paf-foit dans fon cœur : elle n'ofa néanmoins fuivre fon premier mouvement, dans la crainte d'expofer fon cher Sébaftiano à la colere d'un Patron irrité, & capa-ble de fe porter aux plus grandes extrê-mités.

Dans cet embarras, Zulima réfolut d'employer un moyen auffi extraordi-naire qu'il étoit infaillible pour faire réffir ce qu'elle méditoit. Elle ordonna à fon Amant de venir la trouver dans un endroit où elle fe rendit fous le pré-texte d'aller au bain, & où elle ne fut

accompagnée que d'une feule femme.
Sébaftiano étant arrivé au rendez-vous,
penfa mourir de douleur lorfqu'il apprit que fa Maîtreffe étoit à la veille de
paffer au pouvoir d'un époux. Zulima
le raffûra, & lui dit, qu'elle efperoit
que leur fortune changeroit bien-tôt de
face. Elle ordonna enfuite à la femme
qui l'avoit fuivie, & qui étoit dans fa
confidence, d'aller déclarer au Cadis
que fa Maîtreffe étoit dans un tel endroit entre les bras d'un Nazaréen.
Cette fuivante ayant obéi, le Juge vint,
accompagné de fes Gardes & furprit les
deux Amans au milieu de leurs tranfports
les plus vifs. On les conduifit à l'inftant
dans la maifon où l'on juge les criminels.
Le pere de Zulima averti de l'accident
arrivé à fa fille, en penfa mourir de dé-
fefpoir. Il courut à la prifon pour la
voir : on lui dit qu'il ne pourroit lui
parler que lorfque fon fort auroit été décidé : qu'on alloit favoir fi l'efclave Nazaréen vouloit fe faire Mahométan, qu'en
ce cas-là, ces deux Amans feroient mariés enfemble ainfi que l'ordonnoient
les Loix ; mais que fi au contraire il n'ac-
ceptoit point cette condition, il feroit
empalé, & fa fille noyée dans la mer.

Muftapha, c'étoit ainfi qu'on appelloit le pere de Zulima, favoit bien quelle
devoit être la punition de fa fille, fi le

H 2

Portugais ne fe faifoit pas Mufulman:
Auffi étoit-ce pour lui offrir fon bien, &
l'engager à changer de Relgiion, qu'il
demandoit qu'on lui fît voir ces Amans.
Il n'eut pas befoin de les exhorter à
vouloir vivre : car la première demande qu'on fit à Sébaftiano, il déclara
qu'il vouloit bien embraffer la Religion
de Zulima, & l'époufer : fon pere s'ef-
tima très-heureux de pouvoir par ce
moyen conferver fa fille unique.

Il eft peu de femmes en Europe, mon
cher Monceca, qui vouluffent recourir à des expédiens pareils pour avoir
la fatisfaction d'obtenir leur amant. Elles aiment, en général beaucoup moins
que les Africaines ; mais auffi font-elles
beaucoup plus conftantes dans leurs paffions. Les feux les plus vifs, chez les
Africaines, viennent quelquefois à s'é-
teindre tout-à-coup. Elles paffent fuc-
ceffivement d'une inclination à une autre ; & font auffi légeres, auffi volages
qu'elles font emportées, tendres &
paffionnées, dans les momens où leur
amour eft dans toute fa force.

Il eft certain, mon cher Monceca,
que les inclinations & les tendreffes,
qui produifent les démarches les plus
extraordinaires, ne font point ordinairement les plus durables. On voit com-
munément en Europe un grand nom-

bre de jeunes-gens faire pour leurs maitreſſes des folies étonnantes, deux mois
après abandonner ces mêmes maitreſſes,
& devenir fous & inſenſés pour quelqu'autre, dont le regne n'eſt pas d'une
plus longue durée : au lieu que les perſonnes d'un certain âge, qui ſemblent
mettre un frein à leurs paſſions, & les
réduire ſous le joug, forment des inclinations dont le cours eſt quelquefois
auſſi long que celui de leur vie.

L'eſclavage dans lequel gémiſſent les
femmes Africaines eſt encore une des
principales cauſes de leur inconſtance.
Elles trouvent, dans la violation de la
contrainte qu'on leur impoſe une ſatiſ-
faction ſecrete. A force de vouloir les
empêcher d'être infidelles, on leur fait
naître l'envie de le devenir : & elles
cherchent avec avidité un plaiſir qu'on
leur interdit ſévérement. L'exemple de
leurs maris, qui leur donnent des preuves journalieres, que le changement en
amour eſt un bien dans lequel le cœur
trouve toujours de nouvelles ſatisfac-
tions, excite leurs deſirs : il eſt très-
naturel qu'elles penſent que l'inconſtance fournit des plaiſirs bien vifs & bien
charmans.

Porte-toi bien, mon cher Monceca;
& que le Dieu de nos Peres te comble
de biens & de proſperités, & te donne

une femme fidelle, de laquelle tu puiſ-
ſes voir naître une nombreuſe poſté-
rité.

D'Alger, ce ...

LETTRE CLXIII.

Aaron Monceca, à Iſaac Onis, *Caraïte,*
autrefois Rabbin de Conſtantinople.

LEs diſputes de Religion, mon cher
Iſaac, ſont plus communes dans ce
pays, que dans aucun autre. La liberté qu'ont les Anglois de pouvoir ſoutenir leurs opinions publiquement, eſt
la ſource d'un nombre d'écrits que l'on
voit paroître tous les jours. Les Anglicans écrivent contre les Papiſtes, les
Papiſtes contre les Preſbytériens, les
Preſbytériens contre les Luthériens, les
Luthériens contre les Sociniens, les
Sociniens contre les Anabatiſtes, qui
publient auſſi des ouvrages de contro-
verſe : l'on eſt ſurpris, lorſqu'on examine d'un œil de Philoſophe toutes ces
differentes diſputes, du peu de fondement que l'on doit faire ſur les ſentimens particuliers de quelques Docteurs, qui veulent s'ériger en Juges

fouverains de la croyance des hommes.
Je penfe, mon cher Ifaac, que fi dans
toutes les Religions, il avoit été deffendu de difputer fur les matieres qu'on
n'entendoit pas, & qu'on eut ordonné
que les Théologiens ne travailleroient
point à éclaircir ce qu'ils ne pouvoient
pénétrer, il n'y eut jamais eu cette mul-
titude d'opinions diverfes, qui divifent
les hommes, qui ont produit un nombre infini de Religions differentes, &
qui en feront naître à leur tour un grand
nombre d'autres : & fi l'on ne ceffe toutes ces vaines difputes, fur-tout parmi
les Nazaréens, il arrivera enfin, qu'à
force de divifion & de féparation de
Communion, chaque perfonne aura fa
croyance particuliere.

Confidere, mon cher Ifaac, combien
les écrits des Rabbins ont été pernicieux
aux Juifs. Le *Talmud* eft la principale
caufe de la difference des Rabbiniftes &
des Caraïtes. Les ouvrages de quelques-
uns de nos Auteurs modernes ont divifé
les Rabbiniftes en deux fectes differentes. Les Juifs Portugais regardent les
Juifs Allemands comme des gens éloignés de l'obfervation des véritables préceptes de la Loi : & les Allemands penfent, que les Portugais font des Hérétiques, dont les mœurs & les coutumes fe reffentent trop du Nazareïfme.

Les Mahométans font encore plus divifés entre eux que ne le font les Juifs. Outre les Sectes d'Omar & d'Ali, on compte dans la feule Ville de Conftantinople quatre - vingt-fept differentes croyances, qui fe haiffent prefque autant que les Jéfuites & les Janféniftes.

Les Nazaréens font fi défunis, qu'on voit naître prefque tous les jours chez eux quelque nouvelle Religion. Dès qu'un Théologien acquiert quelque réputation, il s'en éleve plufieurs qui prétendent diminuer fa gloire. Ils attaquent fes opinions, & les déclarent hérétiques. Les Partifans du Docteur condamné ne manquent gueres de fe ranger du parti de leur maître, & de former ainfi une nouvelle Communion. Alors les écrits paroiffent en foule des deux côtés : on s'injurie, on fe calomnie, on s'accufe mutuellement d'ignorance & de mauvaife-foi ; l'on donne à fes adverfaires, auffi bien qu'à leurs fentimens, les noms les plus infultans & les plus odieux. Dans les difputes de Religion, ceux qui ne peuvent point apporter de reponfes aux objections qu'on leur fait, penfent qu'il fuffit, pour foutenir leurs opinions, de traiter avec beaucoup de mépris ceux qui les combattent.

J'ai

J'ai lû, il y a quelques jours l'ouvrage d'un Socinien (1). Il affecte de
donner le nom odieux de *Tritheisme* à
la Doctrine de ses adversaires, quoiqu'ils
nient formellement, qu'ils reconnoissent
trois Dieux : il faut avouer, mon cher
Isaac, qu'on ne peut, sans une mauvai-
se-foi digne de mépris, imputer aux
sectes Nazaréenes d'admettre plusieurs
Divinités. Toute leur Religion, au
contraire, n'est fondée que sur l'unité
d'un seul Etre, Créateur de l'Univers.
Aussi je t'avouerai, que je n'ai vû qu'a-
vec indignation l'écrit de ce Socinien.

Il faut de la sincerité & de la candeur dans toutes les actions de la vie,
& même dans les differens qu'on peut
avoir avec ses plus cruels ennemis. Mais
n'est-il pas surprenant, qu'on injurie &
qu'on accable d'outrages, des gens
qu'on proteste de vouloir éclairer &
conduire dans le chemin de la vérité ?
Ne voilà-t'il pas un beau moyen pour
les prévenir en faveur des sentimens
qu'on veut leur persuader ; & cette façon de préparer leur esprit à se prêter
aux raisons qu'on peut leur donner,
n'est-elle pas tout-à-fait particuliere ?

(1) *Letter to à Friend, with Remarks on two
Pamphlets lately published in Defense of the Tritheisme ; viz a brief Enquiry by I. T. and the So-
ciniam Stabin by J. H.*

J'ai remarqué, mon cher Ifaac, que la paffion de ceux qui difputent fur des matieres de Religion, eft fi outrée, qu'ils font inconfiderément à leurs adverfaires des reproches fanglans, que ceux-ci font en droit de rétorquer contre eux. Les Nazaréens, en général, tombent fouvent dans ce défaut ; & plufieurs de leurs plus illuftres Docteurs n'en ont point été exempts. Quelques-uns même de ces Peres qui ont écrit contre les Payens, ont employé des argumens, qui prêtoient des armes à leurs ennemis. Arnobe a réfuté avec beaucoup de feu la pluralité des Divinités du Paganifme (1). Il a folidement fait voir le ridicule qu'il y avoit de fuppofer des Dieux directement oppofés les uns aux autres, & qui prenoient le

_____

(1) *Quid fi populi rurfus duo, hoftilibus diffidentes armis, facrificiis paribus fuperorum locupletaverent aras, alterque il alterum poftulent vires fibique ad auxilium commendai, nonne iterum neceffe eft credi, fi praemiis follicitantur, ut profint, eos partes inter utrafque debere hafitare, defigi, nec reperire quid faciant, cum fuas intelligunt gratias facrorum acceptionibus obligatas ? Aut enim auxilia hinc & inde praeftabunt ; id quod fieri non poteft, pugnabunt enim contra ipfos fe ipfis contra fuas gratias, voluntatefque nitentur : aut ambobus populis opem fubminiftrare ceffabunt, id quod fceleris magni eft poft impenfam acceptamque mercedem.* Arnobius contra Gentes. *Lib. VII. pag.* 219 & *feqq.*

parti de certains Peuples perfécutés par quelques autres Divinités. Pallas haïffoit les Troyens, pendant qu'Apollon & Vénus les favorifoient (1). Quelque malheureux que fût un homme, pourvû qu'il pût faire un petit préfent à un Dieu parmi le grand nombre qu'il y en avoit, il étoit affuré d'obtenir la protection de quelqu'un d'entr'eux.

Il n'eft rien de fi abfurde, qu'une pareille Religion. Mais les Payens n'auroient-ils pas été en droit de répondre aux Nazaréens : *Ces mêmes difficultés, que vous nous objectez, fe rencontrent dans vos fentimens. Quand un de vous autres choifit Saint Antoine pour fon protecteur, & que fon ennemi prend Saint Pacôme pour le fien, quel embarras ne produit point cette diverfité de protecteurs ? Il faut alors, que ces Saints combattent entre eux dans les Cieux, pendant que ceux qu'ils favorifent combattent fur la terre, & qu'ils renouvellent les difputes de Vénus & de Junon. S'ils fe tiennent neutre, & qu'ils laiffent décider les cho-*

(2) Sæpe premente Deo, fert Deus alter opem.
Mulciber in Trojam, pro Troja ftabat Apollo.
Æqua Venus Teucris, Pallas iniqua fuit.
Oderat Æneam proprior Saturnia Turno :
Ille tamen Veneris Numine tutus erat.

Ovidius, Triftium, Lib. I. Elog. II.

I 2

ſes au haſard, ne méritent-ils pas le re-
proche d'ingratitude, qu'Arnobe fait aux
faux Dieux, d'abandonner lâchement
ceux qui les ont honorés & accablés d'of-
frandes & de préſens? N'eſt-ce pas à une
pareille conduite, qu'on peut juſtement
appliquer le paſſage de cet Auteur : Opem
adminiſtrare ceſſabunt, id quod ſcele-
ris magni eſt poſt acceptam mercedem (1) ?

N'y-a-t'il pas en effet une eſpece de
reſſemblance entre les offrandes, que
les Nazaréens font à leurs Saints, &
celles que les Grecs & les Romains donnoient à leurs Dieux? Ne leur préſentent ils pas des vaſes d'or & d'argent?
Ne leur bâtiſſent-ils pas des édifices?
Ne comblent-ils pas de biens les Prêtres
deſtinés à chanter leurs louanges? Pourquoi donc ces Saints doivent-ils être
moins obligés à la reconnoiſſance, que
ne l'étoient les Divinités Payennes? La
ſeule Chapelle dédiées à Saint Ignace,
dans l'Egliſe des Jéſuites à Rome, contient preſque autant de richeſſes, qu'il
y en avoit dans le Temple de Delphes.
Ne ſeroit-ce pas une ingratitude infinie
à ce Saint, d'avoir acquis ces tréſors,
& d'abandonner ceux qui les lui ont
donnés? D'un autre côté, les Janſé-

_____

(1) Arnob. contra Gentes. *Lib. VII.* pag. 219.

niftes facrifient leurs biens & leurs vies
pour la mémoire de Saint Auguftin : ils
deffendent fes Ecrits , & ils foutiennent
fa gloire. Eft-il moins obligé de les protéger : & peut-il les livrer à la fureur
de leurs adverfaires, fans pécher contre les regles de la faine morale ? Quelle
n'eft donc pas la divifion de ces deux
bienheureux dans le Ciel , fi l'on en juge
par la haine extrême qui regne ici bas
entre leurs Partifans? Ne doivent-ils pas
troubler le célefte féjour par les cabales
qu'ils y forment ? Je me figure donc ,
mon cher Ifaac, qu'un Payen, qui ré-
pondroit à Arnobe , auroit beau-jeu
pour excufer la divifion des Dieux au
fiége de Troye ; qu'il ne manqueroit
pas de repréfenter tous les Saints Nazaréens aux prifes les uns avec les autres , & embraffant felon leur fantaifie
le parti des Janféniftes , ou celui des
Moliniftes. Il peindroit Saint Ignace ,

Une Bulle à la main , allant au Vatican
Porter la rage au fein du Pontife Clément (1).

(1) Aaron Monceca fait allufion à ces Vers de
Virgile.

Refpice ad hæc. Adfum divarum ab fede Soro-
rum :
Bella manu Letumque gero , - - - - -
Sic effata , facem juveni conjecit , & atro

J 3

Lumine fumantes fixit fub pectore tœdas.
Olli fomnum ingens rumpit pavor ; offaque & avtus.
Perfidit toto prorumptus corpore fudor.
Arma amens fremit, Arma toro tectis que requirit.
                Virgil. Æneid. *Lib. VII.*

Les Nazaréens, qui voudront agir
de bonne-foi, avoueront que les reproches d'Arnobe n'avoient point autant
de force qu'il penſoit, & que ſes adverſaires euſſent pû l'attaquer par l'endroit où il prétendoit les inſulter. La
foibleſſe des reproches de ce Docteur
eſt donc ſenſible, dès qu'on admet le
Culte des Saints tel que le pratiquent
aujourd'hui pluſieurs Nazaréens : mais
d'un autre côté, ſa ſcience, ſon eſprit & ſon éloquence, me feroient croire volontiers, que dans le tems qu'il
écrivoit, on n'avoit point encore introduit dans le Nazaréiſme la coutume
d'offrir des vœux aux morts, quelque
gloire qu'ils ſe fuſſent acquiſe pendant
leur vie, & quelque eſtime qu'on eût
conçûe pour eux. Si cela étoit ainſi,
comme le prétendent aujourd'hui pluſieurs Sectes Nazaréenes, il eſt bien
certain, que l'objection contre les
Payens avoit un grand poids, & qu'il
leur étoit impoſſible de pouvoir répon-

dre rien de paffable au reproche de la
divifion des Dieux, & de leur ingratitude s'ils n'entroient pas dans les que-
relles de ceux qui les combloient de
bienfaits.

Les Nazaréens, qui rejettent le culte
des morts, appuyent leur fentiment fur
les Ecrits de leurs premiers Docteurs,
dans lefquels il n'eft fait aucune mention
des honneurs qu'on doit leur rendre.
Il paroît naturel, que fi ces honneurs
avoient été un point fondamental de la
Religion, ils ne l'euffent point laiffé
dans un entier oubli ; & que ceux, qui
leur fuccéderent dans leurs emplois, &
qui travaillerent à l'inftruction des Peuples, n'euffent point infulté les Payens
fur une chofe qu'ils pratiquoient eux-
mêmes. S'ils avoient tenu cette conduite, ils fe feroient expofés à être tournés cruellement en ridicule ; & ils auroient effuyé le fort de bien des Docteurs qui écrivent aujourd'hui, & auxquels on reproche tous les jours les mêmes chofes dont ils accufent leurs adverfaires. Les Moliniftes publient fans
ceffe que les Janféniftes font un tyran
de la Divinité ; qu'ils la rendent cruelle, bizarre, & la font fi odieufe, qu'il
eft impoffible qu'elle puiffe être chérie
des hommes. Ceux-ci, à leur tour, accufent leurs adverfaires de difpenf

I 4

créature de l'amour qu'elle doit avoir
pour son Créateur, & les combattent
avec les mêmes armes dont on croit les
blesser.

Ce que je trouve encore, mon cher
Isaac, de plus extraordinaire dans les
disputes de Religion, ce sont les sentimens que les Théologiens prêtent à
leurs adversaires, & sur lesquels ils les
insultent grièvement, quoiqu'ils nient
formellement de soutenir les opinions
dont-ils les accusent. Les Jésuites se
plaignent qu'on les calomnie, lorsqu'on
leur reproche de soutenir qu'il est permis de ne point aimer la Divinité. Ils
condamnent ce Dogme dans les termes
les plus forts (1). Cependant, leurs
ennemis retournent toujours à la charge. Les Nazaréens reformés regardent
comme des Hérétiques exécrables ceux
qui font Dieu auteur du péché. Le premier de leurs Docteurs s'exprime là-
dessus d'une maniere précise (2). Mal-

_____

(1) Pour en être convaincu, on n'a qu'à lire les
Sermons de Bordaloue.

(2) *Temulenti isti adeo fieri omnia perspicentes,
cum enim mali Auctorem continuant. Deinde quasi
immutetur mali natura, cum sub hoc Nominis Dei
velo tegitur, bonum esse affirmant : in quo atrocio-
re & sceleratiore contumelia Deum afficiunt, quam
si potestatem aut justitiam ipsius alio transferrent.
Cum enim Deo nihil magis proprium sit quam sua*

gré cela, ses adversaires lui ont cent &
cent fois reproché que ses sentimens sont
plus pernicieux que ceux des Athées.
Il est moins criminel de nier l'existence de
Dieu, que de le faire auteur du péché.
Quel est donc le plus condamnable, d'un
Athée ou d'un Calviniste ? Ils sont tous
les deux criminels : mais l'Athée me
paroît moins coupable. Voilà une déci-
sion terriblement outrée. Aussi est-elle
d'un Jésuite, dont voici les propres
termes. *Amplius dico : tolerabilius ne-*
gare Deum, quàm peccati auorem Deum
asserere. . . . Quid ergo suadeo, Atheum
potiùs quàm Calvinistam esse ? neutrum
quidem bonum : hoc tamen deterius ap-
paret (1).

bonitas ; ipsum à se abnegari oporteret, & in Dia-
bolum transmutari, ut malum efficeret quod ei ab
istis tribuitur. Ac certe istorum Deus Idolum est,
quod nobis execrabilius esse debet omnibus Gentium
Idolis. Calvini Institutio, adversus Libert. Cap.
XIV. pag. 447.

Voici la fin de ce passage en François, en faveur de ceux qui n'entendent pas le Latin. *Dieu*
n'ayant aucune qualité qui lui soit plus essentielle
que sa bonté, il faudroit qu'il cessât d'être lui-mê-
me, & se transformât en Diable, s'il étoit l'auteur
du mal, comme le disent les libertins, le Dieu qu'ils
croyent étant une Idole plus execrable qu'aucune de
celle des Payens.

(1) Becanus Opuscul. Theolog. *Tom. I.* pag.
178.

En vérité, mon cher Isaac, si la mauvaise foi regne toujours dans les disputes, on peut dire qu'elle est portée au suprême degré par les Controversistes. Ne seroit-il pas tems, qu'après avoir bouleversé depuis tant d'années le monde entier, les Rabbins, les Prêtres & les Mouftis, voulussent enfin ramener la paix & la tranquilité parmis les hommes ?

Porte-toi bien, mon cher Isaac, vis content & heureux ; & éloigne de toi tout vain desir de disputer.

De Londres, ce...

LETTRE CLXIV.

Jacob Brito , *à* Aaron Monceca.

LEs Hiſtoires, mon cher Monceca, que les Nazaréens racontent ſur le ſort des Eſclaves , ſont quelquefois très-outrées. Ils aſſurent que les Turcs ſont ſouffrir aux Captifs les tourmens les plus durs. Ils en débitent les choſes du monde les plus extraordinaires. Cependant , lorſqu'on vient à les examiner de près , elles paroiſſent bien différentes.

Il eſt certain que l'état des Captifs en général eſt dur & pénible : mais les Nazaréens ne ſont pas traités avec plus de rigueur , que le ſont les Turcs eſclaves des Princes Européens. Un Algérien en France eſt condamné à paſſer ſa vie aux galeres : en Eſpagne & en Italie il a le même ſort. Peut-on lui impoſer une peine plus dure ? On lui fait ſouffrir les ſupplices deſtinés aux malfaiteurs, qui ſouvent n'ont évité la mort que par le bonheur d'avoir trouvé un de ces heureux momens où la pitié des Juges l'emporte ſur l'exactitude de la juſtice.

Une partie des Efclaves Nazaréens eft deftinée aux ouvrages publics. Ceux qui font de ce nombre, travaillent à tirer de la pierre des carrieres, & à les tranfporter où l'on en a befoin. Ils effuyent fans doute par-là beaucoup de maux. Ils font cependant moins malheureux que les forçats des galeres. Ils fe retirent le foir dans des bagnes ou cazernes, dans lefquelles on les enferme. Ils ne font point enchaînés, au lieu que les Turcs ne quittent la chaîne & le banc où ils font attachés, que lorfqu'ils font affez heureux pour trouver quelqu'un qui réponde du prix de leur rançon, au cas qu'ils viennent à fe fauver.

Les Nazaréens qui ne font pas deftinés aux travaux publics, & qui appartiennent à des particuliers, font cent fois moins malheureux que ne le font les Turcs captifs. On les nourrit affez bien, au lieu que les autres n'ont que les mêmes alimens qu'on donne aux forçats, qui confiftent dans une livre de pain exceffivement bis, & une demi-livre de feves. On ajoute à ces mets délicieux une livre de graiffe, à peu près auffi ragoûtante que celle dont on fait les chandelles, & qui fert à faire cuire les feves de vingt-cinq forçats.

Je ne puis comprendre, mon cher Monceca, fur quel fondement les Nazaréens , traitant avec tant de dureté leurs Captifs , fe récrient fi fort fur la maniere dont les Turcs en agiffent avec les leurs. Si les Africains avoient des Orateurs qui fuffent émouvoir les cœurs par des difcours touchans & patéti- ques , je fuis bien affuré qu'ils feroient fur le fort des Efclaves de leur Nation , des déclamations auffi pompeufes & auffi touchantes que celles des Naza- réens.

Je ne défapprouve cependant pas , mon cher Monçeca , que les Ecrivains , & fur-tout certains Moines , chargés par leur inftitut du rachat des Captifs , empoulent un peu leurs récits , & grof- fiffent les maux qu'on fouffre dans l'ef- clavage. Cela fert à exciter la charité des Nazaréens , qui touchés du trifte fort de leurs freres , s'empreffent à les foulager. Il eft peu d'aumône plus loua- ble & plus néceffaire que celle qu'on fait pour délivrer fes freres d'un état douloureux , dans lequel le feul ca- price de la fortune les a mis , le crime n'ayant aucune part à leur malheur. L'intérêt public fe joint dans cette oc- cafion à la pitié & à la charité. Si l'on ne favorife pas ceux qui s'expofent pour faire fleurir le commerce , fi l'on ne les fecourt pas dans leurs difgraces , il eft à craindre qu'on ne dégoûte les autres

qui feroient tentés de les imiter, mais ils
que la crainte d'un même fort retiendra
dans l'inaction. *J'aime beaucoup mieux*,
dira un Efpagnol, *avoir moins de biens*
que de rifquer de perdre la liberté fans ef-
poir de la recouvrer jamais.

L'ufage de foulager les captifs eft auffi
ancien chez les Nazaréens, que l'éta-
bliffement de leur Religion. Leurs premiers Docteurs qui étoient des hommes charitables, & dont les foins
étoient toujours employés à foulager
les malheureux, établirent les collec-
tes. Elles fervoient à l'ufage de ceux
que les Payens perfécutoient, exi-
loient, brûloient & maffacroient. Dès
que ceux qui étoient chargés de dif-
tribuer les aumônes, apprenoient qu'un
de leurs freres étoit dans les prifons,
auffi-tôt ils fongeoient à le fecourir : ils
croyoient qu'il y alloit de la gloire du
nom Nazaréen, d'être fenfible à l'op-
preffion de ceux avec qui ce nom leur
étoit commun.

Une coutume auffi louable s'eft per-
pétuée parmi plufieurs Peuples Européens. Les François, les Italiens, les
Efpagnols & les Portugais, ont des
Moines qui ramaffent les aumônes def-
tinées au rachat des captifs, & qui les
employent à cet ufage. Il leur eft très-
difficile de pouvoir diftraire beaucoup

des sommes qu'on leur confie, parce qu'elles sont contrôlées par des Laïques qui ne voudroient point entrer dans aucune friponnerie. Il arrive cependant, quelque précaution qu'on prenne, bien de petites faudes, dont les quêteurs profitent : mais elles ne sont point considérables ; & ils en réparent les dommages par le fruit qu'operent leurs prédications, où ils ne parlent que d'esclaves brûlés, empalés, coupés en pieces, &c. Ils en font perir beaucoup plus dans une seule période, qu'on n'en a tué & qu'on n'en tuera jusqu'à la fin du monde dans tous les états Mahométans. Il échappe pourtant quelquefois à ces Prédicateurs des traits où la vérité perce au travers des nuages dont ils l'obscurcissent : ceux qui veulent démêler le vrai du faux, & voir jusqu'où vont les cruautés des Turcs, comprennent alors à quel véritable point ils les portent.

Je t'ai dit, mon cher Monceca, que le sort des Nazaréens qui sont esclaves des particuliers, est beaucoup plus doux que celui des Turs captifs chez les Espagnols & les François. Un Moine qui a fait la relation de son voyage à Tripoli, n'a pu se résoudre à exagerer les souffrances de ces esclaves, & voici la tournure qu'il a donnée à la liberté dont les Turcs les laissent jouir. *Pour ceux* d'entre les Esclaves qu'on employe dans leurs jardins, ils fatiguent beaucoup moins, mais aussi ils sont privés de tous les secours spirituels : beaucoup y meurent sans Sacrement. C'est-là où ils souffrent une persécution, qui pour ne pas paroître si dure, est beaucoup plus dangereuse. Car comme le vice y regne impunément, que tout y conspire à échauffer & à satisfaire les plus infâmes passions, les Turcs, profitant du peu de secours que les Chrétiens y ont, employent les attraits des femmes, qui s'y portent assez d'elles-mêmes, pour les corrompre : & s'ils sont assez malheureux pour se laisser séduire, ils sont contraints, ou d'embrasser l'Alcoran, ou de subir le supplice du feu. Ces Barbares les sollicitent souvent aux plus noires brutalités, & font leur possible pour les engager dans une infernale servitude, par le péché abominable qui y est si commun. De sorte qu'un Chrétien à Tripoli souffre autant des caresses des Infideles, qu'ailleurs de la cruauté des Barbares (1).

On ne pourroit trouver un prétexte

(1) Etat des Royaumes de Barbarie, Tripoli, Tunis & Alger, contenant l'Histoire naturelle & politique de ces Pays, & la maniere dont les Turcs y traitent les Esclaves, comme on les rachette, &c. pag. 76.

plus

plus fpécieux, pour rendre odieufe la complaifance des maîtres Turcs, qu'en la fuppofant directement contraire à la Religion Nazaréene : & ceux qui croyent les chofes fans les approfondir, regarderont le fort des efclaves des par-ticuliers comme plus trifte que ne l'eft celui de ceux qui appartiennent à la Ré-publique. Il n'y a cependant rien de fi faux, que les prétendus fecours que les patrons empruntent des femmes pour faire changer de Religion leurs Efcla-ves. Ils font très-fâchés, au contraire, lorfque cela arrive ; parce qu'ils font for-cés de les affranchir après un certain tems : & bien loin que les Captifs foient contraints *d'embraffer l'Alcoran*, ou de *fubir le fupplice du feu*, quand ils font furpris avec des Mahometanes, ils en font quittes ordinairement pour quel-que centaine de coups de bâtons fur la plante des pieds. Il eft vrai, qu'il y a une Loi générale dans toute la Barbarie, qui ordonne qu'un Nazaréen, qui aura eu commerce avec une Turque, fera em-palé, & la femme noyée : mais cette Loi ne s'exécute jamais à la rigueur qu'envers les perfonnes libres, quand elles ne font point affez riches pour ra-chetter leur vie par une fomme confidé-rable ; & les Efclaves y font rarement foumis. L'intérêt perfonnel des Turcs

Tome VI.   K

a donné occaſion à cette diſtinction. Il
en eſt peu d'entr'eux, qui jugent à propos de ſacrifier leurs Domeſtiques à la
gloire de Mahomet. Quant aux femmes
on les punit rigoureuſement : ou leurs
amans changent de Religion, ou elles ſont noyées ; il n'y a pour elles aucune alternative. Tu vois, mon cher
Monceca, combien peu de fonds l'on
doit faire ſur les relations écrites par des
gens intéreſſés à déguiſer la vérité. Mais
comme je te l'ai déja dit, cela eſt excu-
ſable, dès qu'il en doit arriver un bien
conſidérable.

Il paroît ſurprenant, que les Princes
Européens, qui ont eu tant d'occaſion
de ſe plaindre des Pirates Algériens,
Tuniſiens & Tripolitains, qui les ont
même punis quelquefois avec rigueur,
& toujours inutilement, n'ayent point
pris la réſolution de les détruire, & de
les anéantir entierement. La choſe leur
eut été très-facile, ils euſſent pû délivrer toute cette côte de la Méditerranée d'une peſte fatale à tous les Com-
merçans. Ils doivent d'autant moins
compter ſur les alliances qu'ils forment
avec ces Barbares, que dès qu'ils trouvent leur intérêt à les violer, ils ne ba-
lancent pas un moment à le faire. Ils
ſont même néceſſités, pour pouvoir
ſubſiſter, de rompre la paix avec quel-

que Prince , dès qu'ils terminent la guerre avec quelque autre. Vivent-ils bien avec les François & les Anglois , il faut qu'ils pillent les Hollandois & les Espagnols. S'accommodent-ils avec les Hollandois , leur traité avec les François ne peut plus subsister. C'est-là une vérité , dont toute l'Europe est persuadée , & à laquelle tous les Princes sont intéressés. Cependant loin de s'unir ensemble contre leurs communs ennemis , ils les favorisent , & leur donnent les secours dont ils ont besoin.

La politique des Souverains Nazaréens est le plus ferme soutien des Pirates de la Barbarie : Lorsqu'on examine les choses attentivement , on reconnoît qu'il est impossible , que l'intérêt des differentes Couronnes leur permette jamais de se réunir pour détruire les Algériens , les Tunisiens & les Tripolitains. Les Anglois sont intéressés à ne point souffrir que les Espagnols , les François & les Hollandois , s'emparent des ports de la Barbarie. Dès qu'ils auroient la guerre avec eux , ils ne pourroient plus relâcher dans toute la côte d'Afrique , & le tiers des rivages de la mer Méditerranée leur seroit interdit. Les Anglois sont si persuadés , qu'il est contre leurs avantages , que les Espagnols s'aggrandissent en Barbarie , qu'il

K 2

n'a pas tenu à eux que les Turcs ne repriffent Oran. La même raifon, qui ne fauroit permettre que les Efpagnols ayent les poits de la Barbarie, ne fouffre gueres que les autres Couronnes favorifent celle qui voudroit s'en emparer.

L'intérêt du commerce empêche encore l'union des Princes contre les Algériens. Plus les Efpagnols & les Hollandois trouvent d'obftacles dans leur navigation, & plus les vaiffeaux Anglois jouiffent d'un grand avantage. Je fuppofe qu'il y ait dans le port de Cadix trois bâtimens, qui doivent partir pour Marfeille, le premier Efpagnol, le fecond François & le troifieme Anglois. Si je fuis le maitre d'embarquer des marchandifes fur lequel de ces trois bâtimens je voudrai, je me garderai bien de les mettre fur l'Efpagnol; ayant à craindre les Algériens, les Tunifiens, les Tripolitains, les Turcs du Levant & les Maroquins. Je cours beaucoup moins de rifque fur le bâtiment François, n'ayant à appréhender que les Saletins. Cependant, je me détermine en faveur de l'Anglois, puifque je n'ai aucun ennemi à redouter.

L'avantage de ne rien craindre des Pirate eft fi confidérable, qu'il n'eft aucun négociant Efpagnol, fi cela étoit

permis , qui ne fit porter le Pavillon
François ou Anglois à fon bâtiment.
Les Confuls de France établis dans les
ports d'Italie , favent aflez le profit
qu'ils retirent des permiffions qu'ils font
avoir de l'Amiral de France à plufieurs
marchands , qui pour prévenir tous les
fâcheux accidens , négocient fous le pavillon François. Si ceux de toutes les
autres Nations jouiffoient des mêmes
droits , fes priviléges feroient anéantis.

Tel eft , mon cher Monceca , le bizarre deftin des hommes. Les uns ne
peuvent être grands , que par l'abaiffe-
ment des autres. S'ils penfoient tous
d'une maniere jufte , fans doute alors
ils reconnoîtroient , que leur premier
devoir eft de facrifier un vil intérêt à la
tranquillité de leurs freres. Mais la politique des Etats , fondée uniquement
fur des vûes de grandeur & de richeffes , s'oppofe aux fentimens que dicte
l'humanité. Un Anglois ne s'embarraffe
gueres qu'on fafle efclaves cent Efpagnols , pourvû que fon commerce prof-
pere , & que fon vaiffeau arrive à bon
port.

Porte-toi bien , mon cher Monceca :
vis content & heureux ; & fouviens-
toi toujours , qu'un Philofophe ne doit
jamais agir par intérêt.

D'Alger , ce . . . .

LETTRE CLXV.

Jacob Britò, *à* Aaron Monceca.

LEs fciences, mon cher Monceca, font entierement inconnues à Alger. On y ignore tout ce qui a quelque rapport avec la philofophie & les belles-lettres. Il y a feulement dans ce pays quelques miférables Aftrologues, qui abufent de la crédulité du peuple ; & quelques faifeurs de chanfons, dont les poëfies n'approchent pas de celles que chantent en France les aveugles aux coins des rues.

La même ignorance regne dans toute l'Afrique, fi l'on en excepte le Royaume de Maroc. Il y a dans la ville capitale de cet Empire, une Academie dont le fameux Averroës fut autrefois Profeffeur. Cette Academie eft compofée de plufieurs favans Arabes, attachés fortement aux fentimens d'Ariftòte, dont ils ont les ouvrages traduits par le même Averroës.

Les Maures font auffi anciens Péripatéticiens que les Moines : & à peu près dans le même tems qu'Averroës fit

connoître le Philofophe Grec aux Arabes, les François commencerent à recevoir fes fentimens. L'Hiftorien Ri-
gord rapporte, qu'un Concile tenu à
Paris l'an 1209, condamna au feu quelques livres d'Ariftote, que l'on expli-
quoit dans les Colleges, & qui avoient
été apportés de Conftantinople depuis
peu de tems, & traduits de Grec en
Latin (1).

Le regne du Péripatétifme a été plus
durable en Afrique qu'en Europe ; &
cinq cens ans n'y ont point encore ébranlé fa puiffance. Heureufement pour fa
gloire, il n'eft point né à Maroc, ni
de Des-Cartes, ni de Gaffendi. Il y a
apparence que fi la nature y en produifoit quelques-uns, ils auroient autant
de peine à défabufer les Arabes des défauts de l'ancienne Philofophie, que ces
François en ont eu à faire ouvrir les
yeux à leurs Compatiotes. Ils effuye-
oient pour le moins autant de perfécutions : car les Docteurs Maroquins font
tout auffi bilieux que les Théologiens
Nazaréens, auffi entêtés des opinions
qu'ils ont reçues dès leur tendre jeu-
neffe, & auffi potrés à crier à *l'héréti-*

_____

(1) *Delati de novo à Conftantinopoli, & è Gra-*
o in Latinum tranflati. Rigordus, *in* Vita Philip-
pi Augufti, *apud* Launoium de varia Ariftotelis
forouna. Cap. I. pag. 6.

que, dès qu'on n'eſt point de leur avis.

Il en coûta cher à Averroës, pour avoir voulu s'élever au-deſſus de ſes Confreres les Docteurs : & ce ne fut qu'après avoir ſouffert bien d'autres maux que ceux qui obligerent Des-Cartes à ſe bannir de ſa patrie, qu'il vint à bout de pouvoir philoſopher tranquil-lement. L'hiſtoire de ſes malheurs eſt ſi curieuſe, & dépeint ſi bien la jalouſie qui regne parmi les Savans, dans quel-que pays qu'ils ſoient nés, quelle que ſoit leur Religion, que tu ne trouveras pas mauvais que j'en copie ici un abrégé, qui part de la main d'un très-grand Maître.

» Pluſieurs Nobles & pluſieurs Doc-
» teurs de Cordue, nommément le
» Médecin Ibnu-Zoar, porterent en-
» vie à Averroës, & réſolurent de lui
» intenter un procès de Religion. Ils
» ſubornerent des jeunes gens, pour le
» prier de leur faire une leçon de Phi-
» loſophie. Il y donna les mains, &
» leur découvrit dans cette leçon ſa
» créance de Philoſophe. Ils en firent
» dreſſer un Acte par un Notaire, &
» l'y déclarerent hérétique. Cet Acte
» fut ſigné par cent témoins, & envoyé
» à Manſor, Roi de Maroc. Ce Prince
» l'ayant vû, ſe mit en colere contre
» Averroës, & dit tout haut : *Il eſt*
» *clair que cet homme-là n'eſt point de*
» *notre*

» *notre Religion.* Il fit confisquer tous
» ses biens , & le condamna à se tenir
» au quartier des Juifs. Averroës obéit :
» mais étant allé quelquefois à la Mos-
» quée pour y faire les Oraisons , &
» ayant été chassé à coups de pierres
» par les enfans , il se retira de Cor-
» doue à Fez , & s'y tint caché. On
» le reconnut dans peu de jours : on le
» mit en prison , & l'on demanda à
» Mansor ce qu'on en feroit ? Ce Prince
» assembla plusieurs Docteurs en Théo-
» logie & en Jurisprudence , & s'in-
» forma d'eux de quelle peine un tel
» homme étoit digne ? La plûpart ré-
» pondirent, qu'en qualité d'hérétique
» il méritoit la mort. Mais quelques-
» uns représenterent qu'il ne falloit
» pas faire mourir un tel personnage ,
» qui étoit principalement connu sous
» la qualité de Légiste , & sous celle
» de Théologien : de sorte, dirent-ils ,
» qu'on ne divulguera point par le mon-
» de qu'un hérétique a été condamné ,
» mais qu'un Légiste , qu'un Théolo-
» gien a subi cette sentence : d'où il ar-
» rivera, 1°. que les Infideles n'embras-
» seront plus notre foi , & qu'ainsi no-
» tre Religion sera amoindrie: 2°. que
» l'on se plaindra que les Docteurs
» Africains cherchent & trouvent des
» raisons de s'ôter la vie les uns aux

Tome VI. L

fongeai à ceux qu'ont foufferts tant de
Savans illuftres avec auffi peu de juftice
que ce fameux Arâbe : Lorfque je re-
fléchiffois à la pofture humiliante dans
laquelle il avoit été placé à la porte de
la Mofquée ; je me figuróis Arnauld ou
Pafcal, affis fur les degrés du Collége
des Jéfuites, y recevant une infulte de
chaque Membre de la Société. Si elle
eut trouvé à Paris autant de facilité à
contenter fa vengance, qu'en eurent les
Docteurs Cordouans, fans doute tous
les Solitaires de Port-Royal auroient
effuyé quelque cérémonie peut-être encore plus cruelle que la Mahométane.

Il n'eft point de haine auffi dangereufe, que celle qui nait de la divifion des
Savans, & fur-tout des Théologiens :
& il n'y a aucun exès auquel les derniers
ne fe portent, lorfqu'ils ne font point
retenus par un pouvoir fuperieur. Ils
mettent tout en ufage, pour perdre
leurs Adverfaires, & n'héfitent pas un
feul inftant à employer la calomnie, le
menfonge & les impoftures les plus
noires, pour parvenir à leur but. Si les
Ennemis du fameux Arnauld n'ont pû
avoir le plaifir de lui faire effuyer la cérémonie d'Averroës, il ont tâché de
flétir fa réputation par des libelles diffa-
matoires : & quelles abfurdités honteu-
fes n'ont-ils point débité à cet égard ?

Si l'on veut les en croire, cet homme illustre étoit un Sorcier très-bien reçu à la cour de Beelsébuth, à qui il faisoit de tems en tems des harangues fort éloquentes. *Il est certain*, dit un Auteur (1), *que M. de Maupas Evêque d'Evreux, a assuré à plusieurs personnes, qu'il avoit appris d'un Sorcier converti, qu'il avoit vû au sabbat M. Arnauld plusieurs fois avec une Princesse du sang, & que M. Arnauld y avoit fait une fort belle harangue au Diable.* Quelqu'autres Ennemis de ce Docteur ont publié (2), *qu'il s'étoit rendu Chef des Vaudois, & qu'il étoit devenu le plus ferme appui de ces Peuples* (3). Ils le métamorphosoient de Docteur en Général d'armée ; & cela dans un tems, où ils savoient que leurs calomnies seroient détruites de fond en comble. Ils ne s'embarrassoient pas qu'on connût leurs impostures, pourvû qu'elles eussent cours pendant quelque-tems.

---

(1) Celui du *IV. Factum* des parens de Jansenius, pag. 2.

(2) *Voyez les* Questions curieuses, pag. 4.

(3) *Nos infra inscripti Superiores conventuales Regularium in Civitate Leodiensi, certiorati de conventiculis quæ habentur apud certum Arnoldum Doctrinam suspectam spargentem, censemus D. Vicarium charitative certiorandum, ut similia conventicula dissipare & prohibere non dedignetur, etiam*

Il ne tint pas à fix Moines de Liége, que ce célébre Théologien ne fût traité dans cette Ville comme Averroës l'avoit été à Maroc. Le Gardien des Recollets, le Gardien des Cordeliers, le Prieur des Auguftins, celui des Jacobins, le Vicaire des Carmes, ayant à leur tête le Recteur des Jéfuites, procéderent de la même maniere que les Docteurs Cordouans, animés par le Médecin Ibnû. Ces Moines dreflerent une Requéte, par laquelle ils demandoient qu'un *certain Arnauld* fût exclus de la Société civile, comme foutenant des opinions dangereufes. *O Tempora! O Mores!* Eft-il permis, mon cher Monceca, que fix miférables Moines, ayent ainfi porté l'audace & l'infolence jufqu'à traiter un des premiers Savans du monde, de la même maniere que s'ils euflent parlé d'un fimple Aventurier, ou de quelqu'un de leurs femblables ? Avec quelle indignation la poftérité apprendra-t'elle un jour, que cet illuftre Docteur ait été appellé

cum dicto Arnaldo converfationes. Datum in Conventu Minorum, hac 25. Augufti 1690. ad quem effectum commifimus R. P. M. Ludovicum Lan et Priorem Dominicanorum, ad nomine noftro accedendum D. Vicarium & exponendum intentionem noftram. Queftions Curieufes, *pag.* 228. Jufte Dieu ! quelle affreufe Latinité ! Elle eft digne des ennemis de ce favant homme.

un *certain Arnauld ?* Si quelque chofe peut diminuer fa furprife, ce fera le grand nombre d'hommes illuftres, qui ont été également perfécutés par des Adverfaires opiniâtres & ignorans.

Sans parler des malheurs qu'ont ef-fuyés plufieurs Savans dans ces derniers tems, en remontant plus haut, on trouve fans ceffe le mérite attaqué par les en-vieux : Ce n'eft pas ordinairement dans les Religions étrangeres, que les hom-mes de Lettres rencontrent leurs plus grands ennemis : c'eft dans la leur. M. Claude ne s'avifa jamais d'attaquer les mœurs de M. Arnauld : ce ne furent que des Auteurs Moliniftes, qui por-terent la mauvaife-foi jufqu'à ce point ; fi l'on excepte néanmoins un Miniftre Proteftant, dont les écrits remplis d'im-poftures furent défavoués par fes Con-freres mêmes (1). Mélanchton trouva chez les Luthériens, des Adverfaires encore plus opiniâtres que chez les Pa-piftes. Son efprit doux, & amateur de la paix, lui attira la haine de tous les Rigoriftes : & elle lui devint fi à charge, qu'il confidéra la mort comme un bien, puifqu'elle l'en délivroit entierement. L'Auteur de fa vie nous a appris, que la

_____

(1) L'efprit de M. Arnauld, *compofé par* Juricu.

jalousie de ses ennemis étoit si grande ; & qu'ils se donnoient tant de peine pour lui nuire, qu'il n'avoit jamais été assuré, pendant quarante ans qu'il avoit conservé sa charge de Professeur, de ne pas en être privé avant la fin de la semaine (1).

Le sort de Mélanchton me rappelle celui d'Abélard, un des plus illustres restaurateurs des Sciences, & qui vécut dans le même siécle qu'Averroës. Quelles fortunes n'essuya-t'il point, & quels maux n'eut-il pas à souffrir de la part des Théologiens & des Moines ! Ils le forcerent, sans vouloir écouter ses justes défenses, à brûler lui-même publiquement ses ouvrages : la haine de quelques Auteurs n'a point épargné ce grand-homme plusieurs années après sa mort. Ils l'ont accusé d'avoir continué un commerce honteux avec Héloïse, après la funeste aventure qui l'avoit mis hors d'état de s'y prêter ; & ils ont soutenu qu'il trouvoit dans l'ombre de la volupté, les mêmes plaisirs que dans la volupté même (2).

(1) *Publice non dubitavit affirmare : Ego jam sum hic, Dei beneficio, quadraginta annos, & numquam potui dicere, aut certus esse me per unam septimanam mansurum esse.* Camerarius *in* Vita Melanchr. pag. 206.

(2) *Ex quibus hominibus liquet quam frigida*

Confidere, mon cher Monceca, quel
est la haine qui nait entre les favans,
puisqu'elle ne respecte pas même les cendres des morts, & qu'elle attaque cruellement des Héros que la parque à mis
dans l'impossibilité de se deffendre. Dans
combien de nouveaux libelles ne dé-
chire-t'on pas tous les jours la mémoire
des *Claudes*, des *Arnaulds*, des *Bayles*,
des *Montagnes*, des *Abarbanels*, des
Maimonides, des *Luthers*, des *Cal-*
vins, des *Augustins*, des *Jéromes*, &
de tant d'autres personnages illustres
nés dans toutes les Religions? Eh quoi!
ne pourroit-on pas critiquer ce qu'on
trouve-à-redire dans leurs écrits, &
rendre cependant à leurs personnes & à
leurs ouvrages la justice qu'ils méritent?
Quoique je sois Juif, mon cher Monceca, je me garderai bien de soutenir,
qu'*Augustin* fut un petit génie, *Arnauld*
un ignorant, *Luther* une grosse bête,
Calvin un esprit médiocre, & *Bourda-*
loue un empoisonneur, qui ne préchoit
qu'une morale pernicieuse. Je rougi-
rois, si la passion m'emportoit jusqu'à

fuerit *Petri Abælardi Apologia*, cum redarguntus
de nimia familiaritate cum amica quidem sua He-
loifa & aliis *Monialibus Paracliteníibus*, repofuit
Eunuchos quali ipfe factus erat, tuto obfque omni pe-
riculo poffe verfari cum fœminis. Theophil. Ray-
nauld, de Eunuchis, pag. 148.

ce point. Il eſt vrai, que je ne penſe pas de la même maniere qu'un Docteur Janſénal, ou Moliniſte, mais je rends cependant office à la maniere éloquente & perſuaſive dont ils ſoutiennent leurs ſentimens. & bien loin que je veüille les calomnier, j'agis de la même maniere qu'un juge avec un Avocat, dont il admire la ſcience & les talens, & dont il condamne cependant la partie.

Porte-toi bien, mon cher Monceca, vis content & heureux ; & fais uſage d'une parfaite impartialité envers tous les hommes.

D'Alger, ce . . . .

LETTRE CLXVI.

Jacob Brito, à Aaron Monceca.

DEpuis deux jours, mon cher Monceca, je suis arrivé à Tunis. Cette ville est bâtie à trois lieues des ruines de Carthage. Elle n'est point sur le bord de la mer. C'est ce qui l'a toujours mis à couvert des bombardemens, & l'a garantie des châtimens qu'ont essuiés Alger & Tripoli, de la part des Anglois & des François. Les bâtimens, qui abordent à Tunis, mouillent dans une grande rade, deffendue par les forts de la Goulette, qui sont très-mal fortifiés, & construits à l'embouchure d'un petit canal, qui forme une communication entre la mer & un lac à cent pas duquel est la ville de Tunis. Sa situation est beaucoup moins gracieuse que celle de Carthage, qui étoit bâtie sur une langue avancée dans la mer, & qui forme un Cap qu'on nomme encore aujourd'hui du nom de cette ancienne République. J'en ai été visiter les ruines. Parmi des tas immenses de pierres, on trouve plusieurs souterreins assez grands. Le

morceau le plus entier qui reste est u[n]
réservoir composé de seize ou dix-sep[t]
citernes, qui servoient à recevoir le[s]
eaux destinées à l'usage du public. Ce[s]
citernes sont jointes ensemble par un[e]
voute commune, qui couvre aussi deu[x]
galleries qui sont aux côtés de ces gran[des]
des caves, & qui servoient à la com[-]
modité du passage de ceux qui alloien[t]
puiser de l'eau. A quelques mille pa[s]
des ruines de la ville, on voit encor[e]
[des aqu]educs très-beaux, & d'une lon[-]
[gueu]r considerable, qui aboutissoien[t]
[autrefois a]ux citernes publiques. C'est[-]
[là, mon cher] Monceca, tout ce qu[i]
[reste de cette superbe] be Carthage, la ri[-]
vale [de Rome. Dans] quelques année[s]
d'ici, [on ne pourra plus] en découvrir l[a]
place ou [du moins les] Géographe[s]
modernes [ne seront] [pas é]loin de la fair[e]
connoître à la po[sterit]é.

Nous n'avons presque aucune idée
des villes qui ont été les plus célébres ;
ce que nous en savons est si confus, &
mélé de tant de fables, qu'il est impossible, au milieu de ce cahos & de cette
confusion, de pouvoir démêler la vérité.
L'ancienne Babylone ne nous est connue que par la relation de quelques Auteurs anciens, qui n'éclaircissent point la
moitié de nos doutes ; & il ne reste aujourd'hui aucun vestige de cette ville autrefois si fameuse.

Nous ignorons entierement de quelle façon les premiers hommes bâtiſſoient, ſi l'on excepte les Egyptiens. Il faut deſcendre juſqu'aux Grecs & aux Romains, pour connoître la liaiſon qu'on donnoit aux matériaux dont on ſe ſervoit pour la conſtruction des Edifices publics. Les anciens Perſans, les Ethiopiens, &c. bâtiſſoient-ils ſans ciment, ſans mortier, & uniquement en mettant des pierres parfaitement unies, comme les Romains faiſoient, ainſi qu'il paroît dans pluſieurs de leurs Ouvrages (1)? Nous n'en ſavons rien, & nous ne contenterons jamais notre curioſité à cet égard; puiſqu'il ne nous reſte ſur cela que des relations fort obſcures, & qui ne ſatisfont gueres ceux qui veulent connoître les choſes clairement. D'ailleurs, les éclairciſſemens que nous pouvons tirer par les ruines que nous trouvons aujourd'hui, ſont quelquefois très-trompeurs, le tems ayant pulvériſé certaines portions des pierres; & peut-être prend-on pour un mortier ce ſable qui ſe rencontre entre leurs jointures. Enfin s'il eſt vrai que certains bâtimens ayent été conſtruits avec des matieres faites pour unir les pierres, on ignore

_____

(1) Les Arênes de Nîmes ſont bâties de cette maniere.

totalement aujourd'hui la façon dont on compofoit ce ciment, & l'on débite là-deſſus mille contes.

Une autre difficulté, qui s'offre dans la découverte qu'on veut faire par les ruines qui reſtent dans les champs où furent autrefois les anciennes villes il-luſtres, c'eſt qu'il y a grande apparence que toutes ces ruines font poſtérieures à la maniere de bâtir qu'on voudroit con-noitre. Les principales villes anciennes ont été detruites pluſieurs fois, & pref-que toutes rebâties du tems des Ro-mains. Les ruines qu'on voit aujour-d'hui de l'ancienne Troye, ne font point les reſtes des Palais de Priam & d'Hec-tor. Ces Princes n'étoient point aſſez puiſſans, pour habiter dans des maiſons qui contenoient autant de marbres, de chapitaux, de colonnes, qu'on en trou-ve encore dans les champs de Troye. Pour être perſuadé de cette vérité, on n'a qu'à lire l'Iliade d'Homere. Quoi-qu'un Poëte amplifie & groſſiſſe tou-jours les objets, dès qu'on vient à jet-ter les yeux ſur les reſtes immenſes des marbres répandus encore aujourd'hui dans les campagnes de Troye, & ſur le nombre prodigieux qu'on en a enlevé, on connoît aiſément, que les ruines du célébre Ilium ne font point celles qu'on apperçoit actuellement.

Il eſt certain , que les Romains, qui croyoient , ou du moins qui étoient bien-aiſe qu'on crût qu'ils deſcendoient des Troyens , rebâtirent la ville de Troye. Auguſte y fit faire pluſieurs Edifices magnifiques ſur les débris de l'ancienne. On y éleva un nouvel Ilium , ruiné de nouveau par la longueur des tems : & ſi l'on y trouve aujourd'hui des reſtes antiques , on doit bien plutôt les attribuer aux Romains, qu'aux anciens Troyens. Peut-être , mon cher Monceca , en eſt-il de même des ruines de Carthage , que de celles de Troye, & les monumens qu'on y voit encore aujourd'hui , peuvent n'avoir été bâtis que par les Romains, après qu'ils ſe furent rendus maîtres de l'Afrique.

Le triſte ſort qu'ont eu tant de ſuperbes villes , dont une partie a été détruite par les Mahométans , m'a ſouvent fait réfléchir au préjudice qu'ils avoient porté aux ſciences & aux beaux-arts. Combien d'édifice n'ont-ils pas renverſé , combien de ſtatues antiques n'ont-ils pas briſées , dans quel état pitoyable n'ont-ils point réduit toute la Grece , qui contenoit plus de choſes précieuſes , que tout le reſte de l'Univers ? Comment les Princes Nazaréens ont-ils pû ſe réſoudre à laiſſer ce pays en proye à la cruauté & à la fureur de ces Barbares !

Si les Turcs euſſent fait leur irruption
dans la Grece , lorſque les Gots , les
Huns & les Vandales , s'accagerent
Rome , & firent autant de mal en Occident, que les Mahométans en ont fait
depuis en Orient , je ne ſerois point
étonné , que les Monarques Européens
euſſent abandonné Conſtantinople à Mahomet II. Mais que dans le XV. ſiécle , ce Barbare ait envahi l'Empire d'O-
rient ; qu'après s'être rendu le maître de
Conſtantinople , il ſe ſoit vû à la veille
d'aller à Rome ſaccager , détruire &
renverſer les ſeuls reſtes échappés aux
fureurs de l'ignorance ; c'eſt à quoi je ne
penſe point , ſans déplorer l'aveuglement
des Nazaréens , qui étant pour lors déſu-
nis entr'eux , ne ſongeoient qu'à ſe dé-
chirer mutuellement.

Il eſt certain , mon cher Monceca ,
que ſi au lieu des projets chimériques
des Croiſades , les Princes Européens ſe
fuſſent contentés de chaſſer entierement
les Turcs de l'Europe , ils y euſſent
réuſſi facilement. C'étoit-là la ſeule
choſe à laquelle ils devoient s'attacher ;
car de vouloir les pourſuivre dans l'A-
ſie , ou fonder un Royaume au milieu
d'eux en Afrique , c'eſt un projet auſſi
ridicule qu'extravagant , & impoſſible
à exécuter. Toutes ces tentatives n'ont
ſervi , & ne ſerviront jamais , qu'à faire
périr

périt un grand nombre de Nazaréens,
par la fatigue du voyage, l'intempé-
rance du climat & les maladies conta-
gieufes.

Cet endroit de ma lettre, mon cher
Monceca, me conduit naturellement
à te parler de l'orage qui s'apprête à
tomber fur la tête des Mahométans. Si
la fameufe ligue dont on parle a lieu,
& que l'Empereur, les Vénitiens, les
Polonois & les Mofcovites, s'uniffent
enfemble, les Turcs font dans le plus
grand danger qu'ils ayent encore effuyé:
& fi la paix regne pendant deux campagnes entre les Princes Nazaréens, il
faut abfolument que la Porte-Ottoma-
ne reçoive un échec dont il eft impoffible qu'elle puiffe fe mettre à couvert.
Dans la derniere guerre qu'elle a eue
avec l'Empire, cette feule Couronne lui
a enlevé les deux plus fortes Places de
fes Frontieres, & l'a réduite à faire une
paix ignominieufe. Quel pourra être aujourd'hui fon fort, étant obligée de fe
deffendre contre les Mofcovites, qui
feront une puiffante diverfion, & contre les Polonois, qui ne font pas moins
à craindre pour elle ? On peut affurer,
mon cher Monceca, que fi l'Empire
Ottoman fort de cette guerre fans avoir
fait une perte confiderable, il eft à l'abri
de tous les revers. Mais il eft prefque

Tome VI. M

impoffible, que cela foit ; & je ne doute pas, qu'avant la fin de cette année, nous ne voyons quelque événement digne de paffer à la poftérité la plus reculée.

Je t'avoue, mon cher Monceca, que quoique je doive regarder avec beaucoup d'indifférence de dépendre des Nazaréens ou des Turcs, je ne puis m'empêcher cependant de m'intéreffer beaucoup en faveur des premiers, à caufe des fciences & des arts. Chaque place conquife par les Impériaux, chaque bataille qu'ils gagnent, c'eft une victoire remportée fur l'ignorance. Je regarde les Allemands comme les Miffionnaires de la raifon & de la Philofophie. Quel triomphe pour les belles-lettres, fi dans quelques années, un Libraire étaloit dans la Place de l'Hippodrome les Oeuvres de Leibnits & celles de Newton ; & que Des-Cartes & Gaffendi paruffent dans les lieux où régnoient les Ecrits de quelques miférables Théologiens Turcs ! Hélas ! mon cher Monceca, un bonheur auffi grand n'eft point impoffible : il ne dépend que de la tranquillité de quelques Etats Nazaréens. Funefte politique, feras-tu toujours la ruine du genre-humain ! Je crois, mon cher Monceca, que les mêmes intérêts, qui affurent certains petits Princes de leur Etats, empêchent la

ruine des Mahométans. Les grands Monarques ne voyent point avec beaucoup
de plaisir un conquérant s'aggrandir , &
prendre de nouvelles forces. La ruine
totale de l'Empire des Turcs en Europe
n'accommoderoit pas bien des Puissan-
ces, intéressées à ne pas la laisser détruire. L'amour de la Religion ne peut
même balancer les raisons politiques.
On a vû des Pontifes Romains agir de
concert avec ces mêmes Turcs contre
lesquels Rome avoit tant prêché de
croisades, *autres tems, autres soins*:
c'est-là la devise de tous les Princes. Je
reviens à Tunis.

Il y a dans cette ville un Dei, ainsi
qu'à Alger : mais il n'a aucune autorité ;
& c'est le Bei, qui est le véritable Souverain. Autrefois ce dernier n'étoit
qu'un simple chef de la milice ; mais pendant les diverses révolutions qui sont
arrivées dans ce Royaume, les Beis se
font saisis de l'autorité. Ce sont eux aujourd'hui qui nomment à la charge de
Dei. Ils font les maîtres absolus de dé-
poser , lorsqu'ils le jugent à propos ,
ceux qu'ils y ont élevés.

Les Maures , ou les anciens habitans
du pays, font beaucoup moins malheureux dans ce pays, qu'ils ne le font à
Alger. Les Beis les favorisent , pour
s'assurer un secours contre l'esprit re-

M z

muant des Turcs; par ce moyen, ils ont introduit une efpece d'équilibre, qui fert à entretenir la tranquillité dans l'Etat. Le dernier Bei, mort depuis peu d'années, avoit retiré de grands avantages des ménagemens qu'il avoit pour les Maures. Il eut voulu, s'il eut été poffible, les affranchir entierement du joug des Turcs: mais il n'ofoit tenter une entreprife auffi difficile à exécuter, & dont les fuites pouvoient être très-dangereufes.

Une chofe bien remarquable touchant ce Prince, c'eft qu'il n'avoit point de feffes, ou du moins qu'il lui en reftoit très-peu, depuis qu'on avoit été obligé de les lui couper, pour prévenir les fuites dangereufes d'une baftonnade des plus rudes, qu'il avoit reçue fur le derriere, lorfqu'il n'étoit encore que fimple Officier du Bei. On lui avoit donné deux cent coups de bâton, & ils avoient été fi rudement appliqués, qu'on ne pût empêcher la gangrenne, que par une opération violente qui coûta les feffes au pauvre Patient. Cette juftice rigoureufe produifit dans la fuite un très-bon effet. Car lorfqu'il fut parvenu à la Royauté, il comprit, par le regret qu'il avoit de fe voir dans un auffi pitoyable état, combien les feffes étoient utiles & néceffaires aux hommes. Il réfolut donc d'abolir un supplice, qui l'avoit si malheureusement privé des siennes : & pendant près de vingt ans qu'il regna dans Tunis, jamais aucunes fesses n'ont reçu la moindre insulte. Son Successeur, insensible à une infirmité qu'il n'avoit point éprouvée ; n'a point eu la même attention ; & la mode de donner la bastonnade sur le derriere est revenue en usage, quoiqu'il soit pourtant plus ordinaire de la donner sur la plante des pieds. Ne croit point, mon cher Monceca, que ce que je dis-là soit une histoire faite à plaisir. Elle est conforme à la plus exacte vérité ; & il n'y a rien d'extraordinaire dans la suppression d'un supplice qui est en horreur au Souverain.

Porte-toi bien, mon cher Monceca : vis content & heureux ; & prospere dans toutes tes affaires,

De Tunis, ce ....

LETTRE CLXVII.

Jacob Brito, *à* Aaron Monceca.

EN partant de Tunis, mon cher Monceca, pour me rendre à Tripoli, les vents m'ont forcé de relâcher pour quelques jours à l'Isle de Gerbe. J'ai vû près du Château de cette Isle un monument de la cruauté & de la fureur des hommes. C'est une pyramide de trente pieds de hauteur & de plus de cent trente de tour, qui sert de tombeau aux Chrétiens qui furent massacrés par les Soldats d'Orcan, le chef qui conquit ce Pays sur les Nazaréens. Cette pyramide est faite de pierre de taille jusqu'à la moitié ; le reste n'est que de têtes & d'ossemens d'hommes, entassés les uns sur les autres.

Les Turcs regardent avec une satisfaction orgueilleuse ce monument érigé à la haine & à la barbarie. Ils disent, que les triomphes qu'ils ont remportés sur les Nazaréens, étant des marques évidentes de la bonté de leur Religion, que Dieu a favorisée visiblement dans

tous les tems , ils doivent tâcher d'en
éternifer la mémoire. L'heureux fuc-
cès des armes eft un des plus forts argumens par lefquels les Mahométans
croyent prouver la vérité & la pureté
de leurs dogmes (1). *Puifque Dieu ,*
difent-ils , eft l'Auteur de tous les bons
évenemens , & qu'il n'arrive rien que
par fa volonté, n'eft-il pas vifible qu'il
approuve le zéle que nous avons à porter
par-tout notre Religion ? Et les graces
qu'il nous accorde, & les victoires que
nous avons remportées par fon fecours fur
tant de peuples Nazaréens , ne font-elles
pas des marques certaines de la vérité &
de l'autenticité de l'Alcoran ?

Cette fauffe prévention dans laquelle
font les Turcs, leur fait regarder les
Juifs avec un mépris infini. Ils nous reprochent d'être vifiblement abandon-

(1) *Secundum notivum eft victoria eorum conti-*
nua contra Chriftianos : quod aliquos multum movet;
unde victores fe nominant , & gloriantur quafi vic-
tores totius Mundi. Orant etiam pro victoribus fpe-
cialiter, in omnibus congregationibus fuis , præfer-
tim in continuis poft comeftionem gratiarum actioni-
bus. Superbiunt infuper , & Chriftianos fœminas
defpiciendo nominant , & fe viros eorum : & ut ad
huc magis incitentur, anteceſſorum victorias defcri-
bunt, decantant , laudant , ac præconifant. Septem-
Caftrenfis de Moribus Turcarum. Cap. XI. pag.
40. apud Hottingerum , Hiftoriæ Orientalis , pag.
338.

nés de Dieu , n'ayant fur la terre aucune demeure fixe , & n'étant conduits
ni gouvernés par aucun Prince de notre Nation. Il n'eft rien de fi ridicule ,
mon cher Monceca , que cette prétendue preuve de la vérité de l'*Alcoran*.
Si l'étendue d'une Religion & les triomphes qu'elle remporte , étoient une preuve de fa bonté , il faudroit donc que
les Turcs avouaffent , que lorfque Jérufalem fut détruite par les Babyloniens,
le Paganifme étoit regardé favorable-
ment de la Divinité. C'eft une abfurdité des plus grandes , que de foutenir
un pareil fentiment : & toute Religion
qui ne fonde fes progrès que fur le
meurtre & la violence , eft plutôt un
Enthoufiafme infernal qu'une Doctrine
célefte.

Les moyens pour inftruire les hommes fe préfentent d'eux-mêmes fi naturellement , qu'il faut avoir des opinions bien mauvaifes , pour vouloir les
leur perfuader par la crainte. Il eft très-
facile de ramener les efprits les plus éga-
rés à des vérités fenfibles , quand on
s'y prend d'une maniere douce & ai-
fée , qu'on n'eft conduit par aucune
vûe d'intérêt , & qu'on leur fait connoître leurs préjugés d'une maniere qui
leur fait appercevoir qu'on agit avec la
candeur & la bonne-foi d'un Philofophe.

Je

Je ne doute pas un seul instant, mon cher Monceca, que si l'avarice & l'envie de dominer n'offusquoit pas les Inquisiteurs Espagnols & Portugais, un Juif ne vint facilement à bout de leur faire avouer, qu'il est non-seulement contraire à l'humanité, mais encore directement opposé à la volonté de Dieu, d'emprisonner, de tourmenter & de brûler des infortunés, qui n'ont fait d'autre crime, que celui de suivre des sentimens qu'ils croyoient véritables, & qu'ils avoient reçus dès leur plus tendre enfance. N'est-il pas affreux, mon cher Monceca, qu'on punisse de mort un homme qui ne fit jamais aucun mal à ses Concitoyens, ni ne porta aucun préjudice à la société? Ne peut-on pas dire que c'est imiter l'exemple des Turcs, & se servir de toutes sortes de moyens pour étendre sa Religion?

S'il en faut croire un savant Nazaréen, les Inquisiteurs ont des raisons de politique pour en agir de la même maniere que les Mahométans. Comme ils ont corrompu la Doctrine Nazaréene par les fables qu'ils y ont mêlées, ils ont besoin d'employer autant de ruses & de violence pour les établir qu'il en faut pour faire recevoir l'*Alcoran*. Il est certain, que la Doctrine que certains Docteurs Nazaréens vont prêcher dans

Tome VI.   N

les lieux les plus éloignés , eſt capable de révolter les eſprits les plus ſimples dès qu'ils connoiſſent l'unité de la Divinité : & il n'y a gueres que des Payens qui puiſſent s'en accommoder aiſément.

Depuis long-tems un nombre conſidérable de Théologiens Papiſtes déclament vivement contre les Jéſuites qui ſe ſont établis dans la Chine. Ils leur reprochent d'avoir allié le Paganiſme avec les Nazaréiſme , & de n'avoir fait connoître aux Peuples qu'ils alloient inſtruire que l'extérieur , & pour ainſi dire le ſuperflu de la Religion. Les Docteurs Proteſtans vont encore plus loin dans leurs invectives. Peut-être ſont-elles outrées : car la haine des Sectes leur offuſque les yeux , & groſſit ſouvent les objets.

Quoiqu'il en ſoit , voici ce que dit un Savant illuſtre , mais grand ennemi des Jéſuites (1). *La tradition , dit-il , telle qu'elle eſt , ne plaît point aux Jéſuites : elle détruit leur Morale relâchée , elle renverſe les Dogmes de l'Egliſe Romaine ; ſur-tout ceux que la ſuperſtition de ces Peres établit avec le plus d'ardeur , & qu'ils vont enſeigner juſques aux ex-*

(1) La Croze , Diſſertations Hiſtoriques ſur divers ſujets , tome I. pag. 240.

trémités de la terre. . . . . Voici une idée
raccourcie de cette dévotion... Elle est ti-
rée de l'histoire d'une dame chrétienne de
la Chine, dont le pere Couplet, Jésuite,
avoit été directeur. Saint Ignace, dit-
il, Saint François Xavier, Sainte Can-
dide, dont elle portoit le nom, Sainte
Monique, Sainte Ursule & ses Com-
pagnes, étoient les plus tendres objets de sa piété. . . . . Elle avoit une foi
si vive pour l'éfficacité de l'eau-benite,
des *Agnus Dei* & des Cendres de Ra-
meaux benits, qu'elle les consideroit
comme des remedes universels contre
tous les maux. *N'est-ce pas là une foi &*
une piété bien entendue ! C'est Saint
Ignace, Ursule, l'Eau-benite & les
Agnus Dei, qui font passer la mer à tous
les Jésuites, & qui les portent à faire de
si longs voyages pour substituer un nou-
veau Paganisme à l'ancien Paganisme des
Chinois !

Voilà, mon cher Monceca, des reproches bien violens contre les Mission-
naires de la Chine. Je ne sai s'ils sont
bien fondés. Mais j'ose dire que s'ils
le sont, les hommes ont bien plus d'obligation aux Mahométans qu'aux Jésuites ; puisque ces premiers annoncent
du moins une Religion, qui n'admet
d'autre culte que celui de la Divinité ;
& que les derniers substituent de nouvel-

les erreurs Payennes à celles des Peuples qu'ils vont inftruire. Mon fentiment doit paroître d'autant moins extraordinaire aux Nazaréens , de quelque Secte qu'ils foient , qu'un des plus
grands Philofophes de ces derniers tems
n'a pas fait difficulté de foutenir , qu'on
étoit redevable aux Turcs d'avoir fait
connoître la Divinité à un grand nombre d'Idolâtres. *Le Mahométifme , dit-il
(1) , eft un efpece de Déifme joint à la
créance de quelques faits , & à l'obfervation de quelques pratiques , que Mahomet
& fes Sectateurs ont ajoutées , quelquefois affez mal-à-propos , à la Religion
naturelle , mais qui n'a point laiffé d'être
au gré de plufieurs Nations. On a l'obligation à cette Secte , en beaucoup d'endroits
du monde , de la deftruction du Paganifme : & ce feroit un degré pour mener les
Peuples à une Religion plus fublime ,
fi elle étoit prêchée comme il faut , & fi
les préventions mal-fondées des Mahomé-
rans n'y mettoient beaucoup d'obftacle.*

Je fuis affûré que ceux qui exami-
neront fans prévention le fentiment de
ce Philofophe, conviendront que s'il eft
vrai que les Jéfuites prêchent à la Chine la morale & les dogmes qu'on leur

_____

(1) Lettre de M. Leibnitz à M. la Croze ,
la même , pag. 164.

impute, il vaudroit mieux pour aller détruire le Paganiſme, que vingt Dervis partiſſent de Conſtantinople, que cent Jéſuites de Rome & de Paris. Mais je t'avouerai, mon cher Monceca, que je crois que les Adverſaires de la Société outrent beaucoup les choſes ; & que dans ce qu'ils ont débité de la Religion mi-partie Nazaréene & Payenne, qu'ils vouloient établir dans les Indes, ils ont inféré bien des menſonges : quoiqu'il ſoit impoſſible qu'il n'y eut pas quelque choſe de réel, qui ait occaſionné les plaintes que l'on fait tous les jours dans tant d'écrits, qui parlent de la complaiſance ſervile des Jéſuites pour certains cultes des Chinois.

A propos de tous les reproches que les Jéſuites ont eſſuyés, j'ai te dirai, mon cher Monceca, que j'ai vû dans une Iſle déſerte, appellée la Lampedouſſe, un pauvre Hermite qui eſt venu à bout de ce que n'a pû parachever toute la Société. Cette Iſle a été dépeuplée par Barberouſſe, qui en fit eſclaves tous les habitans qu'il amena à Tripoli : il n'y reſte plus aujourd'hui que l'Hermite dont je te parle. Il deſſert une Chapelle Nazaréene, & prend ſoin d'une petite Moſquée dans laquelle eſt le Tombeau d'un Cherif. Quoiqu'il ſoit Papiſte, il a également ſoin de l'Egliſe Nazaréene & de la

N 3

Mahométane ; il réunit ainſi les deux bénéfices. Les Turcs & les Chrétiens qui
vont faire de l'eau dans cette Iſle , lui
laiſſent ce dont il a beſoin. Perſonne ne
l'oblige à rendre compte à laquelle des
deux Chapelles il a le plus de dévotion :
juſques ici aucun Théologien Janſéniſte
ne s'eſt aviſé d'écrire contre lui , pour
prouver qu'il ne doit pas balayer , du
même balai , la Moſquée du Chérif &
la Chapelle de *Notre - Dame de Bon-
Voyage*. N'ai-je donc pas raiſon de te
dire , mon cher Monceca , qu'il eſt venu à bout de ce que juſques ici n'a pû
exécuter la Société ? Mais c'eſt aſſez parler des Jéſuites.

Je viens à ce que j'ai vû à Tripoli ,
où je ſuis arrivé depuis huit jours. Cette
ville eſt beaucoup moins conſiderable
qu'Alger , & n'approche pas de Tunis.
Le Gouvernement eſt le même que dans
les autres Places Maritimes d'Afrique.
Les Turcs ſont les maîtres , & les anciens habitans du pays ſont preſque
leurs eſclaves. Les Maures ont ici auſſi
peu de crédit qu'à Alger : les Renegats
Nazaréens ſont ceux qui dans ce pays
ont plus d'autorité , & qui ſont pourvûs des plus grandes Charges. Il y en
a un très-grand nombre. J'ai parlé à
pluſieurs de ces Renegats : ils me paroiſſent auſſi mal-inſtruits de la Reli-

gion qu'ils ont embraſſée , qu'ils l'é-
toient peu de celle qu'ils ont abandon-
née. La plûpart de ces gens ont reçû
une éducation ſi mauvaiſe & ſi groſſiere , qu'ils ſavoient à peine certains principes de leur croyance. Auſſi excuſent-
ils par les raiſonnemens les plus pitoyables , leur changement de Religion.

Au lieu que dans les autres pays , les
Eſclaves embraſſent ordinairement le
Mahométiſme par les mauvais traite-
mens qu'ils reçoivent de leurs Patrons ,
ici c'eſt par les careſſes & par les bonnes manieres qu'on les engage à ſe faire
Turcs. De tous les Pirates de Barbarie,
les Tripolitains ſont les moins cruels ,
mais les plus voleurs. Les filouteries
ſont tolérées dans leur vile : on n'y punit point un enfant qui vole adroitement dans les Rues ; & il eſt ſeulement
permis à celui qu'on veut voler , & qui
ſurprend le jeune larron ſur le fait , de
lui donner quelques coups pour l'apprendre une autre fois à être plus adroit. Il eſt
peu de Nazaréens étrangers , qui , après
s'être promenés demi - heure dans les
rues de Tripoli ſans être prévenu de cette
coutume , retrouvent leurs mouchoirs
dans les poches de leurs habits. Cette
tolérance aveugle pour le vol trouve-
roit des partiſans chez ceux qui ſont eſclaves des idées chimériques de quel-

N 4

ques Légiſlateurs anciens. Si les Tripolitains connoiſſoient l'hiſtoire de l'ancienne Grece , je ne doute pas qu'ils ne
fuſſent très-charmés de voir , que Lycurgue avoit fait dans Sparte une Loi
préciſe de ce qu'ils ſe contentent de to-
lérer & diſſimuler. En effet , que diroit
un Pirate , s'il liſoit ces paroles de Plutarque ? *Parmi les jeunes Spartiates ,
les plus grands & les plus forts portoient
le bois pour faire le ſouper , & les plus
petits & les plus foibles portoient les her-
bes , qu'ils alloient dérober dans les Jardins & dans les Sales à manger où ils ſe
gliſſoient le plus finement & le plus ſub-
tilement qu'ils pouvoient : & s'ils étoient
découverts ils avoient le fouet , pour avoir
manqué ou de vigilance ou d'adreſſe.
Ils déroboient auſſi toutes les viandes ſur
leſquelles ils pouvoient mettre la main ,
très-habiles à profiter de l'occaſion, quand
on dormoit ou qu'on les gardoit avec négligence : s'ils étoient ſurpris , on ne ſe
contentoit pas de leur donner le fouet , on
les faiſoit encore jeûner : on ne leur laiſ-
ſoit même faire qu'un très-léger repas, afin
que la néceſſité de ſubvenir eux-mêmes à
leurs beſoins les rendit plus hardis &
plus ruſés* (1).

(1) Vies des hommes illuſtres de Plutarque ,
traduites par Dacier , *tom. I. pag.* 249.

Ne voilà-t'il pas une belle école pour
la jeuneſſe ? Et ſi Cartouche avoit établi des Loix pour la diſcipline des jeunes
voleurs , n'euſſent-elles pas été ſemblables à celle de Lycurgue ? Quelle honte & quelle mortification , ne devroit-
ce point être pour les hommes , que les
erreurs & les folies de ceux à qui ſouvent ils ont accordé le titre de ſages !
La plûpart de ceux qui ſe ſont acquis la
réputation d'être de grands génies , &
qui ont voulu ſe mêler de preſcrire des
regles aux hommes , auroient mérité , ſi
juſtice leur avoit été rendue , d'être en-
fermés dans les Petites-Maiſons.

Je ne parle pas ſeulement de ces fous
à qui le Paganiſme accorda une confiance aveugle , mais encore de ceux , qui ,
depuis quelques ſiecles , ont introduit
chez les Nazaréens tant de ridicules
coutumes que la ſuperſtition a rendu
ſacrées. N'eſt-il pas auſſi inſenſé de ren-
fermer dans un nombre de maiſons une
foule de feinéans inutils à l'Etat, de les
exercer à baiſer la terre , à ſe fouetter ,
& à ſe laiſſer couvrir par la craſſe , que
d'élever des jeunes gens à voler ſubtile-
ment ? Le beau parallele qu'on pourroit
faire entre Lycurgue & François d'Aſſiſe !
Il eſt pourtant certain que le Grec auroit l'avantage ſur l'Italien. Car parmi
les regles qu'il a données , il y en a d'ex-

cellentes qui coutre-balancent les mauvaifes : au lieu que le Patriarche des
Francifcains a travaillé uniquement à
montrer jufqu'où pouvoit aller l'extravagance de l'efprit humain.

Ciceron, mon cher Monceca, difoit
autrefois, *qu'il ne comprenoit pas comment deux augures pouvoient fe rencontrer, & fe regarder fans rire*. Je t'avoue
que je comprens encore moins comment
deux Cardinaux ou deux Pontifes,
penfant à ce nombre innombrable de
ventres pareffeux & défordonnés qui
font fous leurs Ordres, peuvent conferver leur gravité. Que l'on demande
à un Philofophe lequel des deux eft le
plus ridicule de croire, ou que la Divinité annonce fa volonté par le vol des
oifeaux, ou qu'elle veut être honorée par des coups de difcipline, par
des habillemens extravagans, par la
fainéantife, par l'avarice, par l'ignorance & par la débauche ? Je fuis affuré
qu'il dira, qu'il eft moins abfurde de
croire aux vaines pratiques des augures,
qu'à l'efficacité des cérémonies Monacales.

Porte-toi bien, mon cher Monceca,
vis content & heureux : & ne fois plus
fi long-tems fans m'écrire.

De Tripoli, ce . . . .

LETTRE CLXVIII.

Aaron Monceca, *à* Jacob Brito.

TEs Lettres, mon cher Brito, m'inftruifent autant qu'elles m'amufent :
& bien des particularités que tu m'as
écrites fur les mœurs des Africains, m'é-
toient entierement inconnues. Je fouhaite que les chofes que je te communique, puiffent t'être auffi agréables que
me le font celles que tu m'apprens.

Je n'ai point trouvé extraordinaire
les fréquentes révolutions dont tu m'as
parlé, & qui caufent ordinairement la
perte des Princes Africains. Elles arrivent dans des Etats bien plus polis &
bien plus civilifés, que ne le font les
Royaumes d'Alger & de Tunis. De
quels orages, depuis plus de deux cens
ans, l'Angleterre n'a t'elle pas été agitée?
Quels troubles la France n'a-t'elle pas
effuyés depuis le regne de Henri II.
jufqu'à celui de Louis XIV ? Ne vit-
on pas dans ce Royaume deux Rois
affaffinés confécutivement : & les François ne fe portoient-ils pas aux mêmes crimes que les Algériens ? Les An-

glois n'alloient-ils pas encore plus loin ?
ils joignoient le mépris à l'offenſe &
au parricide. Ils conduiſoient leurs Rois
juſques ſur l'échaffaut.

Ces fatales & horribles tragédies
étoient occaſionnées par des gens nés
dans le rang le plus vil & le plus abject.
Les ſeize qui formerent la plus redoutable faction de la Ligue, étoient des
miſérables, qui dans un tems de calme
& de paix, n'auroient pas oſé lever les
yeux ſur un ſimple Magiſtrat : & ſi
Cromwel vivoit aujourd'hui, il s'eſti-
meroit heureux d'être le dernier des
Membres de la Chambre-Baſſe.

Ce ſont les occaſions & les differentes ſituations qui décident de la tranquillité des Etats, & de l'autorité des
Souverains. Un rien peut quelquefois,
pendant les tems les plus calmes, exciter une violente ſédition. Dans d'autres momens, les cabales les mieux con-
duites échouent, & les tentatives contre l'autorité des Souverains ne ſervent
qu'à la rendre plus deſpotique & plus
redoutable.

Les guerres civiles & les diviſions
naiſſent lorſqu'on s'y attend le moins ;
& s'éteignent quand on croit leur fin
bien éloignée. Si quelqu'un eut prédit, pendant le regne d'Henri II. que
la France alloit être déchirée des maux

les plus cruels, qu'elle se plongeroit dans des crimes énormes, qu'elle affassineroit ses Rois, que la plus grande partie de sa noblesse conspirant avec les Prêtres & les Moines voudroit chasser du trône la maison Royale, pour donner la Couronne à une famille étrangere : Si quelqu'un, dis-je, eut prédit toutes ces vérités, on l'eut regardé comme un extravagant, dont l'esprit étoit troublé par quelque noire frénésie. Mais si peu après l'assassinat de Henri III. lorsque tout sembloit présager la ruine & la destruction fatale de la France, quelque autre personne eut annoncé, que bien-tôt le calme reviendroit, que la maison Royale seroit plus stable que jamais sur le trône, & que les Espagnols, qui gouvernoient & conduisoient les Parisiens, trembleroient dans Madrid des apprêts qui les menaceroient ; on eut regardé ce second Prophete comme un Sibarite, ivre des idées gracieuses dont son imagination étoit remplie. Il n'eut pas trouvé plus de croyance, que le prétendu Fanatique qui prédisoit des choses funestes, & si éloignées de la vraisemblance. L'experience a démontré, qu'on auroit eu grand tort de ne point ajouter foi aux prédictions differentes de ces deux Prophetes.

Les évenemens subits & inattendus ,

qui font arrivés dans les fiécles paffés,
doivent fervir de preuve de la poffibi-
lité de ceux qui pourroient furvenir. Il
n'eft point d'Etat en Europe, quelque
tranquille qu'il foit aujourd'hui, qui ne
puifle être, dans l'efpace de cinquante
ans, agité par des troubles auffi fré-
quens & auffi funeftes, que ceux qui
caufent tant de révolutions dans les
Royaumes Africains. Lorfque j'apprens qu'il eft arrivé quelque fédition
inattendue dans un Etat, je n'en fuis
point furpris. Je penfe, au contraire,
que ceux qui paroiffent les plus tranquilles, font peut-être à la veille d'ef-
fuïer le même malheur.

Les hommes ont dans tous les pays,
la femence de toutes les paffions. Il ne
faut que favoir adroitement la faire fruc-
tifier. On eft alors affuré d'obtenir d'eux
tout ce qu'on veut. Un François, un
Allemand fe porteront aux mêmes excès qu'un Algérien, fi on les excite par
des chofes qui faffent une forte impreffion fur leurs efprits. Les Africains fe
révoltent contre leurs Princes, parce
qu'ils fe figurent qu'ils gouvernent mal,
qu'ils agiffent contre les Loix, qu'ils
cherchent à s'enrichir aux dépens des
particuliers, &c. Les Européens prennent les armes contre leurs Souverains,
lorfqu'ils font vivement perfuadés des

mêmes chofes. C'eft-là le prétexte ordinaire, en y ajoutant celui de la Religion, que les Rebelles ont pris dans tout
les tems. Les ennemis de Henri III. &
ceux de Jacques I. & de Jacques II.
n'en ont point eu d'autres. Les Rebelles, qui dans les fuites, s'éleveront contre leurs Princes, prendront auffi les
mêmes ; ceux-là étant les plus fpécieux,
& par conféquent les plus capables de
faire impreffion fur l'efprit du Peuple.

Les Européens, mon cher Brito,
font un peu plus difficiles à émouvoir
que les Algériens ; mais quand il fe trouve parmi eux des efprits affez féduifans
pour les tromper, ils fe portent aux mêmes excès que les Africains. Je le re-
pete encore : je fuis fortement perfua-
dé, que pour faire commettre à leurs
Peuples les plus grands crimes, il ne
faut que les favoir abufer plus ou moins
habilement, felon le different degré de
leur génie, & profiter des occafions favorables. Car fi les fituations ne font pas
convenables, toute la fubtilité de l'efprit humain ne fert que bien peu.

Lorfqu'on examine les differentes révolutions qui font arrivées en Europe,
on voit toujours la fortune & la fituation des affaires favorifer la prudence &
l'intrépidité de ceux qui les ont caufées.
Si la ligue fe rendit fi redoutable aux

Monarques François, on doit l'attribuer à la difpofition dans laquelle fe
trouvoient pour lors les efprits. Le
Peuple étoit depuis long-tems dans la
crainte de voir éteindre totalement la
Religion de fes Peres. Il fe laiffa entraîner à la révolte par un motif de confcience. Sous la régence du Duc d'Orleans,
quelque chef de parti auffi habile & auffi
aimé du Peuple, que le Duc de Guife,
auroit fait faire aux Parifiens par intérêt ce qu'ils avoient fait autrefois par
Religion.

Si jamais la France, depuis la mino-
rité de Louis XIV. a dû craindre quelque dangereufe révolution, ce fut dans
le tems de l'anéantiffement des billets de
banque. A quels excès ne font pas capables de fe porter des particuliers qui
perdent dans un inftant tous les biens,
qu'eux & leurs Peres avoient gagnés légitimement par leurs peines & par leur
induftrie ? La fortune & le génie du
Duc d'Orleans prévalurent fur les con-
jonctures & les fituations. Il diffipa avec
une facilité infinie tous les nuages qui
fembloient lui annoncer l'orange le plus
terrible. Les Bretons furent punis de
leur révolte : le Parlement de Paris fut
exilé, chofe que la poftérité aura peine
à croire ; & tout fléchit fous le joug,
parce que tout manquoit de cœur & de
génie

génie, & qu'il n'y avoit point alors de
Duc de Guise, ni de Prince de Condé,
ni même de Cardinal de Rets.

Je conseillerois, mon cher Brito, à
tous les Souverains, qui voudroient savoir s'ils n'ont point à craindre quelque
émotion de leur Peuple au sujet de
quelque coutume, ou de quelque im-
pôt qu'ils veulent établir, d'examiner
s'ils n'ont point dans leur Royaume
quelqu'un qui sache se servir adroitement du chagrin des Peuples. Dès qu'ils
verront qu'ils ne doivent point appréhender que quelque habile intrigant
profite de la situation des affaires, ils
peuvent entreprendre en sûreté tout ce
qu'ils voudront. Les sujets les plus per-
sécutés, qui ne sont point animés par
un chef capable de les conduire, sont
faits pour gémir dans leurs chaînes. Les
Princes d'Orange ont formé la République de Hollande : & les duretés &
vexations de Philippe. II. ne lui eussent
jamais coûté les sept Provinces-unies,
si les Hollandois & leurs Alliés n'eussent
été animés, conduits & soutenus par les
Princes de la Maison de Nassau, & par
quelques autres personnages illustres.

Il n'est donc pas surprenant, mon cher
Brito, qu'à Alger, & dans les autres
Royaumes de la Barbarie, où il se trou-
ve plusieurs personnes qui esperent de

Tome VI. O

pouvoir parvenir à la Couronne par la
perte de celui qui la poffede, il y ait
nombre de gens, qui s'appliquent à profiter de toutes les occafions qui peuvent
nuire au Souverain : & que par conféquent, il arrive dans fes Etats de fréquentes révolutions. L'efpoir de s'élever au premier rang excite tous les ambitieux, & les rend chef des partis
naiffans. La façon dure, avare & cruelle, dont les Princes Africains gouvernent leurs fujets, difpofe leurs efprits
à la révolte, il fait naître des conjonc-
tures favorables aux féditions. Si le trône étoit en Europe la récompenfe du
chef des révoltés, on y verroit peut-
être des évenemens tragiques auffi fouvent qu'en Afrique.

Le Courier va partir, mon cher
Brito, & je fuis obligé de finir ma lettre. Continue je te prie à me donner
de tes nouvelles. J'efpere qu'avant d'arriver à Conftantinople, tu verras encore
quelques Peuples, des mœurs & des
coutumes defquels tu pourras m'inftruire. Je me fais un plaifir infini de fonger au
détail plus circonftancié que tu me
feras de bien des chofes, lorfque je
ferai affez heureux pour te rejoindre à
Conftantinople. J'y porterai une grande quantité de fort bons Livres, que
j'ai achetés à Paris, à Londres & à

Amſterdam. Je les joindrai à ceux que
tu as ramaſſé dans les plus grandes Villes d'Italie & dans celles des Provinces
de France que tu as traverſées. Tu ne
me marques point , ſi tu n'en as pas emporté de Portugal. Quoique les bons
ſoient infiniment rares dans ce pays-là ,
cependant on en trouve quelques-uns
dignes de l'eſtime des Savans. Nous
paſſerons , mon cher Brito , des jours
heureux & tranquilles dans cette Bibliotheque commune.

 Porte-toi bien ; & vis content & heureux.

De Londres , ce...

O 2

LETTRE CLXIX.

*Aaron Monceca, à Isaac Onis, Caraïte,
autrefois Rabbin de Constantinople.*

IL vient de paroître, mon cher Isaac,
un Livre nouveau (1), qui contient
d'excellentes choses. L'Auteur combat
vivement les effets surprenans que l'on
attribue à la force de l'imagination des
femmes enceintes. Il montre par des
raisons fortes & convaincantes, que le
Fœtus dans tous ses divers états, &
differentes configurations, ayant en soi
une circulation de sang distincte & séparée, faisant de lui-même toutes les
fonctions nécessaires à la vie, ne se trouvant uni à la matrice que comme les plan-
tes à la terre, étant enfin un individu
distinct, & qui ne fait point partie de
la mere, ne peut recevoir aucun dommage par la simple imagination, puisqu'il subsiste hors de la Sphere de cette

(1) Intitulé, *Dissertation physique sur la force
de l'imagination des femmes enceintes sur le Fœtus*; par Jacques Blondel, Docteur en Méde-
cine, & Membre du Collège des Médecins de
Londres, &c.

paſſion. Cet habile Phyſicien a prévû
combien la nouveauté de ſes ſentimens
paroîtra étonnante à des gens qui donnent autant de pouvoir aux fantaiſies
des femmes enceintes, qu'à la Divinité
même. Il n'eſt rien de ſi ridicule que
de ſe figurer que ces fantaiſies créent
des têtes de cochon, des pieds de veau,
des queues de ſinge, des marques de
pluſieurs fruits, &c. Si cela étoit, que
deviendroient les hommes? Dans l'eſ-
pace de cinq ou ſix générations, on ne
verroit plus que des figures contrefai-
tes; car il eſt peu de femmes, qui, pendant leurs groſſeſſes, n'appliquent quelquefois avec attention leur eſprit à certains objets. Malheur aux enfans dont
les meres regarderoient des ſinges, des
ânes, des cocqs-d'Inde, &c. Les uns
apporteroient en naiſſant de longs morceaux de chair pendus au bout de leur
nez; & les autres auroient des queues
de ſapajou, ou des oreilles ſemblables
à celles de Midas. L'Auteur dont je te
parle, fait bien ſentir tout le poids de
cette objection, en prouvant la néceſſité de la ſtabilité qu'il doit y avoir dans
les ſemences des differentes eſpeces d'a-
nimaux. Il prouve clairement, que les
corps défigurés, auxquels on donne le
nom de monſtre, ne ſont ainſi mutilés
ou contrefaits, que par des cauſes na-

turelles, qu'on doit attribuer aux Loix ordinaires du mouvement, & non point à l'effet de l'imagination. Pour justifier ce sentiment, il examine l'origine & le progrès de la production des animaux, & parcourt les differens systêmes des grands-hommes sur cette opération de la nature. Il commence par celui de Harvey. *Ce Philosophe*, dit-il, *qui a rendu son nom immortel par la découverte de la circulation du sang, est le premier qui ait observé le propre endroit où se forme le poussin dans le germe de l'œuf. . . . C'est lui qui a aussi trouvé, que tous les animaux sans exception sortent d'un œuf, & que par conséquent toute génération par la pourriture,* exputri est *une opinion erronée. Reignier de Graaf perfectionna par beaucoup d'experiences le systême de Harvey. Non-seulement il a prouvé que les œufs sont la premiere & la véritable source de tous les animaux tant ovapares que vivapares; mais aussi qu'ils existent réellement dans les testicules de la femme avant la conception, & qu'ils deviennent féconds dans les trompes de Fallope, d'où ils descendent au fond de la matrice. Leeuwenhoecky a expliqué differemment ce mistere de la nature. Il a découvert un grand nombre d'animalcules dans le Sperme de l'Homme, où il est fort étonnant de voir nombre de vermisseaux qui ressemblent à*

de petits crapaux, nager de toutes parts.
Ils sont si petits, que plusieurs milliers
de millions ne sont pas égaux à un grain
de sable dont le diametre n'est que la cen-
tieme partie d'un pouce. .... Il est évident
que ces animalcules sont absolument nécessaires à la formation du Fœtus : car on
a observé, qu'un homme, dont la semence
est sans ces petits crapaux, n'est point du
tout propre à la génération, quoiqu'il
semble néanmoins robuste & sans défaut.
Leeuwenhoeck a démontré cette vérité si
clairement, qu'elle est à présent incontes-
table. .... Cette découverte paroît d'a-
bord renverser l'hypothese de Reignier de
Graaf. ... mais on peut les concilier,
comme l'a fait le Docteur Gardener, affirmant que l'œuf est proprement le nid
dans lequel se loge l'animalcule, & où il
se nourrit pour quelque tems. .... Voilà
les trois systêmes de la génération les plus
raisonnables qu'on ait publiés. ... Ils
conviennent, que les parties du Fœtus
existent toutes en quelque endroit avant la
conception. Surquoi je propose ces questions. I. Par quels moyens l'imagination
de la mere peut-elle subitement, sans sa
connoissance ou sans son consentement, &
contre son inclination, effacer les linéa-
mens ou traits du Fœtus, qui préexis-
toient à la conception. ... & produire
dans un instant de nouveaux membres

avec des nouvelles articulations & des veines, de nouvelles glandes avec les vaisseaux lymphatiques, &c. comme nous voyons souvent à la naissance d'un monstre, dont la forme ou structure du corps est tout-à-fait inconnue à la mere? II. En second lieu, si l'opinion de Leeuvenhock ou de Gardener est bien fondée, par quel droit l'imagination de la mere a-t'elle influence sur le Fœtus, qui dérive du sperme de l'homme, & qui par conséquent, est un individu distinct ou séparé du sien (1)?

Un des principaux motifs qui détermine bien des Philosophes à rejetter un Système, sont les changemens qu'on y fait, selon qu'il est besoin de pouvoir obvier aux défauts qu'on y apperçoit. Ces fréquentes corrections sont des preuves du vice interne qui est inherent au sujet principal. Or, il n'est point d'opinion qui ait plus varié, que celle qui accorde un pouvoir immense à l'imagination des femmes enceintes. *Le Système des Imaginationistes*, dit l'Auteur (2), *a de tems à autre varié si considerablement dans des points fort essentiels, qu'il est impossible que la même experience puisse favoriser des assertions si con-*

(1) Dissertation de Blondel, pag. 57. 64.
(2) Chap. III. pag. 9. 13.

tradictoires

tradictoires & fi oppofées les unes aux autres. Les principaux changemens font : 1°. *que les Imaginationiftes ne conviennent pas de la perfonne fur laquelle agit l'imagination ;* 2°. *qu'ils ne fauroient dire dans quel tems l'imagination eft en force ;* 3°. *qu'ils difputent touchant l'étendue de fon pouvoir : en un mot , leur opinion reffemble à une hydre qui a une feule queue & plufieurs têtes. J'avoue , que dans le fiécle où nous fommes , on place le feul & defpotique pouvoir de l'imagination dans le cerveau de la mere ; & je m'étonne que les femmes aient la foibleffe d'en convenir , & de s'accufer par-là injuftement d'une faute qui ne laiffe pas de faire beaucoup de tort à leur Sexe. Toutes-fois , plufieurs célébres Auteurs ont prétendu que l'imagination du mâle parmi les Animaux en général , contribue auffi bien que celle de la femelle au co-loris du Fœtus.* On croit , *dit Pline ,* que la penfée ou l'imagination du mâle & de la femelle paffant fubitement par l'efprit, en confond la reffemblance (1). *Quelques-uns ont fait entrer l'enfant dans le complot , & l'ont mis à la tête des confpirateurs ; prétendant que les circonf-*

(1) Cogitatio , utriufque animum fubito tranfvolans , effingere fimilitudinem aut mifcere exiftimatur. Plinius , Hift. Nat. Lib. VIII. Cap. XII.

Tom. VI. P

rances dans lesquelles le Fœtus se trouve,
sont des causes fortuites de la mere, &
comme une regle qui lui apprend ce qui
est bon & convenable pour l'embrion....
D'autres poussent leur crédulité si loin,
qu'ils croient que les hommes peuvent par
la force de leur imagination, influer sur
des personnes fort éloignées d'eux ; en les
incommodant par des maladies, ou en les
en guérissant ; en changeant leur tempérament & leur forme ; enfin les rendre
heureuses ou malheureuses. Ils comparent
l'imagination à un Aimant très-puissant
qui a la Sphere de son activité fort étendue, & qui peut par conséquent attirer,
remuer & tourner sans-dessus-dessous toutes les choses animées & inanimées qui se
trouvent dans le circuit de sa Sphere....
Quelque bizarre & ridicule que soit cette
opinion, elle a cependant été défendue par
Paracelse, Crollius, Pomponace & plusieurs autres.... Je ne la crois pas mieux
fondée que l'opinion qui soutient le forti-
lege & l'astrologie judiciaire. Les sentimens des Imaginationistes ont été aussi fort
différens à l'égard du tems que l'imagination travaille. Les Anciens l'ont fixé au
moment même de la conception. Ils enten-
doient celui du Coït ou Receptio Semi-
nis. Pline est mon Auteur. On croit,
dit-il, que tout ce que l'on a vû, entendu, ou dont on s'est souvenu, &

à quoi l'on a penſé au tems de la conception , contribue beaucoup à la reſſemblance (1). . . . *Un Auteur moderne*
eſt d'opinion que l'imagination ne com-
mence à être en force , qu'après la vivifi-
cation du Fœtus, *c'eſt-à-dire lorſqu'il com-*
mence à ſe faire ſentir à la mere par ſes
mouvemens (2). . . *Mais enfin , la plû-*
part des Auteurs modernes conviennent
que l'imagination peut agir ſur le Fœtus,
depuis le moment de la conception juſ-
qu'à celui de l'accouchement , ſans qu'ils
ſe donnent pour cela la moindre peine de
nous apprendre ce que deviennent ces gros
morceaux de chair & d'os , que l'imagina-
tion arrache du Fœtus *lorſqu'il eſt déja*
parvenu à une groſſeur conſiderable.

Cette objection , mon cher Iſaac ,
par laquelle l'Auteur finit l'examen du
ſyſtéme des *Imaginationiſtes* , renverſe
toutes les ſubtilités de ces Philoſophes
toujours empreſſés à trouver du myſte-
rieux dans les choſes où il n'y a rien
que de naturel. Car , ſi l'imagination
peut priver un enfant prêt à naître d'un

(1) *Similitudinem quidem in mente reputatio* eſt
& in qua creduntur multa fortuita pollere , viſus,
auditus , memoria hauſtæque imagines ſub ipſo con-
ceptu. Plinius , *ibidem.*

(2) *Dr.* Turner's *Defence of the* XII. *Chapter*
of the I. *part. of a treatiſe* de Morbis Cutaneis.
pag. 142.

de ſes membres , que devient la matiere
qui compoſoit ce membre ? Une difficulté encore plus grande que celle-là ,
c'eſt lorſque l'imagination fournit &
crée ſubitement quelque corps étranger. Où prend-elle cette matiere dans
l'inſtant ? A-t'elle , comme Dieu , le
pouvoir de la créer de rien ? Les Philoſophes qui ont ſoutenu ſi fortement
l'opinion , que de rien on ne pouvoit
rien faire , *ex nihilo fit nihil*, auront-
ils la complaiſance d'accorder à l'imagination d'une femme qui a envie de manger d'un jaret de veau , de produire ſur
le champ ſur l'eſtomac d'un enfant formé & parfait un morceau de chair reſ-
ſemblant à un jaret de veau ? C'eſt-là
un des miracles fort ordinaires des fantaiſies des femmes , ſi l'on en croit ceux
qui leur attribuent ce pouvoir. Ils racontent des faits bien plus ſurprenans.
En voici un , dont l'Auteur fait une critique très-enjouée (1).

Philippe Meurs, *Protonotaire Apoſto-*
lique , avoit une ſœur bien formée dans
toutes les parties de ſon corps , mais mal-
heureuſement ſans tête , au lieu de laquelle
elle avoit une coquille de poiſſon de mer
ſur ſon cou , ſemblable à une moule qui
s'ouvroit & ſe fermoit , & par laquelle

_____

(1) Pag. 41. &c.

on nourriſſoit cette *Fille-Moule* avec une cuilliere. La cauſe de ce prodige fut que ſa mere étant enceinte, eut une grande envie de moules qu'elle vit à la poiſſonnerie, mais qu'elle ne put avoir dans le moment. La ſœur de *Philippe Meurs*, Mademoiſelle *Moule*, vécut juſqu'à l'âge d'onze ans dans cette monſtrueuſe condition ; mais un matin ouvrant ſes coquilles pour recevoir ſa nourriture, elle les referma tout à coup d'une ſi grande force, qu'elle les briſa contre la cuilliere, & mourut d'abord...... Qui a jamais oui une pareille choſe? Une *Moule* nourrie avec une cuilliere! Credat Judæus appella, non ego. .... Le Docteur *Turner*, afin de convaincre le Lecteur de la poſſibilité de ce conte, ... dit qu'il a vû un enfant né avec une excreſcence charnue, ou plûtôt cartilagineuſe ſur la tête en forme de bonnet de grenadier... Ce monſtre vint au monde envie, mais mourut auſſi-tôt. .... Je pourrois, ſi je voulois continue-t'il, vous informer de la dépoſition de la mere; mais je ne juge pas-à-propos de le faire. Quel étrange & bizarre argument eſt celui-là ? Un enfant eſt né avec un bonnet de grenadier, & la prétendue cauſe nous eſt adroitement célée. L'enfant n'eut pas le tems de recevoir la moindre nourriture : il mourut d'abord. Ergo, il n'y a point d'abſurdité à dire qu'une moule fut nour-

rie avec une cuilliere pendant onze ans ,
& que malheureusement cette cuilliere tua
la Vierge-Moule , en lui brisant les ma-
choires. Mais sans tenir le Lecteur davantage en suspens touchant le prodige de Mademoiselle Moule , ... Fienus , qui
est le seul qui l'aye publié , . . . ne recon-
noît-il pas positivement , que Meurs disoit fort rarement la vérité (1) ?

Il en est , mon cher Isaac , d'une partie des histoires qu'on débite touchant
les Monstres & les Créatures imparfai-
tes , ainsi que de celle dont l'Auteur se
mocque avec juste raison. Elles ont le
sort de tous les faits qui sont contés par
différentes personnes , & deviennent
plus merveilleuses à chaque instant :
tous ceux qui les répétent en embellis-
sant la narration. Un morceau de chair
gros comme une noix , est bien-tôt
métamorphosé en bonnet de grenadier.
C'est-là l'équivalent de la fable de l'homme qui feignit de pondre un œuf. Avant
la fin de la journée , on assuroit au bout
de sa rue qu'il en faisoit cent par jour.
Ce n'est pas qu'il ne naisse véritablement

(1) Dico me non credere , quia enim ipse erat
senex , & historia erat vetusta , ob cujus vetustatem
non poterat facile ab aliquo redargui , adeo tum in
illa , tum in aliis quas aliquando commemorabat ,
saepe erat valde infelix conjiciendo veritatem. Deus
sit animae ejus propitius. Fienus , quaest. XXII.

des enfans difformes & monftrueux : l'experience ne demontre que trop cette vérité. Mais ils font très-rares , & font produits par des caufes différentes de l'imagination des femmes , qui ne peut agir directement fur le *Fœtus*. Car quelque pouvoir qu'on lui accorde , il faut qu'elle employe une force corporelle pour produire le moindre effet fur la chair d'un enfant. La feule matiere peut agir fur la nature , d'une maniere à y caufer des fractures & des diflocations , & à y produire un changement total. Les gens qui font dans le délire penfent qu'ils ont une tête faite de verre , & craignent de fe la voir brifer par quelque coup dangereux. Mais cela ne fait aucun changement dans la conftruction de leur corps. Or n'eft-il pas abfurde de foutenir , qu'une femme qui n'a pas la force de pouvoir , par fon imagination , caufer le moindre changement fur fon corps , puiffe produire cet effet fur celui de fon enfant ?

L'Auteur réfute parfaitement bien les objections qu'on oppofe à ces raifons. Il détruit tous les faux principes que le P. Mallebranche avoit indifcretement fondés fur une hiftoire , qui , quoiqu'extraordinaire , pouvoit néanmoins être aifément expliquée par le moyen des caufes ordinaires & des loix du

P 4

mouvement. *Je viens*, dit-il (1), *à l'Hiſtoire du Pere Mallebranche...* » Il
» y a ſept ou huit ans paſſés, *dit ce Pe-*
» *re* (2), qu'on vit un jeune-homme à
» l'hôpital des Incurables, né idiot,
» dont le corps étoit rompu aux mêmes
» endroits où l'on rompt les criminels.
» Il a vécu vingt ans dans cet état, & a
» été vû de pluſieurs perſonnes.... La
» cauſe d'un malheur ſi terrible, fut que
» ſa mere apprenant qu'on devoit rouer
» un criminel, voulut en voir l'exécu-
» cution. Les enfans voyent ce que leurs
» meres voyent, entendent les mêmes
» cris : ils reçoivent les mêmes impreſ-
» ſions des objets, & ſont émus par
» les mêmes paſſions. Les coups qu'on
» donna au malfaiteur, frapperent vio-
» lemment l'imagination de la mere, &
» par contre-coup le tendre cerveau de
» l'enfant, dont les fibres, ne pouvant
» réſiſter au torrent des eſprits, furent
» rompus. C'eſt par cette raiſon qu'il
» vint au monde idiot. Le mouvement
» impétueux des eſprits animaux de la
» mere dilata avec force ſon cerveau,
» & ſe communiqua aux diverſes par-
» ties de ſon corps, qui répondoient à
» celles du criminel. Mais comme les

(1) *Pag.* 38.
(2) *Recherches de la Vérité*, *Liv. II. Cap.*
VII. cité par Blondel, *pag.* 38. *& 39.*

» os de la mere pûrent résister à l'impé-
» tuosité des esprits, ils ne furent point
» blessés. Peut-être qu'elle n'en sentit
» pas la moindre douleur : mais ce
» cours rapide des esprits a été capable
» d'emporter ou de briser cette tendre
» partie des os de l'enfant. Et il faut
» observer que si cette mere eut déter-
» miné le mouvement de ses esprits vers
» quelque autre partie de son corps,
» en se chatouillant avec force le der-
» riere, son enfant n'auroit point eu les
» os rompus. *Voilà un excellent re-*
cipé, que le bon Pere Mallebranche re-
commande aux femmes grosses, pour pré-
server leurs enfans des funestes accidens de
l'imagination !

A cette réflexion de l'Auteur, mon
cher Isaac, j'en ajouterai une autre.
Si Aristote se fut avisé de conseiller aux
femmes de se gratter le cul pour arrêter
les effets de l'imagination, avec quelle
hauteur les Philosophes modernes, &
sur-tout le Pere Mallebranche, n'eussent-
ils pas relevé une pareille puérilité ?
Aristote, auroient-ils dit, *qui non-seu-*
lement veut développer tous les secrets de
la nature, mais encore prescrire des regles
pour tous les cas dangereux qui peuvent
arriver, ordonne aux femmes de se cha-
touiller les fesses pour garantir le Fœtus
des atteintes de l'imagination. Peut-on

pouffer l'extravagance plus loin que de
prefcrire un pareil remede : & le Philofophe Grec ne mérite-t'il pas mieux le titre de Prince des Patineurs , que celui
de Prince des Philofophes ? C'eft un
Philofophe moderne qui ordonne un
fi plaifant *recipé* ; & perfonne n'en dit
mot , & n'en montre le ridicule : on fe
contente d'en nier le pouvoir & l'utilité.
Au refte , mon cher Ifaac , je fuis furpris que le Pere Mallebranche ait ainfi
donné la préference à cette partie. S'il
eut été Jéfuite , fon choix me paroîtroit
beaucoup moins extraordinaire. Plai-
fanterie à part , mon cher Ifaac , l'Auteur Anglois n'a-t'il pas raifon de dire :
Qui a jamais vû une fracture , & parti-
culierement plufieurs , continuer pendant
vingt ans fans formation de Calus ? . . . .
Je ne prétens pas nier qu'on n'ait vû un
enfant aux Incurables , qui pût avoir af-
fez de fingularité & de difformité dans
fes membres , pour donner lieu à ce rap-
port : . . . mais il eft très-probable que
cet enfant vint au jour avec une luxation
ou déboitement des os & du Carpus *& du*
Tarfus ; *ce qui pouvoit aifément paffer*
parmi les ignorans pour les fractures
qu'on fait aux Criminels *, . . , & donner*
occafion à la mere de forger cette imperti-
nente fable , pour émouvoir la compaffion
& la charité des gens. . . . . D'ailleurs ,

il a été remarqué par des Auteurs accrédités, qu'il se trouve de tems en tems des os qui n'ont jamais eu de solidité, ou qu'après l'avoir eue ils l'ont perdue (1).

Après que le Physicien Anglois a réfuté vivement, & d'une maniere convaincante l'impossibilité des effets qu'on attribue à l'imagination des femmes, & démontré qu'ils sont contraires à l'Anatomie, les nerfs de la mere & ceux de l'enfant n'ayant point de communication, il fait voir que les passions du corps n'étant que des mouvemens du sang & des esprits, dont la vitesse est diminuée ou accélérée, la surprise n'est à l'égard de l'esprit qu'une sorte de comparaison subite faite avec ou sans peine entre un objet avec lequel nous sommes familiers, & un autre qui nous est inconnu..... *Or*, dit-il (2), *les enfans sont-ils capables de faire toutes ces réflexions dans le tems qu'ils ne sont qu'une masse sensitive de chair? Les pensées de la mere sont étendues à la vérité, mais elles ne sont pas à la portée de l'entendement de l'enfant qui n'est point encore formé par la connoissance des objets extérieurs qui touchent ou inquietent la mere, qui a*

(1) Dissertation Physique de Blondel, *pag.* 40. &c.

(2) *Pag.* 53. *& 54.*

peur d'une épée, parce qu'elle craint ou
se mesie de la main qui la tient ; qui s'in-
quiete à la vûe d'un chien, parce qu'elle
sait qu'elle peut en être mordue. . . Ceux
qui prétendent avec le Pere Mallebranche, que l'enfant voit ce que la mere voit,
qu'il entend les mêmes sons, veulent dire, alio modo, que les enfans peuvent
voir sans lumiere, & ouir lorsque leurs
oreilles sont bouchées. . . . Et comment
est-ce que la mere pourroit communiquer
ses pensées à l'enfant dans sa matrice,
quand son ame est absolument séparée de
celle du Fœtus ?

Les raisons physiques que l'Auteur
donne des marques & des difformités
des enfans, sont aussi sensées & aussi
naturelles que celles qu'il apporte pour
réfuter les effets de l'imagination. Il
attribue la naissance des Créatures mons-
trueuses aux indispositions & aux infirmités des animaux dans la matrice, à
l'interruption de l'accroissement de quelques parties du Fœtus, a quelque violence ou force sur son corps, aux malheureuses indispositions des parens, &
au changement de place des œufs. On
ne sauroit douter, dit-il (1), que les
enfans dans la matrice ne soient aussi bien
exposés aux maladies, que s'ils étoient

(1) Pag. 89. & suiv.

nés. Ils ne font pas exempts de la cata-
ratte , de la goute, &c.... Ne feroit-
il donc pas fort étrange , & même prodigieux qu'un corps tendre & propre à recevoir la moindre impreffion comme celui
du Fœtus , vint toujours au monde fans
découvrir les triftes effets de ce grand nombre d'infirmités par quelque marque ou
difformité ? ... Les parties du Fœtus
font toutes ébauchées dans l'œuf ; mais
elles ne croiffent pas toutes également.
Quelques-unes fe font voir en peu de tems,
au lieu que d'autres ne paroiffent que
long-tems après , ou peut-être jamais ,
fi elles rencontrent quelques obftacles qui
les empéchent. Car fi le Fœtus eft in-
commodé , les obftructions des vaiffeaux
peuvent priver quelque partie de leur
nourriture, lefquelles reftent enfuite dans
leur premiere condition fans fe perfectionner en aucune maniere , dans le tems que
les autres deviennent parfaites. Dans ce
cas , ce Phénomene paroît fi étrange ,
qu'on ne fait pas difficulté de crier d'a-
bord au monftre, & d'attribuer la qualité monftrueufe de l'enfant à l'imagination de la mere , quoiqu'il n'y ait rien
de plus dans ce fait , que ce qui eft fui-
vant le cours de la nature.... Par exemple , le cerveau & le cervelet reffem-
blent d'abord à deux veffies aqueufes ;
mais enfuite , cet eau très-claire fe con-

denfe ou fe coagule, & fe couvre feulement d'une membrane affez mince (1).
C'eft pourquoi on a vû naître des enfans
fans qu'il parût aucune cervelle. Nous
trouvons ce fait dans les Journaux de
Blegny. Il rapporte qu'une fille étoit
née fans cerveau, & vécut néanmoins
cinq jours (2). Sans doute que le cerveau
de cette fille demeura dans fon premier
état à caufe de quelques obftructions, &
parut par conféquent aqueux... Si quelques enfans viennent au monde avec une
reffemblance de finge, de grenouille, ou
de quelque chofe de pire, on doit l'attribuer à la même caufe ; c'eft-à-dire que
les levres & les joues n'étant pas arrivées
à leur perfection, & la bouche étant ou-
verte jufqu'aux oreilles (3), lefquelles
font alors imperceptibles, les enfans auffi
imparfaits paroiffent horribles aux Spec-
tateurs, & donnent lieu à bien des fa-

(1) *In capite circumcrefcente membrana, ex aqua
limpidiffima cerebrum concinnatur.... Cerebrum &
cerebellum ex lapidiffima aqua in coagulum calo-
fum denfantur.* Harvæus, Exercitat. LXIX.

(2) *Puella fine cerebro nata in tota cranii ca-
pacitate nihil præter aqua liquidam deprehendere
liquit, cranio adimplente membranam nullo præ-
fente cerebro, aut fubftantia folida.* Blegny, Zodia-
cus Medico Gallicus, *April.* 1681. Obfervat. III.

(3) *Oris Rictus ad utramque aurem protenfus
cernitur.* Harvæus, Exercitat. LXIX.

bles. .... Il n'est pas difficile de découvrir l'origine des marques rouges. Elles procedent fort souvent de ce que la peau n'a pas dans cet endroit l'épaisseur qu'elle devroit avoir : ce qui la fait paroître comme si elle étoit écorchée ou pelée ; parce que les veines étant toutes contre la surface de la peau, tombent aisément sous la vûe. Quelquefois ce défaut ne vient pas tant de la peau que de l'arrangement des arteres & des veines ; les branches capillaires des premiers étant très-nombreuses & plus dilatées qu'à l'ordinaire, & celles des autres vaisseaux en petit nombre & étroites, & déchargeant le sang lentement. .... Le corps du Fœtus étant fort tendre, est encore sujet à se meurtrir & à se briser par les fortes convulsions des trompes, & par celles de la matrice aussi bien que par la violente contraction des muscles de l'abdomen qui pressent sur lui avec force. La méchante configuration de la matrice peut être, selon Hipocrate (1), la cause des difformités. L'enfant dans la matrice, dit-il, sera estropié s'il n'a pas assez d'espace pour y demeurer à son aise. Il ressemble en cela à un végétable, lequel trouvant une pierre ou quelque autre chose qui le géne dans son accroissement,

_____

(1) De Genit. Art. XI.

croît peu-à-peu tortu & de travers, mince
d'un côté & épais de l'autre.

Est-il possible, mon cher Isaac, que
le bons sens instruit & guidé par l'Anatomie, offrant autant de moyens naturels à l'esprit pour expliquer la formation imparfaite des animaux, plusieurs
Philosophes ayent cherché à justifier &
à soutenir les préjugés du vulgaire &
des ignorans, & qu'ils ayent attribué à
l'imagination des femmes, les causes
de certains effets que la nature leur pré-
sentoit avec tant de clarté ? *Mais*, disent
les Mallebranchistes, qui ne sauroient
voir anéantir le remede de leur Institu-
teur, *si l'imagination des femmes ne peut*
produire aucun effet sur le Fœtus, d'où
vient a-t'on vû des femmes se blesser, à
cause des frayeurs qu'elles avoient eues ?
Le Fœtus étant insensible à ce qui se passe
dans l'imagination de la mere, quel part
peut-il prendre à sa peur ? Je répons à
cela, mon cher Isaac, qu'il ne prend
réellement aucune part à la peur ; mais
qu'il se ressent beaucoup des impressions
corporelles que cette peur de sa mere
lui occasionne, par les mouvemens du
diaphragme & des muscles de l'abdomen, qui, comprimant avec force les in-
testins, font cause que la matrice foule le
Fœtus, & le prive même quelquefois de
la vie. Les grandes passions dérangent
le

le corps humain. La furprife, la terreur, la colere font fur la machine humaine, le même effet qu'une rude fe-
couffe à une pendule. Seroit-on étonné,
fi un homme en tombant par terre dé-
rangoit les refforts de fa montre? Seroit-
il fort néceffaire de chercher dans l'imagination de cct homme, la caufe de çe
dérangement ? Et pour le prévenir, auroit-il dû fe chatouiller le derriere en
tombant ? Si quelques-uns des Philofophes anciens revenoient à la vie, il faut
avouer qu'ils trouveroient dans les écrits
de certains modernes de quoi fe venger
amplement des plaifanteries qu'on a faites, & quelquefois outrées fur quelques-unes de leurs opinions.

Porte-toi bien, mon cher Ifaac, & vis
content & heureux.

De Londres, ce . . . .

LETTRE CLXX.

Jacob Brito, à Aaron Monceca.

JE te parlai, Mon cher Monceca,
dans ma derniere lettre, de la conformité qui se trouve entre les Tripolitains & les anciens Lacédémoniens. Ils
ont encore imité quelques usages des
Romains. Ils confient pendant la nuit,
la garde de leur ville à des dogues,
qu'ils renferment pendant le jour dans
un bastion du rempart. Ces chiens s'ac-
quittent de leur emploi avec beaucoup
d'exactitude. Ils parcourent les rues de
la ville : & si par hazard ils rencontrent
quelqu'un, ils le déchirent & le mettent en pieces. Dès que l'aurore paroît,
ils se rendent eux-mêmes à la porte de
leur prison. Il est vrai, qu'ils y sont
moins tranquilles que ne l'étoient les
chiens destinés à la garde du Capitole.
Ils aboyent, dès qu'ils sentent quelqu'un approcher de leur demeure, &
font entendre leurs jappemens dans
tout le quartier, au lieu que les autres
étoient obligés, sous peine de la vie,
de garder le silence pendant le jour. Les

Tripolitains font à cet égard plus fenfés que les Romains : ils ne demandent à des bêtes, que des actions animales ; & ne font point afiez fous, pour vouloir exiger d'elles un raifonnement fuivi.

Je ne fai, mon cher Monceca, fi tu as jamais fait attention à l'exacte difcipline que les chiens du Capitole étoient obligés de garder. Il femble que la fuperftition des Romains leur perfuadât, que la Divinité devoit infpirer ces animaux. *On les nourrit*, dit Ciceron, *pour faire du bruit. C'eft pourquoi l'on ne trouve point étrange qu'ils aboyent pendant la nuit, qui que ce foit qu'ils entendent venir, fuffent même des gens de bien : l'heure indue excufe leur méprife & autorife leur foupçon. Mais fi en plein jour, ils aboyent de même contre les perfonnes qui fe rendent dans le temple pour y offrir leurs vœux aux Dieux immortels, on leur caffe les jambes* (1).

Ne voilà-t'il pas une belle regle, &

(1) *Anferibus cibaria publice locantur, & canes aluntur in Capitolio, ut fignificent fi fures veniant. At Fures internofcere non poffunt. Significant tamen, fi qui noctu in Capitolium venerint : & quia id eft fufpiciofum, tametfi beftiæ funt, tamen in eam partem potius peccant quæ eft cautior. Quod fi luce quoque canes latrent, quum Deos falutatum aliqui venerint, opinor iis crura fuffringantur, quod acres fint, etiam tunc quum fufpicio nulla fit.* Cicero pro Rofcio Amerino. cap. XX.

où le bon-fens a beaucoup de part ?
N'eft ce pas quelque chofe de bien fage,
que d'exiger qu'un chien oublie d'être
chien pendant le jour, & qu'il ne s'en
fouvienne que durant la nuit, *fous peine*
à lui d'être pendu & étranglé jufqu'à ce
que mort naturelle s'enfuive ? En vérité,
mon cher Monceca, lorfqu'on réfléchit
aux puérilités abfurdes, qui étoient
fortement établies, & qu'on regardoit
comme des Loix effentielles chez la
plûpart des anciens Peuples, on eft
étonné, que des hommes qui ont fait
des chofes auffi éclatantes, & donné
tant de preuves de la grandeur de leur
génie, ayent pû fuivre & approuver
des ufages, dont les Nations les plus
barbares fentent aujourd'hui le faux &
le ridicule. C'eft-là un fujet de mortification pour la vanité humaine. Il femble que les miferables mortels ne puiffent jamais parvenir à inftituer dans un
état un corps de Loix également fages
& fenfées, & qu'ils foient obligés de
mêler toujours quelque grains de folie & de fuperftition aux réflexions les
plus raifonnées. Cela me feroit croire
volontiers, mon cher Monceca, que
tous les Peuples ont quelques reffemblance marquée, dans bien des points,
avec ceux qui du premier coup d'œil,
leur paroiffent le plus oppofés. Ce que

je te dis-là paroît d'abord extraordinaire : & l'on a peine à se figurer, que
les Italiens, gens doux, souples, voluptueux, haïssant la guerre, aimant
les Arts & les belles-Lettres, ayent aucune conformité avec des Indiens féroces, impolis, ignorans, crasseux & en-
durcis au travail & à la fatigue. Cependant, quelque difference qu'on croye
appercevoir entre la façon de penser des
uns & des autres, lorsqu'on approfondit les choses, on y trouve une grande
ressemblance, même dans les choses les
plus essentielles.

Les Italiens ont pour leur Souve-
rain-Pontife un respect aveugle, qui va
jusqu'à l'Idolâtrie. Ils l'élevent sur un
Autel, ils lui offrent de l'encens, ils se
prosternent devant lui, ils baisent humblement le bout de ses pieds. Voyons
quels sont les honneurs que les Indiens
rendent à leurs Princes. Ils sont devant
eux dans la posture la plus humiliée,
& ne leur parlent qu'en des termes qui
sont aussi pompeux que les titres fas-
tueux de *Sainteté*, & de *Vicaire de
Dieu en terre*. Lorsque les Chinois paroissent devant leur Empereur, ils se
prosternent neuf fois. Cela ne vaut-il pas
bien l'humble baiser de la sacro-sainte
pantoufle ?

Dans les Indes, dit un Auteur mo-

derne (1) , toutes les pagodes sont renom-
mées par quelques miracles , ou par des
guerisons extraordinaires , dont les lé-
gendes font l'Histoire , pour la consolation
& pour l'édification des dévots.... L'un
a de la dévotion pour Jagarnat , l'autre
pour Viftnou. Un Bramin prend les mouchoirs de ces dévots , ou telle autre chose
qu'ils lui présentent , frotte ces choses au
Dieu dont il est le Prêtre , & les rend
ensuite aux personnes à qui elles appartiennent. Ne voilà-t'il pas , mon cher
Monceca, une copie parfaite de ce qui
se passe en Europe ? Ignace de Loyola y
tient lieu de Jagarnat , & François d'Af-
fife de Viftnou. Les Jésuites & les Fran-
ciscains , valent bien des Bramins , pour
frotter avec des mouchoirs les chasses
de leurs Patriarches : & quelque chose
de plus étonnant encore , les Religieux
de Sainte Genevieve frottent de même ,
à l'étui de la chasse de cette Sainte , des
linges attachés au bout d'une perche ,
& qu'il vaudroit autant frotter au bas
de son piedestal , ou au seuil de la porte
de son Eglise. Les uns & les autres favent aussi adroitement profiter de la fu-
perstition des Peuples , que les Bramins
de la foiblesse & de l'ignorance des In-

(1) Cérémonies & Coutumes Religieuses des
Peuples Idolâtres, tome II. part. I. pag. 11.

diens. L'Auteur qui rapporte cette fourbe de leurs Prêtres ; n'a-t'il pas raison de
dire, *les chofes fe paffent ici tout comme
ailleurs ?*

Ce n'eft pas dans ce feul point que
la croyance des Romains eft conforme
avec celle des habitans de l'Inde Orien-
tale. Ces deux Peuples font également
faire des Proceffions à leurs Pagodes.
Le premier promene fes Saints par les
rues, & le dernier fait auffi la même
chofe de fes faux Dieux. L'Ecrivain,
que je viens de citer, me fournit encore
cette feconde circonftance. *Dans les
Proceffions*, dit-il (1), *que les Indiens
font faire à leurs Dieux, ils obfervent
des ufages, qui font affez connus en Europe. Tel eft, par exemple, celui du
brancard fur lequel ils portent le Dieu
qu'on promene, l'Autel portatif dont ils
fe fervent à ces Proceffions, les fleurs fe-
mées fur la route de l'Idole, les parfums
& les odeurs qu'ils brûlent à fon honneur,
&c. Nous ne difons rien des cris des Dévots, des prieres jaculatoires, des mouvemens qu'excite la préfence de ce Dieu,
de leurs gémiffemens & de leurs tranfports ; effets trop ordinaires de la coutume
& de l'éducation.* Ne diroit-on pas, mon
cher Monceca, que c'eft-là la defcrip-

_____

(1) La même.

tion d'une de ces Proceſſions Nazaréen-
nes où l'on porte la Chaſſe de quelque
Saint qui doit faire ceſſer une longue
ſtérilité , ou envoyer une pluye abon-
dante ?

Au reſte , ce n'eſt pas aux ſeules images que les Romains rendent un culte
ſuperſtitieux. J'ai vû pluſieurs fois , lorſque j'étois à Rome , une foule de Peuple proſterné dans les rues où le Pontife
paſſoit , eſcorté d'une ſuperbe cavalca-
de. On entendoit *ces gémiſſemens & ces
tranſports, que la vûe de leurs Dieux
inſpire aux Indiens.* Quel ſpectacle pour
un Philoſophe de voir tous les habitans
d'une ville tomber aux pieds d'un'homme , & s'écrier d'une voix tremblante ;
*Saint Pere , abſolvez-nous de nos cri-
mes : donnez-nous des Indulgences qui
nous ſervent à l'article de la mort !* J'aimerois autant qu'ils diſſent , *expédiez-
nous un paſſe-port pour n'être point ſaiſi
par la Maréchauſſée d'enfer.* Je t'avoue
mon cher Monceca , que je rougiſſoi
de la foibleſſe humaine , toutes les foi
que j'ai été le témoin de pareilles ſce-
nes. Qu'auroit dit Socrate , ce ſage
Athénien , s'il en avoit eu connoiſſance ? Je doute qu'il eut pû ſe contrain-
dre. Il eut parlé de la folie des Italien
comme il fit de celle des Grecs ; & à
coup ſûr , il eut eu le même ſort. Le
Inquiſiteur

Inquifiteurs n'auroient point été plus
roifonnables, que les Tirans qui le con-
damnerent. Dans tous les pays ou regne la fuperftition, il eft dangereux de
vouloir éclairer l'efprit des hommes,
mais fur-tout dans ceux où *le fceptre &*
l'encenfoir font dans les mêmes mains.
Une perfonne qui bleffe les bonnes
mœurs, qui porte préjudice à la fociété, obtient aifément à Rome le pardon de fa faute ; mais malheur à lui, s'il
a touché à quelque chofe qui tende à
diminuer l'autorité Eccléfiaftique : il eft
perdu fans reffource, & condamné aux
plus rudes peines.

Je reviens, mon cher Monceca, à
la reffemblance des Indiens & des Italiens. Dans le Royaume de Décan, les
Nairos ont le droit d'exiger les dernieres faveurs des filles & des femmes dont
la beauté les a charmés. Les maris fe
font un honneur d'être cocufiés par des
gens d'un rang auffi élévé. A Rome les
Cardinaux & les Prélats, & dans le
refte de l'Italie les Moines & les Prêtres, n'ont point encore réduit en forme
de Loi le pouvoir qu'ils ont fur le beau
fexe : mais ils jouiffent autentiquement
des mêmes privileges que les *Nairos* ;
& il n'eft point de Romain, qui ne s'eftime fort heureux qu'une Eminence
veuille bien l'honorer de quelque vifite

où l'époux à toujours beaucoup moins de part que l'épouse.

Le grand-Bramin, chez les Banians, a les mêmes droits & les mêmes prérogatives que le Pontife Romain. C'est lui qui donne les dispenses pour les mariages. C'est aussi lui qui fait le divorce. Et tout cela est payé.

Voici encore une autre conformité entre la croyance des Italiens & des Indiens, qui emporte avec elle plusieurs des principaux points de la Religion de ces Peuples. Je la trouve dans le même Auteur où j'ai puisé les autres. *Les Indiens , dit-il* (1), *sur le retour de l'âge , font faire des pénitences , & autres semblables œuvres estimées méritoires , afin qu'au sortir de cette vie leur ame aille loger dans un corps bien disposé , ou dans celui d'un grand Seigneur. C'est à ce motif qu'il faut attribuer toutes leurs œuvres pies , aumônes , retraites , fondations , &c. Ceux qui ne se sentent point assez de courage pour supporter des austerités , se déterminent à ces dernieres pratiques , font de grandes aumônes aux Bramins , & chargent leurs héritiers de faire prier Dieu pour eux. Il en est aussi qui amassent des trésors , pendant leur vie , pour pouvoir s'en servir à se racheter après leur*

(1) Pag. 27.

mort, lorfque leur ame a le malheur d'en-
trer dans le corps d'un miférable.

La Métempfycofe produit chez les
Indiens les mêmes effets que le purgatoire chez les Nazaréens. Je crois voir
dans les Banians, qui font des charités
extraordinaires, afin qu'au fortir de
cette vie leur ame aille loger dans un
corps bien difpofé, de riches Fermiers-
généraux ordonner en mourant, qu'on
donne à des Moines une partie des tré-
fors qu'ils ont volés.

Je trouve encore beaucoup de reffemblance entre les riches dévots Italiens & les Indiens, *qui ne fe fentant
point affez de courage pour fupporter des
aufterités achetent, moyennant une certaine fomme, le droit d'en être exemts.
C'eft ainfi qu'en ufe un fuperftitieux,
mais voluptueux Romain.* Il obtient,
pour dix piftoles, la permiffion de manger de la viande le Carême, & les jours
auxquels elle eft prohibée par les ordres du Pontife. Il fe munit auffi d'un
bon nombre d'Indulgences, qu'il paye
fort cherement, & qu'il croit être d'une
grande utilité après la mort.

Je penfe avec raifon, mon cher Monceca, qu'il y a beaucoup de conformité
entre les ufages & les mœurs des deux
Peuples dont je viens de parcourir les
fuperftitions, & ce n'eft pas feulement

dans les chofes qui regardent les cérémonies & le culte exterieur, que leur
maniere d'agir eft à-peu-près la même.
Ils ont les mêmes idées fur ce qui concerne la dévotion miftyque, & les ma-
cérations outrées & ridicules que pratiquent quelques Moines Nazaréens. Les
Indiens ont leurs *Capucins*, leurs *Peres
de la Trappe*, leurs *Camaldules* & leurs
Chartreux, &c. Voici une Relation
exacte de leur façon de vivre : elle femble être copiée fur quelqu'une qui con-
tiendroit l'hiftoire extravagante des pénitences Monaftiques. *Sita eft l'Inven-
teur des Pelerinages, & le Patriarche
des Hermites Indiens connus fous le nom
de Faquirs...... Quand le fommeil les
furprend ils fe laiffent tomber à terre fur
de la cendre de bouze de vaches & des
ordures : ils poudrent même quelquefois
de ces cendres leurs longs & fales cheveux...
Quelques-uns fe retirent tour à tour dans
une foffe, où ils ne reçoivent de la clarté
que par un fort petit trou. Ils y demeu-
rent jufqu'à neuf ou dix jours fans jamais
changer de pofture, & fans manger ni
boire. A ce qu'on affûre, d'autres paffent
des années fans fe coucher : lorfqu'ils ne
peuvent réfifter au fommeil, ils s'appuyent fur une corde attachée des deux
bouts aux branches d'un arbre......
D'autres pénitens fe tiennent dix ou douze*

heures du jour un pied en l'air , les yeux tournés vers le Soleil, ayant à la main un réchaud plein de feu dans lequel ils jettent de l'encens à l'honneur de quelqu'Idole. D'autres sont toujours assis, ou pour mieux dire , accroupis sur le derriere ; & dans cette situation ils tiennent sans cesse les mains levées sur leur tête en plusieurs façons differentes (1).

Les austerités de ces Faquirs sont bien un juste équivalent des folies de quelques Moines Nazaréens. Ignace de Loyola , le grand Patriarche des Jésuites , voyagea pendant long-tems un pied chauffé & l'autre nud : & il se laissa manger de poux pendant long-tems , s'étant renfermé avec une troupe d'autres gueux dans un Hôpital. François d'Assise se vautroit dans la neige comme un cheval de Houssard dans la paille. Ses disciples aujourd'hui se picquent le corps avec des pointes de fer , vont à demi-nuds & font aussi sales & aussi crasseux que les Faquirs, aussi inutiles à la société, aussi ignorans, aussi fous & aussi révérés du bas Peuple. Peut-on trouver de ressemblance plus parfaite ? En voici un autre qui l'est autant : elle est entre ces mêmes Faquirs & les mistyques disci-

(1) Cérémonies & Coutumes Religieuses des Peuples Idolâtres. *tome II. part. I. pag.* 7.

R 3

ples de Molinos. *A tout ce qu'on a écrit de ces Hermites Indiens*, dit l'Auteur que j'ai déja cité plusieurs fois (1), *nous ajouterons qu'on voit des femmes dévotes leur venir baiser les parties du corps les plus cachées, sans que pour cela ils détournent les yeux, sans que leur modestie s'en dérange, & sans la moindre sensibilité de part & d'autre. Ils affectent même en recevant ces marques d'un respect extravagant, une espece d'extase & une inquiétude d'esprit.*

Ai-je tort, mon cher Monceca, de soutenir qu'on retrouve dans les Indes ce quiétisme que Molinos prêcha au milieu de Rome, & que tant de Prêtres Nazaréens ont adopté? Lorsque je pense à ces béates allant baiser *les parties les plus cachées des Faquirs*, je crois voir le Jésuite Girard, l'esprit attaché au Ciel, coler ses levres sur la playe du téton de la Cadiere : & peu à près cette expédition étre lui-même baisé par la fameuse Baterelle, une autre de ces pénitentes. Combien n'y a-t'il pas en Italie de Moines qui changent en reliques, ainsi que les Faquirs, les parties les plus peccantes de leurs corps ? Si leurs dévotes pensoient comme Rabelais, il faudroit qu'ils se contentassent d'être

(1) La même.

baifés au vifage & nullement ailleurs.
Ce François ne voulut jamais accom-
pagner à l'Audience du fouverain Pontife l'Ambaffadeur à la fuite duquel il
étoit venu à Rome. On lui en demanda
la raifon. *Je crains*, dit-il, *les mauvaifes
odeurs : & puifque mon Maître qui re-
préfente un grand Roi, va baifer les pieds
du Pape, fans doute que moi qui ne fuis
qu'un pauvre Médecin, je ne ferois admis
qu'à lui baifer le derriere.*

Le Courier va partir : le tems me
preffe & je fuis forcé de finir ma Lettre.
Regarde toujours les mœurs & les coutumes de tous les Peuples avec un œil
Philofophe, & tu t'appercevras aifément que ceux qui paroiffent avoir
quelquefois les maximes les plus éloignées, ont cependant bien des chofes
qui leur font également communes.

Porte-toi bien, mon cher Monceca :
vis content & heureux, & cherches toujours ton bonheur dans l'amour des
Sciences & de la Philofophie.

De Tripoli, ce ...

LETTRE CLXXI.

Aaron Monceca, à Isaac Onis, *Caraïte*, *autrefois Rabbin de Constantinople.*

IL est des difficultés, mon cher Isaac, dans la connoissance de l'ame des bêtes, que le génie humain ne pourra jamais surmonter. Quelque hypothèse que les Philosophes inventent pour en développer les secrets, ils ne feront que donner sujet à de nouveaux doutes. Ils montreront le foible des systêmes qu'ils combattront : mais en les détruisant ils n'établiront point le leur, qui n'ayant pas tous les défauts des autres, en aura néanmoins d'aussi considérables. De quelque côté qu'un Philosophe, défait de préjugés, tourne les yeux, il apperçoit des barrieres qui arrétent toutes les réflexions, qui les rendent inutiles, & qui s'opposent à ses recherches.

Si l'on considere l'ame des bêtes comme une simple modification de la matiere, on court risque de conclure sur ce principe, en examinant l'ame des hommes, qu'elle est matérielle ainsi que celle des brutes. Car si la matiere peut être

Inveſtie de la force motrice , ſi elle peut recevoir la faculté de penſer , de conce-voir , de réfléchir , de quelque maniere groſſiere & imparfaite qu'elle ait ces qualités , en la ſubtiliſant davantage , en la faiſant agir ſur des organes plus dé-liés , je l'éleverai aiſément juſqu'au point de perfection que j'apperçois dans l'ame humaine la plus parfaite & la plus éclai-rée. Je n'aurai pas même grand peine à l'y conduire , en la faiſant monter par gradation. Je trouverai peu de differen-ce entre un Eléphant & un lourdaut Payſan Laponois , dont je n'entendrai point le langage. Je verrai que les deux animaux agiſſent également en conſé-quence de ce qui peut leur être utile : qu'ils articulent des ſons que je n'èntens point , qu'ils ſont ſuſceptibles de pitié , de colere , de crainte , d'amitié ; qu'ils ont de la mémoire , & évitent ce qui leur nuit quelquefois. Dès que je trou-ve une parfaite reſſemblance dans les principes intellectuels de ces deux ani-maux , j'ai une certitude de la poſſibi-lité de la commune matérialité de leur eſſence. Alors il m'eſt aiſé de m'élever graduellement de l'ame de l'animal La-pon à celle du Philoſophe Des-Cartes : la raiſon me démontrant évidemment que les ames d'une même eſpece d'ani-maux ne peuvent être de pluſieurs genres differens. Il n'y auroit rien de si absurde & de si insensé, que de prétendre que l'intelligence chez quelques hommes eut un principe spirituel, & chez quelques autres un principe matériel.

Lorsque, pour obvier aux difficultés qui se présentent en foule dans le systême de ceux qui accordent aux bêtes un ame matérielle, on veut recevoir celui de Des-Cartes, la raison se révolte contre une hypothese dont la lumiere naturelle montre évidemment la fausseté, & que les animaux démentent tous les jours d'une maniere convaincante. Comment pouvoir se figurer qu'un chien, en qui l'on voit toutes les marques de la mémoire, de la conception, du raisonnement; qui est sensible, non-seulement aux passions qui agissent directement sur les sens, comme la faim, la soif, la douleur, mais encore à celles dont les principales opérations se font dans l'esprit, au nombre desquelles sont l'amitié, la pitié, la tendresse, la reconnoissance, l'affliction : comment, dis-je, peut-on se figurer, que ce chien n'est qu'une machine, qui selon le Pere Mallebranche, *crie sans douleur, mange sans plaisir, croît sans le savoir, ne desire rien, & ne craint rien*(1) ? En vérité, il faut avoir

____

(1) Mallebranche, Recherche de la Vérité, *Liv. IV. Chap. VII. pag.* 432.

une foi bien vive pour croire de pareilles chofes : & je fuis fermement perfua-
dé , mon cher Ifaac , que ceux qui les
ont foutenues fi vivement , en étoient
moins perfuadés qu'ils ne vouloient le
faire accroire à leurs Lecteurs.

Quelques Philofophes ont inventé an
troifieme fyftême, pour éviter les embarras de ces deux premiers. Ils ont dit,
que l'ame des bétes n'étoit, ni matérielle, ni fpirituelle, mais un être mitoyen
entre l'efprit & la matiere. Ce raifonnement eft pitoyable. Car, cette fubftance mitoyenne eft étendue, ou non étendue. Si elle eft étendue, elle eft par
conféquent matérielle ; parce que tout
ce qui eft étendu eft matériel. Si elle
n'eft pas étendue, elle eft donc fpirituelle ; parce que ce qui n'a point d'exten-
fion & qui exifte , eft néceffairement
fpirituel. Si l'ame des bétes n'eft ni fpirituelle , ni matérielle, c'eft donc un
être chimérique , ainfi que le vuide des
Epicuriens une pure négation.

Cela eft auffi ridicule que ce que difent les Péripatéticiens, lorfqu'ils prétendent prouver, que l'ame des brutes n'eft qu'une forme materielle ; parce
qu'elle differe infiniment de celle des
hommes dans la connoiffance du bien
honnête , & de plufieurs autres chofes.
Si la difference de l'effence & du genre

des ames venoit du different degré de
perception, il faudroit donc foutenir
que celles des enfans ne font pas de
la même efpece que celles des hommes qui ont atteint l'âge de raifon. Les
Péripatéticiens & les Scolaftiqnes, répondent à cela, que l'ame d'un enfant
& celle d'un homme, ne font point d'un
genre & d'un ordre different ; mais que
les organes qui ne font point encore per-
fectionnés font la caufe du peu de perception que paroît avoir celle de l'enfant.

On détruit cette foible reffource par
une objection infurmontable. *Puifqu'il
n'y a*, peut-on dire à ces Philofophes,
*que les organes qui déterminent le degré
de l'intelligence & de la conception des
ames, qui peut vous affurer, que fi celle
d'un cheval fe fût trouvée placée dans le
corps d'Ariftote ou de Scot, elle n'eut pas
acquis les qualités qu'ont eu celles de ces
Philofophes ? De même, fi les leurs euffent animé le corps d'un baudet, toutes
les marques de raifonnement qu'elles euffent données fe fuffent bornées à choifir
dans un pré les meilleurs chardons. Les
organes, felon vous, étant la feule chofe
à laquelle on doive attribuer la difference étonnante qu'on apperçoit entre les opérations de l'ame des enfans & les concep-
tions ce celles des hommes, vous ne devez
point trouver étonnant, que le même être*

intellectuel , placé dans un corps humain
bien organisé , tel que celui d'Ariftote ,
faffe un Philofophe & ne produife que
des actions lourdes, fimples & uniformes,
dans le corps d'un âne cent fois peut-être
moins bien organifé que celui d'un enfant.

Dès que les Philofohpes, qui foutiennent les formes matérielles , ne recour-
ront point à la révélation , il leur fera
impoffible de pouvoir démontrer qu'il
foit néceffaire , pour expliquer le different degré d'intelligence qui paroit entre l'ame des bêtes & celles des hommes , d'admettre une difference entre
leur effence. On fera toujours en droit
de leur objecter que cette difference eft
inutile , puifqu'elle peut être formée par
les feuls organes. Ainfi loin qu'il foit
néceffaire par leur fyftême , que l'ame
des bêtes foit une fubftance mitoyenne
entre la matiere & l'efprit, comme l'ont
prétendu certains Philofophes, celle des
hommes pourra être matériel , puifqu'elle fera de la même efpece que celle
des bêtes , que les Péripatéticiens affurent n'être qu'une forme matérielle.

Les difficultés qui fe rencontrent dans
toutes ces differentes hypothefes fur l'a-
me des bêtes , ont fait naître dans ces
derniers tems une nouvelle opinion affez
finguliere, mais qui n'eft ni plus vraifem-
blable , ni moins fujette que les autres

à de grands embarras. Elle admet dans les bêtes un principe immatériel & intellectuel. Ce n'eſt pas d'aujourd'hui que bien des Philoſophes ont ſoutenu, que les brutes raiſonnoient auſſi ſagement que les hommes. Straton, Parmenide, Empédocle, Démocrite, Anaxagoras, ont enſeigné qu'elles étoient douées d'intelligence : Philon & Galliet ont auſſi été du même ſentiment. Mais aucun de ces Philoſophes ne s'étoit aviſé de vouloir leur accorder une ame ſpirituelle. Il étoit aſſez difficile qu'il le puſſent faire, ne concevant celle des hommes que comme une ſubſtance matérielle. Dans ces derniers tems quelques Savans ont admis dans les brutes un principe ſpirituel. Pour ſoutenir cette opinion, un nouvel Auteur vient de publier un Livre rempli d'obſervations curieuſes, & de reflexions ſingulieres (1). *L'ame des bêtes, ſelon lui, eſt une ſubſtance immatérielle & intelligente... un principe actif, qui a des ſenſations, & qui n'a que cela.... L'ame humaine,* dit-il, *renferme dans elle-même, outre ſon activité eſſentielle, deux facultés qui four-*

(1) *Il eſt intitulé :* Eſſai Philoſophique ſur l'Ame des Bêtes, où l'on trouve diverſes réflexions ſur la nature de la liberté, ſur celle de nos ſenſations, ſur l'union de l'ame & du corps, & ſur l'immortalité de l'ame, &c.

niſſent à cette activité la matiere ſur la-
quelle elle s'exerce & diſtinctes. . . . .
L'autre, c'eſt la faculté de ſentir . . . . .
Qui nous empêcheroit de ſuppoſer . . . . .
Un eſprit qui n'auroit que la ſeconde de
ces qualités ſans avoir la premiere, qui ne
ſeroit capable que d'idées indiſtinctes, ou
de perceptions confuſes ? Cet eſprit ayant
des bornes beaucoup plus étroites que l'a-
me humaine, en ſera eſſentiellement ou
ſpécifiquement diſtinct.

Ce ſyſtême, mon cher Iſaac, n'eſt
pas moins expoſé que les autres, à des
objections inſurmontables. Car, en ſuppoſant qu'il ſe pût faire qu'il y ait un
principe ſpirituel, qui n'ait que la faculté de ſentir, on ne réſout pas mille difficultés qui ſe préſentent à l'eſprit. Comment eſt-ce qu'une choſe ſpirituelle
peut périr & être détruite ? N'ayant
point de parties, elle n'eſt point ſujet-
te par conſéquent à la diviſion. Il eſt
contraire aux notions les plus claires,
de ſuppoſer qu'un être ſpirituel ait beſoin pour ſubſiſter d'être enfermé dans
un corps materiel. L'eſprit, étant parfaitement diſtinct de la matiere, ne reçoit aucune atteinte par les divers changemens qui arrivent dans cette matiere.
L'ame, dit Mallebranche (1), *étant une*

____

(1) Recherche de la Vérité, *Liv. II. Cap.*
VIII. pag. 428.

subſtance ſpirituelle, doit être immortel-
le ; parce qu'il n'eſt pas concevable qu'une
ſubſtance puiſſe devenir rien. Il faut re-
courir à une puiſſance de Dieu toute ex-
traordinaire, pour concevoir que cela ſoit
poſſible. Je ſçai, mon cher Iſaac, qu'on
peut répondre à Mallebranche, qu'il ne
faut pas une plus grande puiſſance pour
céer une ſubſtance, que pour l'annéantir ; & que ſi Dieu, en formant l'ame
des bétes ſpirituelles, a voulu qu'elle
fût détruite par la mort, elle le fera.
Mais cela ne prouve point qu'il y ait
dans les bétes un principe ſpirituel. Tout
ce qu'on peut en conclure, c'eſt que s'il
y étoit, Dieu pourroit l'annéantir. Cependant, comme il agit toujours par les
voies les plus ſimples, & que le ſyſtême qui admet l'ame des bétes materiel
eſt beaucoup plus conforme aux idées
que nous avons de l'ordre & des ſubſtances materielles & ſpirituelles que
celui qui la ſuppoſe incorporelle, on doit
croire qu'il l'a créée materielle. Car,
pourquoi ſuppoſer un principe ſpirituel
dans les animaux lorſque toutes les fonctions qu'on lui attribue peuvent - être
faite par un principe materielle ? D'ail-.
leurs, on ne peut comprendre qu'une
choſe ſoit ſpirituelle, & qu'elle ſoit
privée de la faculté de former des idées
diſtinctes. Cela répugne aux notions
les

les plus fenfées fur l'effence de l'efprit.
La penfée eft le propre d'une chofe fpirituelle , comme l'étendue l'eft de la
matiere. Ainfi, de même qu'il ne peut
y avoir d'être materiel qui ne foit étendu, il ne peut y en avoir de fpirituel
privé de la perception. Lorfque certains
Philofophes veulent qu'on fuppofe une
fubftance incorporelle , qui ne foit capable que d'*idées indiftinctes* , ils demandent qu'on admette une matiere , qui
n'auroit que de l'étendue fans avoir de
la profondeur. Ces fortes de fuppofi-
tions autoriferoient les plus grandes erreurs. Après avoir admis un principe
fpirituel dans les bêtes , qui n'auroit jamais que des notions confufes , qui empêcheroit d'en admettre un d'une autre
efpece qui n'auroit que des fenfations ?
On multiplieroit les differentes effences
de l'efprit à l'infini : & dès qu'il peut y
avoir de deux fortes de fpiritualité , il
peut y en avoir de trente fortes. Ces
fentimens répugnent non-feulement à
la bonne philofophie , mais encore aux
connoiffances les plus fimples.

Si l'on veut placer un principe fpirituel dans les brutes , il faut que ce
principe foit le même que celui qui eft
dans les hommes , qu'il ait la même effence , & que les différences que l'on
apperçoit dans fes opérations ne proce-

Tome VI. S

dent que de la diverfe ftructúre des organes. Alors, dans quel embarras ne
tombe-t'on point ? Il faut fuppofer les
ames des bêtes immortelles ; ou bien
foutenir que celles des hommes ne le
font pas. Si l'on dit qu'elles le font également, on demandera ce que deviennent celles des bêtes après la deftruction de leur corps ? Y aura-t'il un Paradis, un Enfer & un Purgatoire pour
elles ? Perfonne n'eft encore affez fou
pour foutenir cette opinion. Pafferont-
elles dans d'autres modifications de la
matiere ? Il faut admettre alors la métempfycofe, & toutes les ridicules abfurdités qu'entraine ce Syftême. Si pour
éviter ces difficultés, on dit qu'elles
finiront & feront réduites dans le néant,
cet anéantiffement fuppofe celui de l'ame
des hommes, puifqu'elle a la même effence que celle des animaux ; qu'il n'y
a pas deux différentes fortes de fpiritualité ; & que la fuppofition d'un Etre
moins fpirituel qu'un autre implique
autant contradiction que celle d'une
matiere, qui ayant l'étendue, n'auroit
point de largeur ni de profondeur. Or,
dès qu'on admet la fpiritualité de l'ame
humaine, non-feulement il eft contraire
au fentiment reçu dans toutes les Religions, mais encore à la lumiere naturelle de la priver de l'immortalité. Les

raifons qu'on apporte pour prouver la deftruction de l'ame, font prifes dans l'effence matérielle qu'on lui fuppofe ; & fon anéantiffement n'eft que le dérangement total des parties qui la compofoient. Mais dès qu'elle eft fpirituelle, le dérangement ne peut plus avoir lieu, ce qui eft incorporel n'étant point fujet à la divifion.

Il eft impoffible de concevoir qu'une fubftance fpirituelle ne fubfifte qu'en conféquence de l'exiftence d'une fubftance corporelle. L'effence de ces deux fubftances étant parfaitement diftincte, la deftruction de l'une ne doit point entraîner celle de l'autre. Le Pere Mallebranche a raifon de fuppofer qu'il faut pour cela un pouvoir extraordinaire de la Divinité : au lieu que fon argument n'a aucune force contre ceux qui fuppofent l'ame matérielle ; parce que Dieu ayant accordé la penfée à certains corpufcules de matiere, tandis qu'ils feront une modification particuliere, lorfque ces atômes fe délient & ceffent de former cette modification, ils peuvent perdre naturellement leurs facultés fans qu'il foit befoin pour cela de recourir qu'à l'ordre général des chofes, & à leur premiere création.

Dès que l'on convient que le principe intellectuel des bêtes eft fpirituel,

qu'il eſt indiviſible , qu'il ne peut ſouffrir aucune atteinte par les impulſions
de la matiere , il faut pour ne pas être
forcé d'avouer qu'il eſt immortel ainſi
que l'eſt celui des hommes , avoir recours à une opinion extraordinaire , &
ſoutenir qu'à chaque inſtant Dieu crée
& anéantit des millions de ſubſtances
de la ſeconde claſſe de la ſpiritualité :
Eſt-ce que Dieu , dira t'on , *ne peut pas*
le faire , s'il le veut ? Je conviens qu'il
le peut : mais il eſt abſurde d'établir un
Syſtême qui n'a aucune preuve que la
ſeule puiſſance extraordinaire de la Divinité , & d'adopter un ſentiment qui
répugne à l'idée que nous avons de l'eſſence de la ſpiritualité , & admet des
principes cent fois plus embarraſſans que
ceux qu'on veut détruire. Car indépen-
demment des difficultés qui naiſſent du
fond même du Syſtême , combien n'y
en a t'il pas dans l'opinion qui admet la
ſpiritualité de l'ame humaine ? Si la révélation & nos livres ſacrés ne nous en
aſſuroient , dans quels doutes ne ſe-
rions-nous pas quelquefois ? Eſt-il facile de comprendre comment une ſubſtance qui n'a point d'étendue , peut agir
ſur une étendue ? Comment une ſubſtance étendue peut à ſon tour agir ſur
une choſe qui n'a point de parties ?
N'eſt-il pas auſſi aiſé de concevoir que

Dieu peut accorder l'intelligence à certains corpuscules par sa Toute-puissance ? Ce font-là , mon cher Isaac , des matieres à fournir d'éternelles disputes.

Porte-toi bien ; & sans t'inquiéter de toutes ces questions , vis content & heureux.

De Londres , ce . . . .

LETTRE CLXXII.

Aaron Monceca, *à* Isaac Onis , *Caraïte, autrefois Rabbin de Constantinople.*

IL y a en Angleterre , mon cher Isaac , deux Universités célébres. L'une est à Oxford , & l'autre à Cambrige. La Philosophie Péripatécienne en est entierement bannie , & l'on y lit & explique aux jeunes gens les ouvrages du sage Locke & du savant Newton. Ces hommes illustres tiennent aujourd'hui la place d'Aristote & de ses plus célébres Commentateurs ; les Anglois ayant entierement secoué le joug des Philosophes Scholastiques & Péripatéticiens. Ils ont eu beaucoup moins de peine à se défaire de leurs préjugés ,

que la plûpart de leurs voisins qui ont
voulu pendant un tems soutenir les sentimens d'Aristote, par le secours des
Magistrats, & par l'autorité du Prince.

Rien ne marque plus évidemment jusqu'où peut aller la prévention chez les
hommes, que les disputes qui sont nées
dans le siécle passé en faveur de la Philosophie Péripatéticienne. Les Prêtres
Nazaréens ont voulu qu'elle fût regardée avec autant de respect que les principaux articles de foi de leur Religion.
Cependant, ces mêmes ouvrages d'A-
ristote qu'ils protégent, ont été autrefois condamnés au feu par une assemblée
de Pontifes Nazaréens (1) : & le crédit
du Philosophe Grec a été sujet de tems
en tems aux funestes revers de la fortune. Un Moine Nazaréen (2), dont
la passion dominante étoit de passer pour
Prophete, se déclara hautement dans
le XII. siécle contre la Métaphysique
d'Aristote. Il écrivit des lettres circu-
laires à plusieurs Pontifes, pour les engager à joindre leur zéle au sien : *afin
de prévenir*, disoit-il, *le mal que pouvoient causer des opinions très-dangereu-
ses.* Tous ses soins furent inutiles. Peu-
à-peu, la Secte Péripatéticienne en-

(1) Un Concile, tenu en France sous Philippe
Auguste.
(2) S. Bernard.

gloutit toutes les autres , & devint la
maîtreffe fouveraine de toutes les Eco-
les. Alors il n'y eut aucune ridiculité ,
aucune chimere qui ne fût avancée par
les Commentateurs d'Ariftote. Ils for-
gerent des chaînes qui fervirent à lier
les efprits , & à les retenir fous le dur
efclavage des préjugés. Les Mahométans mêmes femblerent vouloir difputer
aux Nazaréens la gloire d'en écrire des
éloges outrés ; & il ne fut plus permis
d'examiner dans quelque Religion qu'on
fût né , fi un homme qui n'avoit ainfi
que les autres qu'une ame & un corps ,
avoit pu fe tromper. Les Mouftis &
les Interpretes de l'*Alcoran* , donnerent la torture aux ouvrages de Mahomet pour les faire cadrer avec ceux
d'Ariftote : & les Moines ne travaillerent pas moins pour accorder la Doctrine du Licée avec celle des premiers
Docteurs Nazaréens. Je trouve , mon
cher Ifaac , dans un Auteur François (1) ,
qu'Averroës difoit , *qu'avant qu'Arif-*
tote fût né , la nature n'étoit pas entiere-
ment achevée , qu'elle a reçu en lui fon
dernier accompliffement , & la perfec-
tion de fon être ; qu'elle ne fauroit plus

(1) Naudé, Apologie pour les grands hommes,
fauffement accufés de Magie.

passer outre ; & que c'est l'extrémité de ses forces , & la borne de l'intelligence humaine.

Cet éloge , quelque extravagant qu'il soit, l'est beaucoup moins qu'une these que soutinrent les Théologiens de Cologne. Ils prétendirent qu'Aristote avoit été le Précurseur du Messie , que les Nazaréens croyent être déja venu , & que nous autres Juifs nous attendons pour notre délivrance. Il faut avouer , mon cher Isaac , qu'une pareille folie donne un beau champ aux plaisanteries des fidéles Israëlites : & puisque nos ennemis trouvent le secret d'appliquer à un Philosophe Payen les qualités & les prophéties qui regardent les Précurseurs du Messie , il leur doit être très-aisé de trouver dans les passages de l'Ecriture tout ce qu'il leur prend fantaisie de justifier par cette même autorité. Tu croiras peut-être , que je plaisante , lorsque je te dis qu'il s'est trouvé des Théologiens Nazaréens assez fous pour changer en Précurseur de la Divinité un Philosophe très - suspect d'Athéïsme ; mais voici ce que dit Agrippa : *Les Théologiens de Cologne ont fait un livre pour affirmer la probabilité du salut d'A-ristote ; & ils n'ont pas craint d'avancer qu'il avoit été le Précurseur du Messie*

dans

dans les myſteres de la nature, comme
S. Jean-Baptiſte dans les myſteres de la
grace (1).

Doit-on s'étonner après cela, mon
cher Iſaac, que certains Pontifes ayent
regardé ce Philoſophe Grec comme un
des principaux Apôtres du Nazaréïſme,
dont les ouvrages avoient fourni la matiere de pluſieurs articles de foi. En
cela ils ſont ſinceres ; & quelque abſurde qu'il ſoit à des hommes d'avoir
agi d'une maniere auſſi peu ſenſée, il
eſt évident, qu'Ariſtote a tenu ſouvent
ſa place parmi les Peres de l'Egliſe Nazaréene. Frà-Paolo dit fort plaiſam-
ment la même choſe, & fait ſentir à
merveille le ridicule d'une pareille opinion (2).

(1) Digniſſimus profecto hodie Latinorum
Gymnaſiorum Doctor & quem Colonienſes mei
Theologi etiam Divis adnumerarent. Librumque
ſub prælo evulgatum ederint, cui titulum face-
rent de *Salute Ariſtotelis*, ſed & alium verſu &
metro de *Vitâ & Morte Ariſtotelis*, quem Theo-
logica inſuper Gloſa illuſtrarunt, in cujus calce
concludunt Ariſtotelem ſic fuiſſe Chriſti Præcur-
ſorem in naturalibus, quemadmodum Joannes
Baptiſta in gratuitis. *Agrippa de Vanitate Scientiar.*
Cap. LIV. pag. 95.

(2) In che haveva una gran parte Ariſtote
coll'aver diſtinto eſſattamente tutti generi di Cauſe, à cui ſe egli non ſe foſſe adoperato, noi man-
caremo di molti Articoli di Fede. *Frà - Paolo.*
Hiſt. del Concilio Tridentino, Lib. II.

Tome VI.   T

Si nous en croyons un Jéfuite, il y a eu des Nazaréens, qui ne fe font point arrêtés à la fimple vénération : ils ont rendu à Ariftote les honneurs Divins, & donné à leurs enfans les Catégories de ce Philofophe pour leur fervir de Catéchifme. Quelque dangereux que dût paroitre un exemple aufli fort des préjugés outrés pour la Philofophie Péripatéticienne, la fociété Ignacienne l'a cependant adoptée ; & c'eft elle aujourd'hui qui la foutient & qui la protege, contre les violentes attaques qu'elle reçoit tous les jours. Il eft vrai que les Jéfuites n'ont point dans leurs Temples les images d'Ariftote ; mais ils ne feroient pas fâchés de pouvoir l'inftaller au nombre des Peres de l'Eglife, & de lui donner la place d'Auguftin, dont les écrits leur font devenus très-à charge depuis long-tems. Il femble même, qu'ils ayent travaillé pendant quelque tems à faire réuflir ce projet. Ils ont tenté d'abord, pour ne point révolter certains efprits faciles à s'allarmer, & toujours prêts à crier au feu, de rendre douteufe la damnation d'Ariftote. Enfuite ils ont été un peu plus loin, & ont approuvé ceux qui croyent qu'il y avoit apparence que ce Philofophe étoit au nombre des Bienheureux (1). Tout

(1) Gretferus de variis Cœl. Luth. Cap. XIII.

alloit à merveilles jufques-là : mais malheureufement pour la Société , les chofes changerent fubitement ; & le bandeau qui aveugloit les hommes a été arraché en partie par les grands-hommes qui ont vécu dans ces derniers tems. Il a donc fallu fe défifter entierement de la Canonifation d'Ariftote ; & tout ce qu'on a pû faire a été de foutenir la bonté de fes opinions , d'élever la Philofophie Péripatéticienne jufqu'aux Cieux , & d'en laiffer l'Auteur aux enfers.

Malgré les foins , que fe donnoient les Théologiens pour empêcher les progrès de la nouvelle Philofophie , comme fa gloire augmentoit tous les jours, la Sorbonne s'avifa , il y a environ cent ans , d'un plaifant expédient pour en arrêter le cours. Elle s'addreffa au Parlement de Paris ; & fur les remontrances qu'elle lui fit , il intervint un Arrêt contre les Chymiftes, qui portoit , *qu'on ne pouvoit attaquer les fentimens d'Ariftote fans attaquer la Théologie Scolaftique reçue dans l'Eglife* (1). La belle décifion , mon cher Ifaac ! J'aimerois autant dire , qu'il eft deffendu à tout Fran-

Voyez la cinquieme Partie , ou Lettre des Mémoires de la République des Lettres.

(1) Rapin, Comparaifon de Platon & d'Ariftote , *pag.* 413.

çois , de quelque rang & de quelque condition qu'il foit , de faire ufage de fa raifon ; n'étant pas jufte , qu'un particulier foit fage , puifque tous les Scolaftiques font fous. Cet Arrêt ridicule , dicté par l'ignorance & par les préjugés, n'eft pas le plus fort qu'on ait rendu en France contre le bon-fens. Parmi un nombre d'autres , en voici un qui paroitra toujours fingulier à la poftérité. *L'an mil fix cent vingt-fix, le Parlement de Paris bannit de fon Reffort trois hommes, qui avoient voulu foutenir publiquement des Thefes contre la Doctrine d'Ariflote : & deffendit à toutes perfonnes de publier, vendre & débiter les propofitions contenues dans ces Thefes, à peine de punition corporelle ; & d'enfeigner aucunes maximes contre les anciens Auteurs & approuvés, à peine de la vie* (1). Après un Arrêt femblable , mon cher Ifaac, que ne doit-on point attendre des préjugés des hommes ? Un célebre Poëte de ces derniers tems n'a-t'il pas eu raifon de dire , *que le moindre éloignement pour les fentimens des Anciens eft regardé comme un attentat inoui, & fouleve contre un moderne inconfideré toute cette région Idolâtre , où il ne manque plus au Culte qu'on y rend aux anciens, que des Prêtres & des victimes* (2).

(1) Mercure François: tome X. pag. 504.
(2) Crébillon , Préface de fa Tragédie d'Electre.

N'eſt-il pas plaiſant , que les Conſeil-
lers du Parlement de Paris s'érigent en
Inquiſiteurs en faveur d'Ariſtote , &
qu'ils rendent à ſes opinions le même
ſervice que les Dominicains rendent en
Eſpagne à celles de Thomas d'Aquin ?
Lorſqu'on a vû le premier tribunal d'un
grand Royaume condamner à la mort
quiconque oſeroit trouver une erreur
dans les Auteurs anciens, peut-on trouver étrange , que les Turcs employent
le ſabre & le fuſil pour augmenter les
Partiſans de *l'Alcoran*? Le fameux &
illuſtre Bacon, qui oſa le premier, dans
les Tenebres de la Philoſophie Scolaſ-
tique, chercher à s'éclairer du flambeau
de la vérité, étoit perſuadé de la conformité entre les Péripatéticiens & les
Mahométans. Il croyoit, que les uns
& les autres avoient également établi
leurs opinions par la force & par le préjugé (1).

(1) Quod ad Placit *antiquorum Philoſophorum ,*
quaiia fuerunt *Pythagorae , Philolai , Xenophanis ,*
Anaxagorae , Parmenidis , Leucipi , Democriti , &
aliorum , [quæ homines contemptim percurrere
ſolent,] non abs re fuerit paulo modeſtius in ea
oculos conjicere. Etſi enim Ariſtoteles , more Ot-
tomannorum , regnare ſe haud tuto poſſe , niſi
fratres ſuos omnes contrucidaſſet , tamen iis , qui
non Regnum aut Magiſterium , ſed varietatis in-
quiſitionem atque illuſtrationem ſibi proponunt ,
non poteſt non videri res utilis , diverſas diver-

T 3

Tu feras peut-être curieux, mon cher Ifaac, de connoître ce qui peut avoir difpofé auffi fortement les efprits de la plûpart des Théologiens, fur-tout des Scolaftiques, en faveur d'Ariftote: & comme l'entétement de fes Docteurs dure encore aujourd'hui, que la vérité a percé le nuage qui la cachoit, tu ne feras pas fâché que je te découvre une des principales raifons qui donne tant de crédit à la Philofophie Péripatéticienne, & qui la rend fi chere aux Jéfuites. Les Chefs de la Religion réformée écrivirent vivement contre l'autorité qu'Ariftote s'étoit acquife : ils lui attribuerent une partie des opinions erronées qu'ils combattoient : & ils fe plaignirent qu'on fe laiffât préoccuper par de vaines fubtilités, qui ne fervoient qu'à égarer l'efprit, & qui l'empêchoient d'appercevoir la vérité. Dès-lors, ç'en fut affez pour rendre facrée la Philofophie Scolaftique à tous leurs adverfaires, qui publierent, qu'on n'attaquoit Ariftote, que parce que fes Ouvrages fournif-foient des argumens invincibles pour convaincre les Novateurs, & les réduire au filence. Cette opinion a toujours fub-

forum, circa rerum naturam, opiniones fub uno afpectu intueri. *Bacon. de Augmentis Scientiar.* Lib. III. pag. 88. col. 1. Edit. Lipf. Johan. Jufti Erytropili.

fifté depuis : & il y a grande apparence,
que la haine la perpétuera ; puifque dans
ces derniers tems , les favantes découvertes des Des-Cartes , des Gaffendis,
des Lockes & des Newtons , n'ont pû
empêcher que des gens , qui s'étoient
acquis la réputation de beaux-efprits ,
n'ayent publié un long ramas d'imper-
tinences. Parmi ces gens-là , on peut ,
& même on doit donner un rang diftin-
gué au Pere Rapin, qui fous le titre de
réflexions fur la Philofophie , a donné au
public un des plus abfurdes Ouvrages qu'on ait écrit fur des matieres de
Philofophie. Ce bon homme a bien voulu , dans cette occafion, fe furpaffer lui-
méme , & avancer un nombre de pau-
vretés beaucoup plus confidérables que
celles qu'il dit dans un autre endroit , où
après avoir loué exceffivement le plus
mauvais des Poëtes François , il cite
pour un exemple du ftyle fublime un
des plus déteftables paffages de ce même
Poëte.

Les éloges outrés , mon cher Ifaac ,
qu'on a donnés à la Philofophie Scolaftique & Péripatéticienne , la rendent encore plus méprifable aux yeux des
grands-Hommes , qui font ufage de
leurs lumieres , & qui jugent de toutes
les chofes fans partialité. Car fi les Théologiens , qui la foutiennent , fe conten-

T 4

roient de dire fimplement, qu'Ariftote
fut un grand génie , on leur accorde-
roit une vérité dont tous les véritables
Savans conviennent. En effet , ce Philofophe Grec approfondit certaines
queftions avec beaucoup de netteté ,
& en grand maitre. Sa *Poëtique* & fa
Rhétorique contiennent d'excellentes
chofes ; mais fa *Philofophie* en général
a de très-grands défauts : & lorfqu'on
veut en adopter toutes les erreurs , &
les donner pour des vérités utiles & néceffaires , on fait goûter les invectives
qu'on a écrit contr'elle , & l'on ne peut
s'empêcher de dire avec un célébre
Théologien Allemand : *doit-on appeller*
Philofophie *un ramas de préceptes , qui*
n'enfeignent qu'à difcourir vaguement, &
fans connoiffance des chofes dont on parle,
qui n'apprennent qu'à prononcer avec beau-
coup d'emphafe les mots de vuide *, de*
lieu *, de* tems *, de* mouvement *& d'in-*
fini *; qui n'ont aucune utilité , & ne fer-*
vent qu'à faire naître des difputes , après
lefquelles on eft beaucoup moins éclairci
qu'auparavant (1) ?

(1) Non mihi perfuadebitis, *inquit Lutherus,*
Philofophiam effe garrulitatem illam de materia,
motu, infinito, loco, vacuo, tempore , quæ fere
in Ariftotele fola difcimus : talia quæ nec intel-
lectum, nec affectum, nec communes hominum
mores quidquam juvent , tantum contentionibus

On est forcé, mon cher Isaac, de reconnoître la vérité de cette critique.
Toutes les plaintes & tous les éloges
du Pere Rapin ne trouvent gueres plus
de Partisans parmi les gens sensés, que
les *Mémoires de Trévoux* de Lecteurs
parmi les personnes de goût, & qui
chérissent la vérité. C'est en vain, que
ce Jésuite s'écrie, que *rien ne fit plus
d'honneur à la Doctrine d'Aristote, ce
grand Philosophe, que les invectives atroces de Luther, de Melanchton, de Bu-
cer, &c* (1). » Ne vous tuez point,
» peut-on lui dire, à déclamer contre
» ces Théologiens. Nous vous accor-
» derons, si vous voulez, qu'ils sont
» mal fondés dans les opinions qui re-
» gardent les disputes de controverse :
» mais comme dans ce qui concerne la
» Philosophie Péripatéticienne, le Con-
» cile de Trente n'a point décidé qu'A-
» ristote eut été infaillible, vous nous
» permettrez de condamner ses erreurs,
» & de ne pas les approuver unique-

ferendis feminandifque idonea. Quod si maxime
quid valerent, tot tamen opinionibus confusa
funt, ut quo quis certius aliquod fequi propo-
fuerit, hoc incertius feratur, & fero tamen,
cum Proteo fibi fuisse negotium, pœniteat. *Gret-
feri Inaugurat. Doctor.* pag. 43.

(1) Rapin, Comparaison de Platon & d'Aristote, *pag.* 142.

» ment parce que vos adverfaires les
» condamnent ; duſfiez-vous nous dé-
» clarer Héretiques, & qui pis eſt, Jan-
» ſéniſtes. Le bon-ſens, la raiſon, la
» lumiere naturelle, tout concourt à
» nous faire recevoir avec empreſſement
» les nouvelles découvertes que nous
» devons aux Philoſophes de ces der-
» niers tems. Vous pouvez ſi vous vou-
» lez continuer à vous occuper de tou-
» tes les chimeres Scolaſtiques, vous
» nourrir l'eſprit de *formes ſubſtantielles*,
» *d'être de raiſon*, de *catégories* ; & in-
» venter des termes Barbares, qui ache-
» vent de jetter la confuſion & le dé-
» ſordre dans les matieres, où l'on ap-
» perçoit un reſte de clarté, mais nous.
» nous garderons bien de ſuivre votre
» exemple. Nous tâcherons, au con-
» traire, de prendre une route toute
» differente de la vôtre ; & nous ſou-
» tiendrons même, que Des- Cartes &
» Newton ont fait autant de bien aux
» hommes, que les Scolaſtiques leur
» ont fait de mal. »

Il ſeroit à ſouhaiter, mon cher Iſaac,
que tous les Nazaréens tinſſent un pareil diſcours à leurs Théologiens. Ils les
forceroient peut-être à revenir de leurs
préjugés : & l'on verroit enfin le bon-
ſens délivré entierement de l'oppreſſion
ſous laquelle il gémit depuis ſi long-
tems.

Porte-toi bien, mon cher Iſaac ; & vis content & heureux.

De Londres, ce...

LETTRE CLXXIII.

Jacob Brito , *à* Aaron Monceca.

DANS ma derniere Lettre, mon cher Monceca, je te parlai de la reſſemblance qu'on trouvoit quelquefois parmi les Nations dont les mœurs paroiſſoient d'abord les plus éloignées & les coutumes les plus differentes. Je te communiquerai aujourd'hui une autre opinion que je crois auſſi probable que la premiere. Je penſe qu'on peut comparer dans bien des choſes , les hommes les plus vicieux , non pas aux plus vertueux , mais à ceux qui ont acquis la plus grande réputation. C'eſt-là une preuve évidente que le vrai mérite n'a pas uniquement décidé des louanges qu'on a prodiguées à beaucoup de gens, ſouvent nés pour le malheur du genre humain , & auxquels on a accordé le nom de Héros. Si l'on veut trouver quelque reſſemblance entre Socrate & Né-

ron , c'eſt en vain que l'on travaillera
pour en venir à bout. Si au contraire,
on compare ce même Néron aux Princes qui ont eu le plus d'éclat dans le
monde , & qui ſont regardés comme
les plus illuſtres & les plus grands Monarques , on trouvera qu'il avoit pluſieurs mauvaiſes qualités , qui ont été
communes à ces Princes, mais qui n'ont
point éclaté , ou contre leſquelles on
ne s'eſt point révolté , parce qu'elles
étoient réparées par un grand nombre
de vertus.

Auguſte , au commencement de ſon
regne , commit autant de meurtes que
Néron ſur la fin du ſien. Jules-Céſar &
Sylla ne firent point mourir leurs meres ;
mais ils percerent le ſein à leur patrie.
Ils lui ravirent la liberté , ils ſaccagerent
les biens de leurs concitoyens & en maſ-
ſacrerent un grand nombre. La ſeule
bataille de Pharſale fut bien plus funeſte
aux Romains , que toutes les cruautés
de Néron. Au reſte , mon cher Monceca , ce n'eſt pas ſeulement chez les
Princes Payens , qu'on peut retrouver
bien des qualités de Néron. Les Héros
les plus illuſtres du Nazaréïſme ont tous
eu quelque choſe de commun avec les
Princes les plus vicieux.

Henri IV. l'amour du genre humain,
le modele des Souverains , Monarque

véritablement né pour le bonheur des Peuples, avoit une jalousie intérieure contre la gloire qu'acqueroient les Généraux qui servoient sous lui. Il étoit même quelquefois très-fâché de leurs succès, & n'étoit pas moins picqué des louanges qu'on leur donnoit, que Tibere étoit outré de celles qu'obtenoient à son préjudice les gens qui se distinguoient dans l'administration des affaires. La seule difference qu'il y a eu entre la jalousie de ces deux Princes, c'est que l'un étoit trop vertueux pour la laisser paroître ouvertement, & que l'autre suivoit sans se gêner les mouvemens cruels qu'elle lui inspiroit. Toutes les grandes qualités de Henri IV. n'empêchoient pas cependant que sa vanité ne rompît de tems en tems la chaîne dont il vouloit la lier. Ce Prince souffroit impatiemment que le Maréchal de Biron fit sonner trop haut ses victoires. *Il m'a bien servi*, disoit-il, *mais il ne peut dire que je ne lui aye sauvé la vie trois fois. Je le tirai des mains de l'ennemi à Fontaine-Françoise, si blessé & si étourdi de coups, que comme j'avois fait le Soldat pour le sauver, je fis encore le Maréchal pour la retraite; car il me dit qu'il n'étoit pas en état d'y penser & de me servir.*

L'Auteur, mon cher Monceca, de qui j'emprunte ce passage, raconte un

autre fait, qui marque encore plus la jaloufie de Henri IV. contre ce Maréchal, & qui fait conjecturer que la vanité eut plus de part, que la véritable amitié, au péril qu'il courut pour lui fauver la vie. » Au combat de Fontaine-
» Françoife, dit cet Ecrivain, le Roi
» dégagea le Maréchal de Biron du mi-
» lieu des Arquebufades. Un des fer-
» viteurs de fa Majefté lui dit, qu'il y
» avoit trop de hazard à fe jetter aveu-
» glement ainfi au milieu de fes enne-
» mis. *Il eft vrai*, dit le Roi: *mais fi*
» *je ne le fais, & que je ne m'avance*
» *le Maréchal de Biron s'en prevaudra*
» *toute fa vie* (1). « La véritable grandeur d'ame ne penfe point, mon cher Monceca, à ce que diront de nos démarches ceux pour qui nous agiffons. Elle ne fe confulte qu'elle-même, & ne fait une chofe que parce qu'elle croit devoir la faire.

Henri IV. n'eft pas le feul Héros Nazaréen qui ait eu certains défauts parfaitement reffemblans à quelques-uns de ceux de Néron. Louis XIV. ce grand Prince, que fes ennemis mêmes font forcés de louer, qui fut toujours avare du fang de fes fujets, & qui pen-

(1) Matthieu, Hiftoire de la Paix, *Liv. IV.* *pag.* 286.

dant un regne auſſi long que le ſien n'a fait mourir qu'un ſeul criminel de diſtinction (1), avoit des foibleſſes encore plus conforme que celles de Henri IV. aux vices de l'Empereur Romain. Il aimoit à ſe montrer & figurer comme lui dans les Spectacles publics, & ſouffroit qu'on lui rendit des honneurs divins. La flatterie des Romains n'alla jamais plus loin pour leurs Empereurs que celle des François pour lui. L'on ne peut lire ſans une eſpece de ſurpriſe mêlée d'indignation, les Prologues des Opéra chantés aux yeux de ce Prince même, & ſi ſouvent répetés à la face de l'Univers entier. Qu'a pû dire de plus fort l'Idolâtrie Payenne pour flatter les Princes qu'elle mettoit au rang des Dieux, que ces expreſſions outrées ſi communes dans les Œuvres de Quinaut ? *Il eſt digne de nos Autels, ... Son tonnere inſpire l'effroi dans le tems même qu'il repoſe,* &c.

Je ſai, mon cher Monceca, qu'à divers égards Louis XIV. mérita de juſtes louanges; mais je ſai auſſi qu'il ne dut point être égalé à la Divinité, & que la paſſion qu'il eut d'être applaudi fut pouſſée à l'extrême. Un Seigneur de ſa Cour (2) oſa ne lui point cacher

(1) Le Chevalier de Rohan.
(2) Le Duc de Montauſier.

ce qu'il penſoit d'une foibleſſe ſi condamnable. Car ce Prince lui ayant un
jour demandé comment il trouvoit certain Opéra nouveau: *Sire*, lui répondit ce Courtiſan, *je penſe que votre Ma-
jeſté mérite les éloges qu'on lui donne;
mais je ne puis comprendre comment elle
peut ſouffrir qu'ils ſoient chantés par une
troupe de Faquins; & qu'on ne parle à
ſes Peuples de ſes vertus, que dans le
temple du vice & de la débauche.*

Peut-être auras-tu peine à le croire,
mon cher Monceca, & cependant rien
n'eſt plus certain: ces miſérables prologues, remplis de louanges ſi outrées &
ſi condamnables, ont été dans la ſuite
de juſtes ſujets de mortification pour
Louis XIV. & pour toute la nation
Françoiſe. Après la bataille de Hoch-
ſtet, un Prince Allemand ne put s'empêcher de dire malignement à un Priſon-
nier François: *Monſieur, fait-on mainte-
nant encore des prologues d'Opéra en
France?*

Puiſqu'on trouve chez Henri IV. &
chez Louis XIV. des endroits par leſquels ils peuvent être comparés à Tibere
& à Néron, dont la politique fut la
ſeule vertu, juge s'il eſt mal-aiſé d'appercevoir chez tous les autres Souverains, quelque réputation qu'ils ayent
acquiſe, certains défauts qui ont entré
dans

dans le caractere des mauvais Princes.
Il faut donc convenir que les feuls Philosophes font véritablement à l'épreuve
de la plus févere critique. Qu'on parcoure la vie de Socrate : fi l'on trouve
que ce grand homme a eu quelques défauts, ils feront fi légers qu'on ne fauroit en faire aucune comparaifon avec
ceux des perfonnes dont les victoires
ont étonné l'Univers. Plus j'examine
les caracteres de Socrate, de Platon,
d'Epicure, d'Epictete, &c. & plus je
les trouve entierement oppofés, même
dans les plus petites chofes, à celui de
Tibere & de Néron.

Quelle gloire, mon cher Monceca,
pour la Philofophie ! Elle arrache jufqu'aux moindres racines du crime : elle
lave & nettoye l'ame, & la rend digne
d'elle : elle fait ce que l'amour de la
gloire, la vanité, le defir des louanges
ne fauroient produire : elle forme enfin des Héros parfaits, aujlieu que l'ambition d'être eftimé des hommes n'é-
leve l'efprit que jufqu'à un certain point,
& ne détruit pas entierement les foi-
bleffes de l'humanité. La preuve de cette
vérité eft fenfible. pour en être convaincu il n'y a qu'à confiderer que l'a-
mour d'acquerir une grande réputation
a fait les Henris IV. les Louis XIV.
les Guillaumes III. les Sixtes V. &

Tome VI.   V

que l'étude de la fageffe a produit les Socrates, les Lockes & les Gaffendis.

Si les hommes connoiffoient, mon cher Monceca, l'utilité qu'ils retire-roient en faifant des réflexions fuivies fur leur conduite, on les verroit prefque tous attachés à la Philofophie : l'amour du bonheur & de la tranquillité fi na-turel à tous les humains, les détermi-neroit à prendre ce parti ; & dès qu'ils voudroient devenir fages, ils accompli-roient aifément leurs defirs : du moins n'auroient-ils aucune peine à diftinguer quels font les défauts qu'ils doivent évi-ter, & les vertus qu'ils doivent fuivre. *La nature a donné à tous les Peuples, quelque barbares qu'ils foient, la faculté & le moyen de diftinguer l'honnête & l'u-tile du honteux & du nuifible* (1). S'ils ne fe fervent point de cet avantage, & qu'ils paroiffent même n'en avoir aucu-ne idée, c'eft que les préjugés & les paffions offufquent leur efprit & l'em-pêchent d'agir librement. On trouve même des traces de ces notions de juf-

(1) At qui nos legem bonam à mala : nulla alia nifi Naturæ norma, dividere poffumus. Nec folum jus & injuria à Natura dijudicatur, fed omnino honefta ac turpia. Nam & communis in-telligentia nobis notas res efficit, eafque in ani-mis noftris inchoavit, ut honefta in virtute po-nantur, in vitiis turpia. *Cicero de Legibus*, Lib. I. fol. 331.

'tice dans les perſonnes les plus cruelles ,
& élevées dans les pays les plus barbares. On m'a rapporté pluſieurs traits ,
lorſque j'étois à Tunis , d'un Bei qui
regnoit il n'y a pas long-tems dans cette ville. Ce Prince paroiſſoit d'abord
n'avoir aucune vertu , & ignorer entierement les qualités eſſentielles à l'humanité. Cependant , on decouvroit au travers de ſes plus grandes folies , des traces d'amitié , de libéralité & même de
grandeur d'ame. Tu pourras en juger
toi-même , par quelques particularités
que je vais te rapporter.

Ce Bei s'appelloit Amurat , & par-
vint au trône par le meurtre de ſon
oncle. Il étoit exceſſivement cruel ;
mais ſes débauches ſurpaſſoient encore
ſes cruautés. Il imitoit la conduite de
certains Nazaréens , qui cherchent ſans
ceſſe dans leur eſprit quelques nouveaux
moyens , pour donner un goût de ſin-
gularité à leurs crapules. Une nuit après
avoir bû copieuſement , il alla dans une
des priſons ou *bagnes* des Eſclaves Nazaréens. Ces pauvres malheureux furent très-ſurpris de voir leur Souverain
venir leur rendre viſite , & ſur-tout à
une pareille heure. Comme ils connu-
rent qu'il étoit ivre , ils crurent qu'il
vouloit ſe divertir à couper quelques têtes ; mais ils en furent quittes pour la

peur. Loin qu'Amurat songeât à faire
mourir aucun Esclave, il voulut boire
& manger dans leur prison. Il leur ordonna de lui préparer un repas ; & comme il ne trouvoit pas leur vin assez bon,
il envoya deux de ses hôtes en chercher
chez le Consul de France, qui fournit
sa part au festin dont les Esclaves réga-
lerent leur Prince. Amurat resta à table jusqu'au jour. Alors le vin ayant
augmenté sa bonne humeur, il voulut
se divertir aux dépens de quelques Renegats de sa suite qui avoient fait la débauche avec lui. *Vous êtes des coquins,*
leur dit-il, qui avez renié votre Dieu:
& j'estime beaucoup plus que vous ces pau-
vres Esclaves, qui lui sont fideles, mal-
gré les tourmens qu'ils souffrent : mais il
faut que je vous raccommode avec votre
premier maître, & que vous m'ayez cette
obligation. Alors il prit une croix, &
les obligea tous de la baiser un genou en
terre. Son zéle ne s'arrêta pas à cette
simple réconciliation : car après avoir
fait l'Office de Pontife, il fit aussi celui
de Sacrificateur, & en envoya quelques-uns en l'autre monde, en leur
coupant la tête. Il fit ensuite le personnage d'Aumônier ou de Chapelain,
ayant ordonné à ces pauvres Esclaves
de se mettre à genoux devant un Autel
élevé dans un des coins de leur prison,

& d'y faire leurs prieres ordinaires. Ils obéirent à fes ordres : & un d'entr'eux ne paroiffant point à Amurat auffi devot qu'il le falloit, il lui donna un foufflet, en lui difant : *Maraut, lorfqu'on eft devant un Autel, c'eft pour y prier Dieu avec refpeêt.*

Voilà, mon cher Monceca, beaucoup de folies & d'extravagances ; & l'on ne s'attend pas, qu'après avoir montré fi peu de raifon, Amurat ait été capable de faire ce qu'il fit en fortant de cette prifon. *Il n'eft pas jufte, dit-il, que je me fois diverti aux dépens de ces pauvres Efclaves, qui ne font déja que trop malheureux, par les rigueurs dont la fortune les accable. Je leur donne cent piaftre pour le payement du vin qu'ils m'ont fait boire, & cent autres pour la réparation de la Chapelle devant laquelle je les ai fait prier Dieu.*

Ai-je tort, mon cher Monceca, & fuis-je mal fondé de foutenir, que chez les hommes les plus barbares, on apperçoit toujours quelques lueur de la connoiffance que tous les hommes ont naturellement des vertus morales dès qu'ils ont atteint l'âge de raifon ? Ces idées ne font point innées avec eux, comme le prétendent certains Philofophes ; mais elles fe préfentent comme d'elles-mêmes, & font fournies par les

moindres réflexions que l'esprit fait sûr
ce qui se passe dans lui-même.

Ce même Amurat, dont je viens de
te parler, me fournit encore un exemple pour appuyer mon sentiment. Ce
Prince Barbare avoit forcé un jeune Na-
politain, le pistolet à la gorge, de renon-
cer au Nazareïsme : il l'avoit fait ensuite son Casnadar, & l'avoit comblé
de biens. Tout cela ne fut point capable de gagner le cœur de cet Italien ,
qui n'avoit changé de Religion, que
par la crainte de la mort. Aussi se sauva-
t'il quelque tems après. Amurat fut au
désespoir en apprenant sa fuite : & ap-
préhendant que son favori, qui étoit
dépositaire & gardien de tous ses tré-
fors, ne les eut emportés, il courut vi-
fiter ses coffres, qu'il trouva tous en
bon état. La bonne-foi de l'Italien le
frappa , & la vertu de ce Nazaréen excita en lui des mouvemens qui lui étoient
inconnus. Il passa de la colere à la douleur ; & ne voulant pas se laisser vain-
cre en générosité & en grandeur d'ame,
il renvoya en Europe l'Esclave qui ser-
voit son favori fugitif, lui rendit la liberté, à condition qu'il meneroit à son
ancien maitre deux chevaux magnifiques, qu'il fit prendre dans son écurie,
& qu'il lui envoya, pour lui marquer
par ce présent son amitié & son estime.

A ces traits généreux & louables, il
en joignit bientôt plusieurs autres extravagans & ridicules, & il ne tarda pas à
revenir à son premier naturel. Il voulut
un jour faire donner la bastonade à tous
les marchands Nazaréens, & particulierement à un orfevre Italien, parce
qu'un de ses mignons avoit disparu. Il
prétendoit que les Francs le lui avoient
debauché, & l'avoient fait embarquer. Il
soupçonnoit même le marchand Italien
d'avoir des vûes plus criminelles ; & si
heureusement *Cidi Hamet* ne se fût point
retrouvé, le pauvre orfevre étoit condamné à cinq cens coups de bâton, sans
être coupable d'autre crime, que d'être
né en Italie. Ce Prince Barbare ne pouvoit se figurer qu'on pût être Italien, &
voir sans émotion son cher *Cidi Hamet.*
C'étoit par cette raison, qu'il vouloit faire
punir du même suplice que l'orfevre trois
Moines Napolitains, qui sous la protection de la France, s'étoient dévoués
au service des Captifs.

Porte-toi bien, mon cher Monceca,
vis content & heureux ; & puisses-tu
ne dépendre jamais du caprice d'un
homme cruel & bizarre.

De Tripoli, ce . . . .

LETTRE CLXXIV.

Aaron Monceca , à Isaac Onis , Caraïte , autrefois Rabbin de Constantinople.

LE Langage que parlent aujour-
d'hui les Anglois , mon cher Isaac,
est très-different de celui dont leurs an-
cétres se servoient. Il est arrivé presque
autant de changement dans la Langue
Angloise que dans la Françoise : & les
Auteurs , qu'on regardoit il y a quelques siécles comme les modeles du
beau Langage , sont aujourd'hui totalement méprisés pour ce qui concerne
la diction. Il est vrai que cette difference
entre les Ecrivains Anciens & les Modernes est plus sensible parmi les François que parmi les Anglois. Chez les
premiers , certains Auteurs qui ont vécu sous Louis XIII. sont aujourd'hui
regardés comme Gaulois , & leur Langage est entierement condamné. Il a fallu
que les *essais de Montagne* continssent
d'aussi excellentes choses que celles
qu'elles renferment , pour qu'on gou-
tât encore sa façon de s'exprimer. Malgré la beauté & la naïveté de son style,
les

les expreſſions uſées, & les termes anciens dont ſes écrits ſont remplis, au-
roiens rebutés les Lecteurs.

Je ne ſai, mon cher Iſaac, ſi ces prétendus agrémens, qu'on ajoute conti-
nuellement aux Langues vivantes, &
qu'on dit ſervir à leur perfection, ne
deviennent point nuiſibles aux belles-
Lettres. Il eſt certain que le changement de Langage fait tomber dans l'oubli un nombre d'Auteurs excellens,
qu'on ne lit plus, ou du moins qu'on
ne lit que très-rarement. Suppoſant qu'il
arrivât dans deux cens ans autant de révolution dans la Langue Françoiſe, qu'il
en eſt arrivé depuis Henri II. que deviendroient alors les Oeuvres de Corneille, de Racine, de Des-Préaux, de
Moliere, de la Fontaine, &c. Elles auroient le même ſort qu'ont eu celles de
Ronſard, & de divers autres. Quelques
Savans les liroient, & tâcheroient au
travers de l'obſcurité d'un Langage qui
leur ſeroit preſqu'inconnu de découvrir
la beauté des penſées de ces illuſtres
Ecrivains : mais quel préjudice l'Univers
entier ne recevroit-il pas de ne pouvoir
connoître toutes les beautés des Ouvrages les plus parfaits que l'eſprit humain ait produit ? Quel malheur pour
tous les François, qui vivroient alors,
de trouver le Langage de *Mithridate* &

Tome VI.   X

de *Phedre*, auſſi dur & auſſi peu harmo-
nieux que le paroît aujourd'hui celui de
Pirame & Thisbé (1) ? C'eſt-là une vérité, mon cher Iſaac, que tous les hommes de lettres, qui travaillent pour le
bien du public, devroient avoir ſans
ceſſe devant les yeux : & ils ne pourroient agir plus ſenſément, que de s'oppoſer de toutes leurs forces aux nouveautés qu'on veut introduire. Car il eſt
de l'intérêt de la République des lettres
qu'ils ſe tiennent attachés aux Ecrivains
du regne de Louis XIV. comme aux
véritables modeles du beau Langage
François.

Tu ſais, mon cher Iſaac, que quelques petits Auteurs, ou plutôt quelques miſérables barbouilleurs de papier,
ne pouvant eſperer de s'acquerir quelque réputation, tandis que le Public
aura entre les mains les excellens Ouvrages des Corneilles, des Racines,
des Molieres, des la Bruieres, des Pa-
trus, des Des-Préaux & de divers autres, tâchent d'introduire une nouvelle
maniere d'écrire, & ſubſtituent aux
beautés mâles de ces grands Ecrivains
de faux brillans, & un ſtyle guindé, digne de ces Précieuſes,

Que d'un coup de ſon Art Moliere a diffamées (2).

(1) Tragédie du Poëte Théophile.
(2) Des-Préaux, Satyre X.

Si les bons Ecrivains ne s'oppofent au mauvais goût, les François retomberont infenfiblement dans cette barbarie dont ils ont eu tant de peine a fe délivrer. Plufieurs commencent déja à fe laiffer féduire par des affeteries ridicules : & ce qu'il y a de plus étonnant , c'eft que des Auteurs , qui d'ailleurs méritent l'eftime des connoiffeurs , ont eu la foibleffe de donner quelquefois dans cette nouvelle & mauvaife maniere d'écrire. Pour fe mettre à la mode , ils ont deshonoré leurs Ouvrages , & flétri la jufte réputation qu'ils s'étoient ac- acquife. L'exemple qu'ils ont donné a été fi pernicieux , que les habiles gens en ont été allarmés , & ont fenti combien il pouvoit caufer de défordre dans la République des Lettres. Un illuftre Auteur s'eft plaint vivement de ces dangereufes innovations. *Un de nos meilleurs Ecrivains* (1) , dit-il (2) , *vient de fe brifer contre le même écueil, & de nuire confiderablement à un de fes Ouvrages, en le rempliffant de pareilles fingularités. Perfonne n'ignore les railleries qu'il s'eft attiré , pour avoir appellé un cadran un griffier folaire , un vendeur d'oifeaux , un*

(1) Houdart de la Motte , dans fes Fables.

(2) Maffieux , Préface des Œuvres de Tourreil, tom. I. pag. xl.

X 2

marchand de ramage, *fruit d'une grof-*
feur extraordinaire un Phénomene po-
tager, *un renard qui moralife* un Pitha-
gore à longue queue, *les dégoûts du*
mariage les béatilles de l'Hyménée, *&c,*
notre fiecle s'eft foulevé avec raifon contre
des expreffions fi étranges, & les a re-
gardées comme un refte de ce Jargon in-
fortuné, dont une commedie (1) *avoit cor-*
rigé la France; & il a cru, qu'on vou-
loit nous remettre au tems où les deux
Héroines de Moliere appelloient des fié-
ges les commodités de la converfation,
& un miroir le confeiller des graces.

Une fi fage & fi vive critique, mon
cher Ifaac, n'a pu arrêter le cours d'un
nouveau langage, où le bon goût &
la raifon n'ont aucune part. Quantité
de mauvais Auteurs ambitionnent à préfent de remplir leurs ouvrages de termes alambiqués, de phrafes quintef-
fenciées & guindées, fi je puis me fervir de ces expreffions. On diroit qu'ils
ont formé le deffein de bouleverfer entierement le langage. Ils ne fe contentent pas d'introduire mille nouveautés
puériles qui l'affoibliffent, mille affeteries qui le rendent ridicule, ils ofent encore décrier ceux qui veulent fuivre
l'ancien ufage. Selon eux, Corneille eft

(1) Les précieufes Ridicules.

dur , Racine trop fimple, Des-Préaux trop fec , Vaugelas peu correct , Partu & Bourdaloue trop uniformes. A force de repeter ces impertinens reproches, ils viennent à bout de perfuader un grand nombre de pauvres efprits qui fe laiffent miferablement féduire par leurs anti-thefes affectées , leurs phrafes coupées & recherchées , & leurs faillies alambiquées , auprès defquelles les Clinquans & les *Concetti* d'Italie pourroient paffer pour de véritables beautés. Les femmes & les petits-maitres , grands amateurs de toute nouveauté , adoptent aifément les expreffions peu naturelles & guindées : & malheureufement pour les belles-lettres , felon la moitié des perfonnes qui lifent , il en eft des ouvrages d'efprit comme des robes & des coëffures : les plus nouvelles font toujours préferées , & celles fur-tout qui ont un air de fingularité. Si Madame de Villedieu vivoit aujourd'hui , & qu'elle donnât fes *exilés de la Cour d'Augufte* , livre charmant, dicté par les Mufes , je ne fai s'il feroit bien reçu du Public. Peut-être le trouveroit-il trop fimple ; car depuis quelque tems on l'accoutume à ne plus fe plaire aux beautés naturelles : il lui faut des penfées fauffes , exprimées d'une maniere prefque intelligible.

X 3

Si ce goût bizarre continue à jetter
de profondes racines , quel pitoyable
langage les François ne tranfmettront-
ils point à leurs neveux ; & quels Auteurs ne leur donneront-ils point pour
des modeles de perfection ? Au lieu de
Racine , ils n'auront qu'un Mouhy ; &
à la place de Corneille , ils ne liront
qu'un Marivaux. Si cela eft , que je
plains leur fort & que je déplore celui
des belles-lettres ! Je t'ai déja fait un
leger portrait de ce Marivaux , mon
cher Ifaac (1). C'eft un des Chefs des
Novateurs. Il ne manque pas d'efprit ,
& paroit même penfer : mais fes bonnes qualités font abfolument éteintes
par la maniere dont il s'exprime. Il ne
fauroit fe réfoudre à dire fimplement
les chofes les plus fimples. En effet , f
dans un de fes ouvrages , une perfonne
fouhaite le bonjour à une autre , elle
employera quelque phrafe recherchée ,
& affectera de mettre de l'efprit & du
plus fin dans ce compliment ordinaire
Pour peindre une fauffe dévote , ce
Auteur employe trois ou quatre pages
& après qu'on les a lues , on eft tou
étonné de n'avoir rien appris , fi ce
n'eft qu'elle cherchoit à cacher par f
maniere de s'habiller le nombre de fé

(1) Ci-deffus Lettre XIII. *Tom. I.*

années. Parmi la grande quantité de phrases où cette pensée est tournée & retournée de cent façons différentes, en voici quelques-unes, par lesquelles tu pourras juger de tout son style. *Cette femme se mettoit toujours d'une manière modeste, d'une manière pourtant qui n'ôtoit rien à ce qui lui restoit d'agrémens naturels. Une femme auroit pû se mettre comme cela pour plaire sans être accusée de songer à plaire. Je dis une femme intérieurement coquette ; car il falloit l'être pour tirer parti de cette parure-là. Il y avoit de petits ressorts cachés à y faire jouer pour la rendre aussi gracieuse que décente, & peut-être plus piquante que l'ajustement le plus déclaré. C'étoient des belles mains & des beaux bras sous du linge uni : on les en remarquoit mieux là-dessous ; cela les rend plus sensibles, &c.* (1). Ce style affecté, mon cher Isaac, & ces phrases recherchées ne sont point de véritables beautés. L'esprit s'explique d'une façon plus aisée & plus naturelle lorsqu'il est conduit par le bon-goût. Ce n'est pourtant pas-là ce qu'il y a de plus guindé dans ce portrait ; & voici un endroit qui l'est encore beaucoup plus. » Venons à la phy— » sionomie. Au premier coup d'œil,

(1) Marivaux, *Paysan parvenu.*

X 4

» on eut dit de la perſonne qui la por-
» toit , *voilà une perſonne bien grave &*
» *bien poſée :* au ſecond coup d'œil ,
» *voilà une perſonne qui a acquis cet*
» *air de ſageſſe & de probité ; elle*
» *ne l'avoit pas :* au troiſiéme coup
» d'œil on la ſoupçonnoit d'avoir beau-
» coup d'eſprit , & l'on ne ſe trompoit
» pas. « Eſt-il rien , mon cher Iſaac ,
de ſi comique , que ces *premiers, ſe-*
conds & troiſiemes coups d'œil , qui de-
vinent chacun quelque choſe ; & que
ces *voilà* auſſi induſtrieuſement qu'inutilement répetés ? Ne diroit-on pas qu'un
pareil ſtyle eſt formé d'après celui d'un
Poëte ſi bien tourné en ridicule dans le
Miſantrope de Moliere ? Et n'eſt-ce pas
là l'équivalent de ces vers ſi connus des
femmes ſavantes de cet Auteur ?

> Lorſque tu vois ce beau carroſſe
> Où tant d'or ſe releve en boſſe ,
> . . . .
> . . . .
> Ne dis point qu'il eſt d'*Amarante:*
> Dis plutôt qu'il eſt *de ma Rente.*

Quelque condamnable que ſoit le paſſage que je viens de critiquer , il a cependant , mon cher Iſaac , trouvé de
zélés Approbateurs. Certains Journa-
liſtes l'ont choiſi par préference pour le
citer comme un morceau des plus par-

faits. *Il faut*, difent-ils, *une grande connoiffance du monde, pour avoir approfondi un earaftere auffi impénétrable ; & beaucoup d'art pour l'avoir développé & peint fi agréablement* (1). Que penfes-tu, mon cher Ifaac, du goût & de la connoiffance de pareils critiques, qui, voulant faire l'éloge d'un livre, vont s'attacher à l'endroit le plus foible ; & qui, s'érigeant en Juges fouverains des ouvrages d'efprit, approuvent ridiculement les chofes les plus oppofées au bon-fens & les plus capables de le corrompre ? Si l'on puniffoit dans la République des Lettres les perfonnes qui rendent des décifions injuftes, quelle peine ne mériteroient point ces Journaliftes (2) ? Elle feroit d'autant plus rigoureufe qu'ils font fort fujets à faire des jugemens auffi faux & auffi rifibles que celui-là Ils louent volontiers tout ce qui vife au galimathias. En voici un fecond exemple. Dans l'extrait qu'ils ont donné des *entretiens Phyfiques* du Jéfuite Regnault, ils ont élevé juf-

---

(1) Journal Littéraire, *Tome XXII. pag.* 463.
(2) Ce *Journal Littéraire*, dont on imprime encore de tems en tems quelques parties, fut fait dans fon inftitution par plufieurs perfonnes en qui la fcience égaloit la probité. Mais en Juin 1712 le droit de Copie de cet Ouvrage ayant été cédé à un nouveau Libraire, les perfonnes qui y avoient

qu'au nues ce livre, des abfurdités duquel je t'inftruirai quelque jour (1). Ils ne fe font pas contentés de dire que cet Auteur étoit un *génie de la premiere claffe, qui poffedoit à fond la Phyfique ancienne & moderne* : Ils ont même vanté fon ftyle, auprès duquel celui de Marivaux eft fimple & naturel. Ils ont plus fait : pour que leur éloge fût mieux afforti à l'ouvrage dont ils parloient, ils fe font fervis de termes recherchés, & d'expreffions à la nouvelle mode. *Il n'eft rien de plus mignon*, difent-ils, *& de plus ajufté que la premiere lettre* (2). Ces mots de *mignon* & d'*ajufté* ne con-

travaillé jufqu'alors, ne voulurent plus le continuer pour lui ; & ce Libraire employa à leur place deux ou trois miférables barbouilleurs de papier. Les deux Môines défroqués, qui ont publié l'odieufe *Continuation* de l'excellente *Hiftoire de Rapin Thoyras*, étoient les principaux Ecrivains de ce miférable *Journal*. Actuellement l'Ex-Jéfuite eft le feul qui en faffe les principaux Extraits. Il a confervé l'efprit & le caractere de fes anciens Confreres ; auffi peut-on dire que l'impudence, le menfonge & la mauvaife foi ne font pas moins le partage de ce *Journal Littéraire* que de celui de Trévoux. Le Public a été indigne contre un Ouvrage auffi méprifable. Il eft tombé entierement, & le Libraire paffe des années entieres fans en imprimer aucune partie.

(1) *Voyez* la VIII. Lettre, ou Partie des Mémoires Secrets de la République des Lettres.

(2) Journal Littéraire, *Tome XXIII. pag.* 222.

viennent-ils pas bien à un livre , & furtout à un livre de Philofophie ? On avoit crû jufqu'ici , qu'on difoit *une perruque bien ajuftée* & *un petit chien mignon* ; mais on fe trompoit lourdement : on doit dire *une perruque remplie d'excellentes chofes* , *un chien écrit d'un ftyle leger*, & *un volume mignon & bien ajufté*.

Mais voici le paffage du Jéfuite Regnault , qui a fait dire de fi jolies chofes à ces Journaliftes. Tu ne feras pas fâché de le voir. *Si quelque nuage* , dit-il , *dérobe la nuit à nos yeux , un Ciel d'Azur & femé d'Etoiles , c'eft pour varier nos plaifirs. Alors l'Atmofphere étale fes Phénomenes. Quelquefois vous croiriez que l'Aurore s'empreffe à paroître dès le foir. Quelquefois c'eft un tonnerre qui gronde. Mais comme le tonnerre n'eft à craindre qu'un inftant , & que les Phyficiens favent difcerner cet inftant redoutable , ce bruit qui répand la terreur par-tout , leur caufe peu d'allarme. Que dis-je ? les bizarreries même de la foudre ont dequoi réjouir l'efprit qui les obferve.* Voilà le paffage du Jéfuite , & voici la fage réfléxion des Journaliftes. *Rohaul , Pafcal , Kirker , Des-Cartes , Diogene , Laerce & Ariftote , s'exprimerent-ils jamais avec tant d'agrément ?* Non. Jamais Des-Cartes, mon cher Ifaac , ne donna dans un pareil galimathias. Il avoit trop

de bon-fens pour remplir des pages entieres d'une quantité de mots qui ne
fignifient rien , ou du moins qui font
abfolument inutiles. Ces *lieux d'Azur*
& femés d'Etoiles , images ufées & rebattues depuis mille ans ; & ces excla-
mations déplacées , *que dis-je !* lui auroient paru des affeteries & des puérilités indignes d'un bon Ecrivain ; &
fur-tout d'un Philofophe. Ne faut-il
pas avoir perdu le jugement , & même
toute honte , pour ofer comparer un
ftyle auffi vicieux que celui-là à celui de
Pafcal ? Et que ne doit-on pas attendre
de gens dont le goût eft auffi bizarre &
corrompu ?

Un judicieux Auteur de ces derniers
tems n'a-t'il pas eu raifon de dire : *à*
quel excès ne fe porte-on pas de nos jours ?
Non feulement on veut arracher de nos
mains les grands modeles que l'antiquité
nous a laiffé , mais on tâche encore de
nous détourner des routes fûres que d'ex-
cellens modeles nous ont tracées depuis
cinquante ans. On commence à trouver que
leurs ouvrages font trop négligés : on aban-
donne les beautés naturelles qui faifoient
tout l'objet de leurs foins ; & l'on ne
court qu'après des ornemens recherchés.
On s'éloigne de leur ftyle périodique &
nombreux pour fe jetter dans un ftyle
coupé & dépourvu d'harmonie. Aux irré-

gularités heureufes qu'ils laiffoient à deffein dans leurs écrits , & qui en effet
contribuoient beaucoup à donner de l'éner-
gie & de la vivacité au difcours ; on
fubftitue une trifte exactitude , qui ne
fait qu'énerver la diction , & que la rendre moins rapide. . . . . On ne veut plus
rien dire qu'avec efprit. Autant de mois,
autant de traits. Une ode n'eft aujour-
d'hui qu'une fuite d'épigrammes rangées
méthodiquement bout à bout. Une préface n'eft qu'un amas de réfléxions alambiquées (1).

Voilà , mon cher Ifaac , un paffage
que tous les Ecrivains François devroient avoir fans ceffe fous les yeux.
Il feroit à fouhaiter qu'ils l'appriffent
par cœur , & plus encore , qu'ils en ob-
fervaffent les leçons. On verroit bien-
tôt tomber ce ftyle guindé & ridicule ,
que certains Auteurs ont tâché depuis
quelques années de mettre à la mode.
Les Anglois me paroiffent fort éloignés
de donner jamais dans un pareil défaut,
& ils fe garderoient bien de comparer
le ftyle mâle & majeftueux de Locke à
celui de quelqu'Ecrivain femblable au
Jéfuite Regnault. S'il y avoit chez eux
quelque Journalifte affez ignorant ou

(1) Maffieu , Préface des Œuvres de Tourreil,
Tome I. pag. xl.

affez bizarre , pour donner dans ce ridicule , & l'Auteur loué , & le Pané-
gyrifte feroient également fifflés.

Porte-toi bien , mon cher Ifaac : **vis
content & heureux** , & n'applaudis jamais à des fottifes.

De Londres , ce . . . .

LETTRE CLXXV.

*Aaron Monceca , à Ifaac Onis , Caraïte ,
autrefois Rabbin de Confiantinople.*

JE reflechis quelquefois , mon cher
Ifaac , fur l'injuftice des hommes qui
n'accordent qu'avec peine aux perfonnes illuftres qui vivent encore des louanges qu'ils prodiguent à ceux qui font
morts depuis quelques fiecles. L'envie
eft une maladie ou plutôt une pefte ,
qui fe communique dans tous les cœurs,
& qui paffe aifément du Peuple chez
les Grands & des Grands chez le Peuples. Quoiqu'il femble ne devoir fe
trouver aucune jaloufie entre des gens
éloignés les uns des autres par la naiffance , par l'état , par la condition , par les
emplois , par le caractere , & même par

la différence des Nations ; cependant l'amour propre , gravé dans tous les cœurs, suscite aux hommes illustres des envieux dans tous les états & chez tous les Peuples. On souffre à regret qu'un homme encore vivant veuille exiger par ses vertus, par ses talens & par son mérite , une espece de vénération , qui en l'élevant, abaisse ceux qui sont forcés de l'honorer. La gloire d'un Héros vivant blesse les yeux de ceux qui en sont les témoins. Ce Héros est-il mort , on ne refuse plus de lui rendre justice : le jour de son trépas est celui où l'on commence à le louer volontiers. Peutêtre même l'envie a-t'elle encore beaucoup de part aux louanges qu'on lui donne , & qu'on ne vante souvent ses actions & ses grandes qualités que pour avoir le plaisir malin de rabaisser celles de quelqu'autre Héros qui jouit encore de la vie.

Combien de gens n'y a-t'il pas eu qui n'ont fait l'éloge de Louis XII. & de Henri IV. Rois de France , que pour l'opposer à celui de Louis XIV ? Le Chevalier de Maisin m'a assuré , lorsque j'étois en France, qu'il avoit connu un vieux Officier , qui dans toutes les occasions affectoit de louer le Vicomte de Turenne , d'une maniere outrée , devant le Maréchal de Villars : & qui s'ar-

rétoit principalement fur la liberalité &
le défintereflement de ce Vicomte. Ces
louanges étoient plutôt dictées par l'envie & par la jaloufie que par le defir de
rendre juftice au mérite de ce grand Général. Cependant le Maréchal de Villars, quoique moins généreux que quelques autres Généraux, a pourtant égalé
la gloire des plus grands & des plus heureux. Il eft vrai que fes vertus ont été
quelquefois obfcurcies par fon amour
pour les richeffes ; & que, quoiqu'il connût bien lui-même combien cette paffion
étoit condamnable, il s'y laiffoit facilement entrainer par fon penchant, qu'il regardoit comme indomptable. Il étoit même quelquefois le premier à badiner de ce
défaut : voici un trait affez fingulier à cet
égard. Lorfqu'il fut fe faire recevoir
Gouverneur en Provence, les Députés
de la Province lui préfenterent, felon la
coutume, vingt mille francs dans une
bourfe : comme il les accepta de très-
grand cœur, un vieux Gentil-homme
lui dit avec beaucoup de franchife,
*Monfeigneur, M. de Vendôme, votre
prédéceffeur, fe contenta de recevoir la
bourfe.* Le Maréchal lui répondit avec
beaucoup de fang-froid : *Ce M. de
Vendôme étoit un homme inimitable.*

Je reviens, mon cher Ifaac, à l'injuf
tice de ceux qui ne veulent point rendre
juftic

juſtice aux habiles gens vivans de leur
tems, & qui ne s'attachent qu'à ce qui
peut leur fournir le moyen de foulager
leur jaloufie, ou de contenter leur humeur médifante & envieufe. Si les hommes illuſtres, morts depuis plufieurs
années, & qu'ils préferent & mettent fi
fort au-deffus des vivans, voyoient encore le jour, ils les abaifferoient autant
qu'ils les élevent. Lorfqu'on veut examiner les chofes fans paffion, on apperçoit aifément que dans prefque tous les
fiecles, il y a toujours quelque Héros
qui peuvent aller de pair avec tous ceux
dont les Auteurs anciens nous ont tranfmis les actions. Je trouve dans ces derniers tems un nombre de grands-hommes, qu'on peut juſtement oppofer à
ceux qu'a produit Rome dans fa plus
grande gloire.

Scipion l'Africain n'eſt point au-deffus
de Henri IV. Il fallut bien autant de
force, de génie, de grandeur d'ame,
& d'intrépidité de courage, pour venir à bout de ce que fit le dernier,
que pour exécuter ce qu'acheva le premier. Scipion appuyé de bonnes troupes, chaffa Annibal d'Italie, raffura les
Romains épouvantés par la perte de la
bataille de Cannes, porta chez les Car-
thaginois les fureurs d'une guerre cruelle dont ils avoient peu auparavant em-

brafé l'Italie, domptant enfin Numance
& Carthage, délivra Rome de cette or-
gueilleufe & dangereufe rivale.

Henri IV. à la tête de quelques fol-
dats à demi-nuds, fans argent, fans autre fecours que fon courage & fon bon
droit, entreprend de recouvrer la couronne. Il fait la conquête de fon Royaume ufurpé par les Ligueurs, par les Efpagnols, par les Moines & par la Cour
de Rome. Il vient à bout de fes deffeins:
& après s'être établi fur le Trône de fes
peres, il fait trembler ces mêmes Efpagnols, qui quelques années auparavant, joignant le mépris à la préfomption, ne l'appelloient que le *Bearnois*. Les
affaires de Henri IV. étoient bien plus
délabrées, après la mort de fon prédé-
cefleur, que celles des Romains après
la bataille de Cannes. Ils avoient au
moins de l'argent, & des moyens de
rétablir leur armée. Loin que le Héros François eut alors les mêmes fecours,
dans un tems où il étoit déja le maître
des trois quarts de fon Royaume, il
écrivoit à un de fes Géneraux que fes
finances étoient dans un fi pitoyable état,
que *depuis huit jours il étoit obligé d'aller manger chez les Officiers de fon armée:
fa marmite étant renverfée, & fes Pour-
voyeurs n'ayant plus un fol.* Sa Garde-
robe n'étoit pas en meilleur état que fa

Cuifine ; car dans la même Lettre , il fe
plaint que *fes chemifes commencent à fe*
trouer par le coude , & qu'il n'a pas un
feul harnois de cheval complet , quoiqu'il
foit à la veille d'en venir aux mains avec
les ennemis. Il faut donc avouer que la
fituation de Scipion & celle de Henri
IV. étoient bien differentes ; & que
cependant l'un a exécuté d'auffi grandes chofes que l'autre.

On peut comparer Guillaume III. à
Jules-Céfar , avec autant de juftice &
d'équité que Henri IV. à Scipion.
Ce n'eft pas à l'étendue des conquétes
qu'il faut mefurer les Héros. C'eft à la
grandeur d'ame , à l'intrépidité qu'il a
fallu pour faire ces conquétes. Céfar
foumit les Gaules après dix ans de guerre. Eft-ce une chofe bien extraordinaire, qu'un Général qui commande d'excellentes troupes, qui a les moyens de
les recruter aifément , qui reçoit en
abondance tous les fecours dont il a befoin , vienne à bout de conquerir fix
ou fept Provinces ? Si les François entroient en Italie & que tout le refte de
l'Europe reftât tranquille , s'étonneroit-
on beaucoup qu'ils fiffent la conquête
du Piémont , du Milanès , du Bolonois
& du Royaume de Naples , après dix
ans de guerre ? On feroit furpris au contraire , qu'ils euffent employé tant de

tems. Voilà à-peu-près comme on doit regarder la guerre de César dans les Gaules. Je conviens que les Peuples contre lesquels il combattoit, étoient beaucoup plus valeureux que des Milanois & des Napolitains. Mais aussi la puissance de la République Romaine n'étoit-elle pas infiniment plus considérable que ne l'est aujourd'hui celle des François ? Un Consul Romain voyoit autant de Rois dans son anti-chambre, qu'un Ministre d'Etat François voit de Ducs & Pairs dans la sienne.

César fut sans doute plus grand dans les guerres civiles que dans celle des Gaules. Lorsqu'il eut Pompée pour adversaire, & la plus grande partie de la République contre lui, il eut besoin de toute sa prudence & de toute sa valeur pour dompter ses ennemis. Je conviens qu'alors l'avantage fut égal des deux côtés, & qu'il ne dut ses victoires qu'à lui-même. Mais quelque célébre que soit la bataille de Pharsale, il est moins difficile de se rendre maître de l'Univers, quand on est secouru & appuyé par la moitié de cet Univers, que de s'emparer d'un Royaume aux yeux de l'Europe entiere ; & cela sans autres secours que ceux d'une République, dont l'Etat entier n'est pas aussi grand qu'une seule des Provinces d'un Monarque puiſſant & victorieux , intéreſſé à s'oppoſer à cette conquête. Qu'on examine les choſes ſans partialité.

Qu'on regarde Guillaume III. abordant en Angleterre , & s'y faiſant reconnoître Souverain de trois Royaumes ; qu'on l'accompagne enſuite en Irlande , domptant la foudre à la main les révoltés ; qu'on le conſidere , conſervant malgré ſes ennemis , les Etats dont il s'étoit rendu maître , & mourant enfin ſur le trône où ſa valeur l'avoit conduit , aimé de ſes bons ſujets , redouté de ſes ennemis , & admiré de la plûpart des Souverains : l'on avouera, que ce Prince ne fut point inférieur au vainqueur des Gaules & de Pompée.

Ce n'eſt pas ſeulement , mon cher Iſaac , chez les Généraux & chez les Princes , qu'on trouve cette égalité que je crois être parmi les grands-Hommes Anciens & Modernes. On découvre dans tous les ſiécles des Héros de toutes les eſpeces : & les Romains n'ont eu aucun illuſtre perſonnage , dans quelque état qu'il ait vécu , auquel on ne puiſſe en comparer quelqu'un mort dans ces derniers ſiécles. Les Hiſtoriens Latins parlent de la clémence , de la probité , de la bonne-foi de quelque Généraux qui aux vertus guerrieres joignoient celles qui font l'eſſence du ſage & du véritable Philofophe. Bayard, illuftre Chevalier François, qui vécu fous Louis XII. & fous François I. égala la probité des Cantons, la valeur des Coriolans, l'intrépidité des Coclès, la grandeur d'ame des Scevolas, & la retenue des Scipions.

Je ne te parle point ici, mon cher Ifaac, d'aucun des faits guerriers de ce Héros. Tu les auras fans doute lus dans les hiftoires des Rois qu'il a fuivis. Je me contenterai donc de rapporter un feul trait, qui regarde fes vertus morales. En revenant de l'armée d'Italie, il s'arrêta quelque-tems à Grenoble chez un de fes parens; & voulant fe délaffer des fatigues de la guerre, il ordonna à fon Valet-de-chambre de lui chercher quelque fille complaifante, avec laquelle il pût paffer une nuit. Ce Domeftique, pour s'acquitter des ordres de fon maître, s'addreffa à une femme de condition, mais pauvre, qui, forcée par la mifere, confentit de livrer fa fille, âgée de feize ou dix-fept ans, moyennant une certaine fomme qu'on lui donneroit. Ce ne fut qu'avec une peine infinie, que cette mere vint à bout de réfoudre fa fille à confentir au marché qu'elle avoit conclu. Enfin foit par crainte; foit par néceffité, cette jeune victime fe rendit à l'entrée de la nuit dans le logis du Chevalier Bayard , qui fut bien surpris de voir une jeune personne , belle comme l'amour , se jetter à ses pieds , & les arroser de ses larmes. *Quel chagrin avez-vous , Mademoiselle? lui dit-il ; Je comptois de vous trouver plus disposée à rire qu'à pleurer. Helas! Monsieur ,* répondit la jeune fille , *je n'ignore point pourquoi ma mere m'envoye ici. La misere la force à faire une action indigne d'elle ; & je suis obligée de lui obéir. Mais le Ciel m'est témoin que je souhaite la mort ; & que je m'estimerois heureuse , si depuis long-tems elle avoit fini mes jours.*

Bayard , touché des pleurs de cette jeune personne , l'assura , qu'elle n'avoit rien à craindre , & qu'elle auroit lieu de se louer de sa façon d'agir. *A Dieu ne plaise ,* lui dit-il , *que j'ôte l'honneur à une personne à qui il est aussi cher. Je veux même travailler à le mettre pour toujours à l'abri des attaques de la misere.* Alors il envoya chercher la mere de cette fille, & la lui présentant , *Voilà* lui dit-il , *quatre cent écus pour marier votre fille , & cent que je vous donne encore pour lui acheter des habits. Le Ciel m'est témoin que je voudrois faire davantage pour elle si je le pouvois. Songez donc à la marier au plutôt ; & tâchez , par son établissement de réparer le tort que vous vouliez lui faire aujourd'hui.*

Qu'on parcoure, mon cher Isaac, les actions les plus belles & les plus généreuses qu'on loue si fort chez les Anciens : je doute fort qu'on en trouve beaucoup de plus belles. Combien y a-t'il de faits dignes de l'estime de la postérité, qui sont arrivés dans notre siecle, & qui resteront inconnus, parce qu'ils n'auront point été insérés dans quelques livres ? Si nos neveux admirent plus les autres siecles que le nôtre, ce ne sera pas la faute d'un nombre de gens sages & vertueux, qui vivent aujourd'hui, mais celle des Historiens & de tous les differens Auteurs en général, qui aiment mieux farcir leurs ouvrages de cent rhapsodies inutiles, que de quelques histoires instructives.

Je finirai ma lettre, mon cher Isaac, par une pareille aventure, arrivée de nos jours à un illustre Cardinal Allemand, mort depuis peu d'années. Il demeuroit ordinairement à Rome, & les pauvres le regardoient comme leur pere ; la plus grande partie de ses revenus étant employée pour leur soulagement. Une vieille femme éprouva particulierement jusqu'où alloit la générosité de ce respectable Pontife. Elle étoit persécutée par un Bourgeois Romain, auquel elle devoit quinze écus qu'elle ne pouvoit payer. Ce créancier

la

la menaçoit souvent de la faire mettre
en prison : elle demandoit toujours
quelque nouveau délai ; & lorsque le tems
étoit échu, elle se trouvoit encore dans
l'impuissance de s'acquitter. Un jour
qu'elle alloit chez ce Bourgeois tâcher
d'obtenir encore une semaine, sa fille
jeune & belle l'accompagnoit. Aussi-tôt
le vicieux Italien jetta les jeux sur ce
tendron, se sentit ému & proposa à la
mere de la tenir quitte de la dette si
elle vouloit qu'il couchât avec sa fille.
La pauvre indigente consentit à conclure
ce marché, au cas qu'au bout de huit
jours elle n'apportât point l'argent. Pendant ce tems, elle pleura & gemit ;
mais cela ne fit point venir les quinze
écus. Enfin il ne restoit plus qu'un jour,
& il falloit, ou aller en prison, ou livrer
sa fille. Dans cette extrêmité, elle se résolut d'avoir recours au Cardinal, de
la générosité duquel elle entendoit tant
de pauvres se louer. Elle alla se jetter
à ses pieds, & lui avoua la triste situation dans laquelle elle se trouvoit. Le
Cardinal lui donna un ordre par écrit,
pour prendre soixante écus chez son
Trésorier. La bonne femme ignoroit ce
qu'il y avoit dans le billet qu'elle portoit. Elle ne savoit point lire, & fut
fort surprise, lorsqu'on lui compta
soixante écus. Elle ne voulut jamais les

accepter ; difant qu'il falloit que fon Eminence fe fut trompée, & qu'elle n'avoit demandé que quinze écus. Le Tréforier qui payoit tous les jours un nombre de pareils billets donnés à des pauvres, ne voulut point recevoir le billet que la femme ne prît la fomme entiere : mais il fut impoffible de l'y obliger. Elle retourna chez le Cardinal, & lui rendant fon ordre, *Monfeigneur*, lui dit-elle, *votre Eminence s'eft trompée: elle a écrit foixante écus, au lieu de quinze. Votre Tréforier ne veut recevoir le billet qu'à condition que je prendrai cet argent. Il n'a jamais voulu me donner fimplement ce que je vous avois demandé.* Le Cardinal admirant la probité de cette pauvre femme, la récompenfa liberalement. *Vous avez raifon*, lui dit-il, *je me fuis trompé, au lieu de foixante, je voulois mettre cinq cens. Allez ma bonne femme, ne vous donnez plus la peine de revenir, & employez cet argent à marier votre fille.*

Je ne fai, mon cher Ifaac, laquelle des deux actions eft la plus belle, ou celle ou Cardinal, ou celle de la femme. Si cette aventure étoit arrivée chez les anciens Romains, Tite-Live, Florus, Tacite, Suetone, Valere-Maxime l'auroient inférée dans leurs Ouvrages, & peut-être qu'aucun Hiftorien moderne n'en dira jamais mot.

Porte-toi bien, mon cher Isaac ; vis
content & heureux : & rend toujours
justice aux actions généreuses que tu
découvriras.

De Londres, ce...

LETTRE CLXXVI.

Aaron Monceca, à Jacob Brito.

LEs catastrophes étonnantes, mon
cher Brito , qu'on voit si souvent
arriver en Afrique , & les fins tragiques
des Princes Algériens dont tu m'as parlé
dans tes derniers lettres , m'ont fait réfléchir au sort funeste de plusieurs Souverains Européens , qui sembloient par
toutes sortes des raisons , devoir être à
l'abri de ces cruels revers de la fortune.
Leurs malheurs ont été d'autant plus
grands , qu'il étoit impossible qu'ils eussent jamais songé à se préparer dans
leur constance un secours contre le
destin fatal qui les accabloit tout - à -
coup , & en cela , ils étoient beaucoup
plus malheureux que les Princes Africains.

Lorsqu'un Roi d'Alger est couronné,

Z 2

ordinairement la mort de son prédéceffeur lui apprend par avance quelle fera
la fienne ; ou du moins, lui fournit-elle
une vafte matiere à réfléchir fur l'infta-
bilité des grandeurs humaines. Mais un
Monarque François, un Souverain Allemand , ne voyent en montant fur le
trône , que la gloire qui l'environne : ils
penfent même que la foudre ne fauroit
les en faire defcendre. Cependant, malgré la préfomption de ces Rois enivrés
d'orgueil & de vanité , combien ne s'en
trouve-t'il pas parmi eux, qui du faîte
du bonheur & de la gloire, font enfin
tombés dans un abime d'infortunes ?
Quelques-uns d'entr'eux ont été traités
avec autant d'ignominie que les plus
grands fcélérats ; & le fouvenir des
maux qu'ils ont foufferts épouvante encore aujourd'hui ceux qui parcourent
les hiftoires funeftes de la chute & de la
fin tragique de quantité de Souverains.

Sans rappeller les malheurs de tant
de Princes & de grands-hommes , que
l'hiftoire ancienne a confervé jufqu'à
nous ; en laiffant-là les Marius , les Ca-
tons , les Regulus , & une infinité d'autres ; fi l'on s'arrête feulement à la déplorable fin de Pompée , quel vafte
champ de réflexion n'y trouve-t'on point
fur l'incertitude du fort des plus grands
hommes, quelque pouvoir & quelque

autorité qu'ils ayent ? Pour apprendre
à ne se point enorgueillir de son état,
un Souverain n'a qu'à considerer Pompée quelque tems avant la bataille de
Pharsale. Il le voit le Maître des Maîtres du monde, plus absolu dans le Sénat, qu'un Roi ne l'est au milieu de son
Conseil privé, commandant une armée
nombreuse, & ayant sous ses ordres
une foule de Rois. La gloire d'un homme ne sauroit être plus brillante. Mais,
de quel funeste revers n'est-elle pas suivie ; & quelle n'est pas la triste situation de cet illustre Romain, en fuyant
des champs de Pharsale ? Il est proscrit,
il est abandonné de tous ses Alliés, il ne
peut trouver un asyle dans les lieux même où peu de jours auparavant il com-
mandoit, & il est enfin massacré par de
lâches Esclaves, par d'infâmes Egyptiens, qui n'eussent pas osé insulter le
dernier des Soldats Romains. Dans le
tems qu'on lui donne la mort, les amis
qui lui restent au lieu de songer à le se-
courir, ne sont occupés que de leur
crainte, ne pensent pas même à le plaindre, & ne songent qu'à se sauver (1).

(1) *Constabat eos qui occidentem vulneribus Cn.*
Pompeium vidissent, cum in illo ipso accerbissimo
miserrimoque spectaculo sibi timerent, quod se classe
hostium circumfusos viderent, nihil tum aliud egisse
nisi ut remiges hortarentur, & ut salutem adipisce-

Z 3

Quelle funeste fin, mon cher Brito! Quel terrible exemple des caprices de la fortune! Quel est le mortel qui eut pu croire, lorsque Pompée montoit au Capitole en triomphe, qu'un jour ce Héros, l'admiration de l'Univers, seroit condamné à la mort par quelques misérables Egyptiens? Un homme, qui auroit prédit une pareille chose, n'eut-il pas passé pour un insensé?

Ce n'est pas seulement chez les Anciens, mon cher Brito, qu'on trouve de pareilles catastrophes. Ces derniers tems n'en fournissent que trop : les histoires modernes en sont remplies ; elles ont même quelque chose de plus affreux. Dans la mort de Pompée, il n'y a rien d'infâmant : on peut la regarder comme une suite des malheurs de la guerre. Mais depuis quelques siécles, il n'est aucun Royaume en Europe, même les plus policés, qui ne fournissent quelque funeste tragédie, accompagnée même de circonstances qui étonnent ceux qui sont les plus accoutumés à méditer sur l'inconstance de la fortune.

Avant de venir aux Nations les plus civilisées, arrétons-nous, mon cher

---

rentur fuga, postcaquam Tyram venissent, tum afflictari lamentarique capisse. Cicero, Orat. ad Brutum. Cap. VII.

Brito, pour quelque-tems à Conftantinople. Regardons-y le malheureux Ofman, promené dans toute les rues attaché fur un âne, & effuyant les injures les plus atroces d'une populace ef-
frenée, & d'une milice infolente. Ces
mêmes Janiffaires, qui crachoient au
vifage d'Ofman, ne lui parloient deux
jours auparavant que profternés à fes
pieds, & n'ofoient lever les yeux vers
lui. Qui eut pu fe figurer qu'un Empereur, né du fang Ottoman, fi refpectable aux Turcs, fi cher à leurs Soldats,
foufriroit des affronts auxquels un Nazaréen, condamné à la mort pour des
crimes énormes, ne fut jamais expofé ?
Je fuis certain, mon cher Brito, que
ceux qui outragerent fi indignement le
Sultan Ofman, loin de penfer un mois
avant leur révolte que cela put jamais
arriver, auroient tué quiconque leur
auroit propofé de fe porter à ces excès.
Que les Janiffaires détrônent un Empereur, qu'ils facrifient fa vie à fon Suc-
cefleur, la chofe eft ordinaire & ne doit
pas furprendre. Mais que ces mêmes
Janiffaires infultent le fang & le nom
Ottoman ; qu'ils ne rendent pas toutes
fortes d'honneurs au corps du Prince
qu'ils viennent de priver de la vie ; qu'ils
l'expofent à la rifée du Peuple, avant
de le livrer aux Muets armés du fatal

Z 4

cordon : c'eft-là une des chofes les plus
extraordinaires , & qui prouve jufqu'à
quel point peuvent aller les caprices de
la fortune.

Le fort de Bajazet , quelque cruel
qu'il ait été, n'a rien d'auffi frappant
que celui d'Ofman. Ce premier fubit les
peines que lui impofe un Ennemi fuper-
be & vainqueur. Quoiqu'il ne dût point
s'attendre à être traité auffi indignement
qu'il le fut , rien ne le raffuroit contre
la vengeance de Tamerlan. L'autre au
contraire , avoit pour lui la coutume ,
les préjugés , la fuperftition , la raifon
& l'équité ; tout cela ne put le garantir.

Il feroit à fouhaiter , mon cher Brito ,
que les infortunes qui font arrivées à
plufieurs Princes , euffent produit autant d'effet fur les efprits de leurs Succeffeurs , que celles de Bajazet en ont
fait fur ceux des Princes Ottomans.
Combien d'abus n'y auroit-il pas de
moins en Europe ? Au lieu que les Empereurs Turcs , par une honte fauffe &
ridicule , ont ceffé de fe marier , afin
d'éviter que le fang Ottoman pût jamais recevoir l'affront qu'effuya ce Prince , lorfqu'étant enfermé dans une cage
de fer , Tamerlan fe faifoit fervir en fa
préfence par fes femmes toutes nues :
au lieu , dis-je , de vouloir prévenir des
chofes qui n'arrivent jamais qu'une feu-

le fois , & d'empêcher un mal imaginaire
par un réel , les Souverains Européens
auroient fait des loix , qui défendroient
à leurs Succeffeurs d'empiéter fur les
droits de leurs Sujets , & qui leur or-
donneroient de regarder leur Peuple
comme un pere de famille regarde fes
enfans. Les fins tragiques de plufieurs
Monarques Nazaréens leur auroient
affez fourni de raifons pour établir ces
régles , également utiles à la fureté des
Souverains & à la tranquillité des Sujets.

Lorfque j'examine , mon cher Brito ,
la mort déplorable de plufieurs Princes
Nazaréens , & de quelques Princeffes
de la même Religion , j'en fuis encore plus étonné , que des forts de Bajazet & d'Ofman. Les actions cruelles &
barbares peuvent aifément arriver chez
des Peuples fujets à de perpétuelles révolutions , qui ne fuivent que leurs caprices & leurs premiers mouvemens.
Mais que parmi des Nations polies , qui
font profeffion de fuivre les regles de
la raifon , on ait vû tant de Souverains
périr d'une maniere ingnominieufe , c'eft
ce que j'ai peine à comprendre , & ce
qui doit fournir un ample matiere de
réflexions à quiconque étudie la conduite des hommes.

La premiere mort funefte , qui s'offre
dans ce moment à mon efprit , eft celle

de Brunehaud, Reine de France. Je
ne déciderai point si cette Princesse fut
véritablement coupable de tous les crimes énormes qu'on lui impute. De
grands Ecrivains ont voulu la justifier
dans le siécle passé : & ce qui semble les
autoriser dans leur opinion, ce sont les
éloges qu'un célébre Pontife Romain
(1) a donnés à cette Reine, dont il
éleve la piété jusqu'au Ciel. Quoiqu'il
en soit, quelque condamnable qu'eut été
sa conduite, on devoit dans la punition
qu'on lui fit souffrir, respecter son rang,
sa naissance, & considerer dans sa personne celle des autres Souverains. La
bienséance, la raison, la dignité du trône, exigent qu'on mette une difference
infinie entre la punition d'une Reine &
celle d'un assassin ou d'un voleur de
grand chemin. Cependant, on n'a pas
traité si cruellement Cartouche & le
Jésuite Guignard, que l'infortunée Brunehaud. » Elle fut condamnée, *dit un*
» *Historien célébre* (2) d'être tourmen-
» tée trois jours de suite à huit clos,
» puis conduite sur un Chameau par
» tout le camp, non tant afin que son
» armée fût spectatrice de sa misere,
» que pour lui servir en sa misere d'op-

(1) Grégoire le Grand.
(2) Pasquier, Recherches de la France, *Livre*
X. Chap. XIX. pag. 957.

» probre, mocquerie & illusion. Et fi-
» nalement elle fut attachée par les bras
» & les cheveux à la queue d'un Che-
» val fougueux, & traînée par les voi-
» ries jusqu'à la fin de sa vie. Ainsi ju-
» gé, & aussi-tôt en tout & par tout
» exécuté : & cette Princesse ainsi liée,
» au premier coup d'éperon donné au
» Cheval, elle eut la tête écervellée ;
» & de-là, sans conduite de frein, traî-
» née par haliers, hayes, buissons,
» broussailles & rochers, son corps dé-
» chiré & mis en piéces, de telle sorte
» qu'à peine en resta-t'il la carcasse. «
Quel sort, mon cher Brito, pour une
Reine de France ! Quel exemple terrible de la justice du Ciel ! Et quelle leçon pour les grands, que le supplice
ignominieux de cette Princesse !

Le destin de Jeanne, Reine de Naples, fut aussi funeste que celui de cette Princesse. Ayant été assiégée dans le
fort de Château neuf par Charles Du-
razzo, cousin du Roi de Hongrie,
elle se rendit sa prisonniere, ne doutant
pas qu'il n'eût pour elle les égards qu'on
devoit à son rang & à sa naissance. Mais
elle fut bien trompée ; car ce Général,
par l'ordre du Roi Louis, la fit pendre
& étrangler dans le même endroit où elle
avoit fait étrangler le Roi André, un des
quatre maris qu'elle avoit épousés. On

employa pour cette cruelle exécution, un cordon de soie comme elle avoit ordonné qu'on s'en serviroit pour donner la mort à son époux. Le supplice de cette Reine fut une juste punition de ses désordres & de sa cruauté, & doit servir d'exemple aux Princes, qui, enivrés de leur grandeur & de leur pouvoir, s'imaginent que le Trône peut les garantir de la vengeance céleste.

Les deux Princesses, mon cher Brito, dont je viens de te rappeller les malheurs, trouvent aujourd'hui peu de gens qui les plaignent de la rigueur dont on usa envers elles. Comme on les accuse de s'être souillées de plusieurs forfaits, la honte de leurs actions diminue de beaucoup l'horreur que l'on a pour ceux qui ont flétri la Majesté de tous les Souverains, & manqué aux bienséances les plus essentielles. Mais que doit-on penser de gens qui ont fait périr sur un échaffaut des Princes & des Princesses, dont la vertu, la bonté & la probité étoient reconnues de toute l'Europe ? Avec quelle surprise un Philosophe, un Sage, ne considere-t'il point la sage & infortunée Jeanne Gray, perdant la tête sur un échaffaud, sans être coupable d'autre crime que de la révolte & de l'ambition de ses orgueilleux parens ?

Charles I. Roi d'Angleterre, fut aussi malheureux sans être aussi innocent. Ce Prince, si adoré pendant quelque tems des Anglois, qu'ils firent couper le nez & les oreilles à un Théologien insolent, qui avoit écrit quelque chose contre le respect qu'on devoit à sa personne, périt sur un échaffaud à la vue de ce même Peuple qui l'adoroit peu de tems auparavant. Il fut conduit sur cet échaffaud par un homme d'une condition médiocre, qui s'étant élevé insensiblement aux plus grandes charges, osa prendre enfin l'auguste Nom de Protecteur de la Nation Angloise ; titre selon moi, cent fois plus grand, plus expressif & plus magnifique que celui de Roi & d'Empereur.

Quel exemple, mon cher Brito, des decrets de la Providence ! Et combien les Rois ne devroient-ils point en être touchés ! Au lieu des fables & des histoires galantes que les Princes font ordinairement peindre dans leurs galleries, je voudrois qu'ils y fissent représenter l'histoire des malheurs de Charles I. & que sous ce tableau, pour leur instruction & celle de leurs Successeurs, ils fissent mettre cette utile inscription. ROIS DE LA TERRE, APPRENEZ PAR CET EXEMPLE TERRIBLE, QUE VOTRE

RANG ET VOTRE GRANDEUR
NE VOUS METTENT POINT A
L'ABRI DES PLUS CRUELS RE-
VERS. CELUI QUI VOUS DON-
NA LE SCEPTRE, PEUT VOUS
L'OTER DANS UN INSTANT.
SANS LUI QUE POUVEZ-VOUS?
VOUS N'ETES QUE DES VERS
DE TERRE, A QUI IL A AC-
CORDE' QUELQUE POUVOIR
SUR D'AUTRES SEMBLABLES
VERS. PRIEZ DONC CELUI,
PAR LA PUISSANCE DE QUI
VOUS EXISTEZ, QU'IL VEUIL-
LE BIEN VOUS DONNER LES
MOYENS DE SUIVRE TOU-
JOURS LES REGLES DE LA
JUSTICE, AFIN DE GARAN-
TIR VOS PEUPLES DE L'ES-
PRIT DE VERTIGE, DE RE-
VOLTE ET DE PERVERSION.
Je crois, mon cher Brito, qu'une pa-
reille infcription feroit encore plus utile
que celle qu'on voit en France dans
tous les tribunaux de juftice : DISCI-
TE JUSTITIAM MONITI, ET
NON TEMNERE DIVOS (1).

Ce n'eft pas, mon cher Brito, qu'en
défapprouvant la cruauté des Peuples
fur leurs Souverains, je prétende au-

_____

(1) Virgil. Æneid. lib. VI.

toriſer l'injuſtice & la tyrannie des Souverains ſur leurs Peuples. Dieu me
préſerve d'un tel excès. Je voudrois
ſeulement qu'ils ſe rendiſſent mutuellement juſtice, & qu'on ne confondit
point dans les Rois les vertus avec
les vices. Quand je lis les grandes actions d'Alexandre, je le loue comme le mérite un illuſtre conquérant.
Mais quand je jette les yeux ſur le
meurtre de Clitus, je me ſens ſaiſi de
cette indignation qu'inſpirent les aſſaſ-
ſins. Je ne vois plus Alexandre : je
n'apperçois qu'un furieux. Les grandes
actions des Héros & des Héroïnes ne
doivent point faire adopter leurs défauts & leurs crimes comme des vertus & de bonnes qualités.

Porte-toi bien, mon cher Brito : vis
content & heureux ; & déteſtant ceux
qui fomentent les meurtres & les révoltes, craint toujours très-reſpectueu-
ſement le Dieu d'Iſraël.

De Londres, ce . . . .

LETTRE CLXXVII.

Aaron Monceca, à Isaac Onis, Caraïte,
autrefois Rabbin de Constantinople.

TOUJOURS attentif, mon cher
Isaac, à m'instruire le plus qu'il
m'est possible des mœurs & de la
façon de parler des Anglois, j'examine
avec soin leurs moindres actions, &
j'écoute attentivement tous leurs discours, quelque indifferens qu'ils paroissent. J'ai fait connoissance avec deux
Anglois qui viennent de faire un voyage
en France & en Italie : & comme ils
sont d'un caractere bien different, je
compare avec plaisir les relations differentes de leurs aventures, & des
choses qui les ont le plus vivement fra-
pés. Le premier est un homme sage &
discret, regardant tous les Peuples
comme freres & nés dans la même Patrie, plaignant ceux qui sont en proye
à la superstition sans les méprifer, &
accusant de leurs erreurs la force des
préjugés & le malheur des situations,
plutôt que la foiblesse de leur génie.
Le second, au contraire, est un véritable

table Anglois , n'approuvant que ce qu'il voit à Londres, haïffant toutes les Nations étrangeres , ne fe contentant pas des louanges qui font dues aux grands-hommes & aux illuftres Ecrivains que l'Angleterre a produits ; mais croyant que hors de fa Patrie , il ne peut y avoir ni bons Généraux , ni favans Auteurs : comme fi la valeur & l'efprit étoient uniquement le partage des Anglois , & que Dieu ne créât les hommes dans les autres Pays feulement qu'avec trois fens de nature.

Je demandois l'autre jour à ce voyageur fi prévenu en faveur de fa Patrie, quelles étoient les raifons qui l'avoient porté à parcourir les Pays étrangers. » Qu'êtes-vous allé faire , lui dis-je , » en Italie & en France ? Pourquoi » vous être donné la peine de traver- » fer tant de Pays inutilement pour » ne rien voir qui pût vous être utile ? » Si vous n'aviez envie que de confi- » derer des maifons , des forêts , des » montagnes & des rivieres , vous » pouviez trouver tout cela en Angle- » terre , fans courir fi loin. *J'ai été en Italie , me repondit-il , pour voir l'Opéra à Venife , & la publication du Jubilé à Rome.* Comment , repli- » quai-je , vous avez fait plus de cinq » cens lieues pour entendre chanter

» une femmelette , & pour être le té-
» moin de quelques cérémonies pué-
» riles , que vous tournez le premier
» en ridicule , & vous n'avez pas
» daigné vous informer , fi dans tant
» de Villes que vous avez traverfées ,
» il n'y avoit pas quelque Philofophe ,
» quelqu'homme fenfé qui méritât
» votre vifite , & des fages entretiens
» duquel vous euffiez pû profiter ?
» Combien n'y a-t'il pas dans cette Ita-
» lie , où vous n'avez vû que des Prê-
» tres habillés grotefquement grima-
» cer devant des Autels de marbre ,
» où vous n'avez entendu que des
» femmes & des demi-hommes chan-
» ter fur un Théatre ; combien n'y a-
» t'il pas d'habiles Mathématiciens ,
» d'illuftres Géometres , de grands
» Phyficiens, en un mot d'excellens
» Philofophes , qui auroient pû vous
» tenir des difcours bien plus flatteurs
» pour l'ame & pour l'efprit , que les
» fons attrayans , mais paffagers , de
» la voix de la Fauftine & de la Coftoni ?
» Je ne m'étonnerois point qu'un hom-
» me qui cherche à s'inftruire , qu'un
» Anglois paffionné de cultiver fon gé-
» nie , partit de Londres pour aller à
» la Chine étudier la Philofophie de
» Confucius. Mais qu'on parcoure
» comme un fou pendant deux ou trois

» ans une partie de l'Europe pour
» voir des portiques , des colonnes ,
» pour ouïr des Muficiens , & qu'on
» ignore entierement les habiles gens
» qui fe trouvent dans les Pays où l'on
» voyage ; que de retour chez foi ,
» l'on méprife des hommes illuftres
» qu'on a poinr connu qu'on juge de la
» fcience d'Algaroli par les chants d'une
» actrice d'opéra, du mérite du Marquis
» Mafféï par la façade du Palais de S.
» Marc , des vaftes connoiflances de
» quelques Antiquaires Romains par les
» bénédictions du Souverain Pontife ,
» & par l'avarice & la luxure des Prélats
» de fa fuite : c'eft-là une chofe qui me
» paroît toujours plus extraordinaire ,
» fur-tout dans un Anglois qui fe pi-
» que de réfléchir.

» Je vous prie , pourfuivis-je , dites-
» moi ce qui vous a conduit en Fran-
» ce. Les motifs qui ont déterminé
» votre voyage dans ce pays-là , font-
» ils auffi frivoles que ceux qui vous
» ont fait aller en Italie ?

» J'ai été , me répondit l'Anglois ,
» voir la France parce que tous les gens
» d'une certaine diftinction font ce
» voyage. Il faut bien fuivre la mode.
» Au refte quoique je me fois amufé à
» Paris, je n'y ai rien vû qui m'ait fait
» concevoir une grande opinion du génie

» des François. Tous ceux à qui j'en-
» tendois dans le monde accorder de
» l'efprit, étoient des Petits-maitres
» fuperficiels, qui difoient quelques
» plaifanteries ou plutôt quelques po-
» liffonneries, affaifonnées de quelques
» faillies vives. Ce n'eft pas-là ce que
» nous appellons *efprit* en Angleterre :
» il faut que la vivacité foit foutenue
» par la raifon & par de fages réflexions.
        » Voilà donc, repliquai-je, votre
» jugement fur la Nation Françoife ? Et
» vous le fondez fur les connoiffances
» que vous ont données ceux que vous
» avez fréquentés à Paris ? Dites-moi,
» pourfuivis-je, connoiffez-vous Fon-
» tenelle, le Préfident de Montefquiou,
» Voltaire ? Avez-vous vû quelque-
» fois Caffini, Maurpertuis ? Ces der-
» niers paffent pour avoir quelque chofe
» de plus que de l'efprit ? Non, reprit
» l'Anglois, vous me parlez-là de gens
» qui me font entierement inconnus. Il
» faut qu'ils n'aillent point à l'Opéra :
» du moins ne les y ai-je jamais entendu
» nommer dans l'amphithéâtre, & en-
» core moins dans les chaufoirs : je
» n'en ai oui faire aucune mention à
» l'Hôtel de Gêvres, ni chez la Mar-
» quife de ***, ni chez la Comteffe
» du ***, ni aux promenades publi-
» ques. Où vouliez-vous donc que je

» puffe les connoître ? Partout ailleurs,
» répondis-je, que dans les endroits que
» vous me nommés. Vous les auriez
» rencontrés aifément dans les Affem-
» blées de gens de Lettres, dans les
» Académies, chez les Savans illuftres,
» dans les Maifons Religieufes où l'on
» cultive les Sciences, &c. Que pen-
» feriez-vous de moi, fi lorfque je fe-
» rai retourné à Conftantinople, je ju-
» geois du mérite de la Nation Angloife
» par les gens que j'ai vûs dans les Caf-
» fés, par quelques Auteurs du der-
» nier ordre, & par quelques politi-
» ques impertinens qui fondent les pro-
» jets ridicules qu'ils inventent fur la
» bonne opinion qu'ils ont d'eux-mê-
» mes & de leurs Compatriotes ? Ne
» croiriez-vous pas que je fuis, ou fous
» ou ftupide, fi vous me rencontriez
» dans la place de l'Atmeidan (1), &
» que vous m'entendiffiez parler ainfi à
» quelque Turc ? *Londres, où j'ai refté*
» *fix mois, eft une ville remplie de glo-*
» *rieux infenfés dont la principale manie*
» *eft de fe figurer qu'il n'y a qu'eux qui*
» *foient de véritables hommes. L'occu-*
» *pation de ces gens, attaqués d'une auffi*
» *bizarre maladie que celle-là, eft de*
» *caballer contre le Miniftere. Ils par-*

(1) C'eft l'ancien Hippodrome.

» lent sans cesse des Gouvernemens de
» l'ancienne Grece : & tel d'entr'eux qui
» ne connoît pas ce qui se passe chez lui ,
» dispute incessamment sur les Loix de So-
» lon & de Lycurgue, & cite à tort &
» à travers les coutumes d'Athenes & de
» Lacédémone. Tel autre qui n'entend pas
» un seul mot de françois , condamne im-
» pitoyablement tous les Auteurs qui ont
» écrit dans cette langue ; & traite inso-
» lemment Moliere de sot , Racine de ri-
» mailleur , & Bourdaloue de vrai ba-
» vard. Quelques-uns qui croyent peut-
» être la Lune dix fois plus grande que
» les étoiles fixes, donnent à Des-Cartes
» le titre de rêveur : & il en est même plu-
» sieurs qui agitent si un François peut
» penser sensément. Cependant ces gens
» si vains & si présomptueux, n'ont eux-
» mêmes aucun bon Auteur.

» Je suis certain , continuai-je , que
» si vous m'entendiez tenir un pareil dis-
» cours, vous ne pourriez vous empê-
» cher de me demander sur quel fonde-
» ment je fais de la Nation Angloise un
» portrait si faux & si ridicule ? Seriez-
» vous fort content lorsque je vous ré-
» pondrois : je juge des Anglois, par
» les discours que j'ai entendu faire dans
» les Caffés , dans les Cabarets , &
» dans les lieux publics. Hé quoi ! Mon-
» sieur , répliqueriez-vous, vous n'a-

» vez pas pris de meilleurs Mémoires
» dans vos voyages ? J'ose vous dire
» que vous avez perdu vos peines &
» vos soins : Autant vaudroit-il, que
» vous eussiez resté chez vous. Lors-
» que vous étiez en Angleterre, Locke
» & Newton vivoient ils encore ? Les
» avez-vous connus ? Avez-vous parlé
» à tant d'illustres Savans qui demeu-
» rent dans Londres ? Connoissez-vous
» Tindal, Pope, Gordon, &c. C'est
» par des gens de cette sorte qu'il faut
» juger du mérite d'une Nation, &
» non pas par un tas de grimauds, dont
» tous les pays sont également surchar-
» gés. «

Mes discours, mon cher Isaac, n'ont
pû faire changer d'opinion à cet Anglois
entêté : ses préjugés outrés en faveur
de sa patrie, opposoient une barriere
insurmontable, que les raisons les plus
évidentes ne purent renverser ; & tout
ce qu'on put obtenir de lui, ce fut d'accorder quelque mérite aux Nations
étrangeres, mais si foible en comparaison de celui dont l'Angloise est abon-
damment pourvue, qu'envérité il y a
toujours, selon lui, plus de difference en
ce monde, entre un François, un Italien, ou un Allemand & un Anglois,
que les Jansénistes n'en mettent dans
l'autre entre Saint Augustin & le Patriarche des Jésuites.

J'ai parlé plufieurs fois avec le voyageur fenfé de la prévention de fon Compatriote. Comme il eft fage & prudent, il déplore fon aveuglement, & parle en homme défintereflé des défauts & des vertus des Nations qu'il a connues. » L'Italie, m'a-t'il dit, eft un pays qui » n'offre d'abord aux yeux que le luxe, » la débauche & la fuperftition. Il fem- » ble qu'un Philofophe ne puiffe y rien » trouver digne de fon eftime & de fon » attention. Cependant lorfqu'il agit » d'une maniere prudente & retenue, » qu'il cherche à faire connoiffance avec » les gens de Lettres, il en trouve un » nombre d'habiles dont les noms ne » font point aufli connus que ceux de » bien d'autres Savans : parce qu'ils » font contraints de garder le filence, » & qu'il ne leur eft permis de favoir » que pour eux. Si l'on aboliffoit au- » joud'hui l'Inquifition en Italie, demain » l'on verroit paroître un nombre d'Ou- » vrages excellens, & qui ne feroient » point inferieurs à ceux qu'ont pro- » duits les autres Nations. Je regarde » un homme de Lettres comme un oran- » ger : fi l'on plante cet arbre dans une » caiffe, il fera contraint, & ne pro- » duira que des fruits d'une médiocre » groffeur. S'il eft au contraire, en » pleine terre, il en portera d'infiniment

plus

» plus beaux. Il y auroit en Italie dix
» Historiens tels que Frà-Paolo, si
» l'on eut écrit à Rome, à Naples &
» à Florence, aussi librement qu'à Ve-
» nise. Un voyageur qui veut s'instrui-
» re, doit chercher à déterrer les Sa-
» vans qui sont obligés de cacher une
» partie de leur mérite, & juger de
» ce qu'ils pourroient étre, par ce qu'il
» leur est permis de paroître.

» Quant à la débauche outrée qu'on
» reproche aux Italiens, je conviens
» qu'il est difficile de n'en être pas in-
» digné. On voit toujours avec une
» surprise nouvelle des lieux infâmes,
» protégés par le Magistrat dans une
» ville qui porte le nom de *Sainte* ; &
» c'est-là un préjugé bien grand contre
» la vertu & la pudeur de ces mêmes
» Magistrats. *Le peuple*, a dit un sage
» Payen, *se conduit toujours d'une manie-*
» *re modeste dans les Républiques où ceux*
» *qui gouvernent craignent l'infamie* (1).
» On punit de mort à Rome un hom-
» me qui dit que la pantoufle du Pape
» n'est pas bénite ; & on y souffre qu'une

(1) Μάλιςα σὺ῀ϱγνῶς ὁ δῆμος, ἔπου τὸν λόγον
μᾶλλον ἢ πολιτευό μϥροι δεδοίκασι ἢ τὸν νόμ.ν.

Ibi demum populus modeste se gerit, ubi qui
Rempublicam gubernant, infamiam potius quam Le-
ges verentur. Septem Sapientum, & eorum qui iis
connumerantur, Apophteg. & Praecepta, *p.* 8.

» ... ne le profit...
» ... de paye un...
» le droit de mett...
» couvert de l'aut...

La façon ...
ne parloit cet A...
... fit naître, ...
... né de lui dec...
des François ? ...
» ..., de grande...
» ... de ...
» ... particuliè...
» ... rendre ...
» ... d'a...
» ...
» ...
» ... A...

» France ainſi qu'en Angleterre, des
» perſonnes d'une vaſte pénétration. Il
» eſt vrai que dans certains ouvrages
» on apperçoit que le génie Anglois at-
» teint où le François ne penſe pas ſeu-
» lement à aller. Il s'éleve juſqu'aux
» Cieux, rompt la chaîne des préju-
» gés, & dévoile la vérité malgré les
» cris de la ſuperſtition & les ruſes du
» menſonge. Les François jouiroient
» ſans doute du même avantage, s'ils
» étoient les maîtres de donner l'eſſor
» à leur génie. Mais malheureuſement
» pour eux, ils ſont obligés de le te-
» nir captif. Ce n'eſt pas le moyen de
» réfléchir qui leur manque, mais la
» liberté de le pouvoir faire. Cette
» gêne les accoutume, pour la plûpart,
» à s'occuper de bagatelles : & ce qu'il
» y a de pis, c'eſt qu'ils ſe font peu-à-
» peu une habitude de les regarder
» comme des choſes ſérieuſes, impor-
» tantes & néceſſaires. Ce défaut leur
» a acquis chez les étrangers la répu-
» tation d'être ſuperficiels : les aſſervit
» deſpotiquement aux modes nouvel-
» les qu'ils regardent comme de affai-
» res bien eſſentielles ; leur donne un
» caractere d'inconſtance & de lege-
» reté fort remarquable ; & les rem-
» plit d'une bonne opinion d'eux-mê-
» mes, qui ne peut rendre que ridi-

Bb 2

» cules ceux qui ne font point difficulté
» de s'y livrer. «

Je ne fai , mon cher Ifaac , comment tu trouveras les fentimens de cet Anglois. Mais ils m'ont paru auffi raifonnables que ceux de fon compatriote m'ont femblé ridicules.

Porte-toi bien , mon cher Ifaac : vis content & heureux ; & gatanti-toi toujours foigneufement des préjugés & de la prévention.

De Londres , &. ..

LETTRE CLXXVIII.

Aaron Monceca , à Ifaac Onis, *Caraïte, autrefois Rabbin de Conftantinople.*

LEs Pontifes Anglicans , mon cher Ifaac , ne font point engagés au célibat ainfi que les Italiens & les François. Depuis qu'ils fe font féparés de la Communion Romaine , ils ont contracté des mariages comme les féculiers ; & en confervant toutes les prérogatives de leur rang , ils ont adouci les rigueurs & les auftérités qui les accompagnent. Cette conduite adroite , politique &

intéreffée de ne rien changer à l'ancienne Hiérarchie de l'Eglife , a caufé un
préjudice très-confiderable à la Cour de
Rome.

Il eft certain que fi , lorfqu'on établit
la reforme en Angleterre , on eut propofé aux Pontifes Anglois de devenir
de fimples Curés , & d'établir les ufages de l'Eglife Reformée de Geneve ,
il n'y eut eu aucun d'eux , qui ne fe fût
révolté contre une innovation qui leur
eut été fi défavantageufe. Ils fe feroient
tous fortement oppofés aux nouveaux
dogmes qu'on vouloit introduire : ils
euffent excité le Peuple , fur l'efprit duquel leur caractere leur donne beaucoup de crédit à fe révolter ; & s'ils n'a-
voient pu entierement empêcher l'éta-
bliffement des nouveaux dogmes , du
moins en euffent-ils confidérablement
arrêté les progrès.

Les Princes, qui fecouerent le joug
du Pontife Romain , fe fervirent d'un
excellent expédient pour mettre les
Eccléfiaftiques dans leurs intérêts. Ils
les laifferent maitres des biens dont ils
jouiffoient : ils ne toucherent point à
leurs priviléges ; & ils leur permirent
d'avoir des *femme: leftes & fringantes* ,
pour leur aider à manger gracieufement
les revenus de leurs bénéfices. Si l'on
eut agi en France de la même maniere ,

& qu'au lieu de s'amuser à écrire des invectives contre les Pontifes, on leur eut dit, *Nous confentons que vous jouiſ-ſiez de cinquante mille livres de rente, nous nous ſoumettons à vous appeller Meſ-ſeigneurs, vous ne perdrez aucun de vos droits ſur votre Clergé : conſentez à ſecouer le joug ſous lequel vous gemiſſez, ainſi que le reſte de la Nation ; & pour prix de votre complaiſance, il vous ſera per-mis de travailler à la procréation des pe-tits Evêques futurs,*

> *Et vous pourrez faire une Amie,*
> *Fringante & de belle grandeur,*
> En ſon eſprit non endormie,
> En ſon tétin bonne rondeur,
>> Douceur,
>> En cœur,
>> Langage
>> Bien ſage,
> Danſant, chantant par bons accords,
> Et ferme de cœur & de corps. (1)

Si, dis-je, on s'y fut pris ainſi à l'égard des Prélats François, je ſuis aſſuré qu'il n'y en avoit aucun d'entr'eux, qui n'eut galament accepté une pareille propoſi-tion. *Hé bien*, auroient-ils dit, *puiſqu'il faut que le nombre des élûs ſoit accompli,*

(1) Œuvres de Marot, *Chanſon XXV.*

autant vaut-il que des Evêques travail-
lent à le remplir que de simples Particu-
liers. Mais, à moins que d'avoir perdu
le bon sens, pouvoit-on se figurer de
ne pas révolter tout le haut Clergé, en
voulant le réduire au simple état de
Prestolets, ou de chetifs Curés de Village ? Beze ne l'éprouva que trop au
Colloque de Poissi. Interrogé par quelques Prélats désabusés sur ce que deviendroient leurs bénéfices s'ils se décla-
roient ouvertement pour sa doctrine,
& leur ayant franchement répondu,
qu'il falloit *en faire un sacrifice au pied*
de la Croix de Christ, ces Prélats intéressés lui tournerent brusquement le
dos ; & faute d'avoir été aussi politique
que les Réformateurs Anglois, il perdit
une si belle occasion de réformer toute
l'Eglise Gallicane.

Je ne doute pas que dans les commencemens de la réforme, il n'y ait eu
beaucoup de Prélats, que la tentation
d'avoir femme & enfans a fait pencher
dans le fond du cœur pour le Protestan-
tisme : & s'il n'avoit point fallu se réduire à l'état de simple Ministre en prenant une épouse, il eut été aussi facile
de faire changer de sentimens les Evêques en France, qu'il l'a été en Angleterre. Je suppose, par exemple, que
le Cardinal de Lorraine eut envie de se

marier. La crainte de perdre les biens
immenfes dont il jouiſſoit ne pouvoit
que l'en détourner : & pour ſatisfaire
en même-tems ſon ambition & ſa volupté, il ſe fut bien plutôt déterminé à
uſer de la femme de ſon prochain, qu'à
en prendre une qui n'eut ſervi qu'à
l'appauvrir. Auſſi le faiſoit-il bien ſans
cela : car on ſait de lui-même qu'il aimoit extrêmement le déduit, & qu'il
avoit couché avec les plus jolies femmes
de la Cour ; & il en étoit ſi peu ſcru-
puleux, qu'il ne fit aucune difficulté de
s'en vanter un jour publiquement à la
Ducheſſe de Savoye, dans une de ces
occaſions où la vivacité des mouvemens
ne laiſſe aucun lieu de douter de la vérité de ce qu'on avance. C'eſt Bran'ôme
qui nous apprend cela avec ſon enjou-
ment ordinaire. » Le Cardinal de Lor-
» raine, dit-il, paſſant une fois par le
» Piémont, allant à Rome pour le ſer-
» vice du Roi ſon maître, viſita le Duc
» & la Ducheſſe. Après avoir aſſez en-
» tretenu Monſieur le Duc, il s'en alla
» trouver Madame la Ducheſſe en ſa
» chambre pour la ſaluer ; & s'appro-
» chant d'elle, elle qui étoit la même
» arrogance du monde, lui préſenta la
» main pour la baiſer : Monſieur le Car-
» dinal impatient de cet affront, s'ap-
» procha pour la baiſer à la bouche, &

» elle de se reculer. Lui perdant patien-
» ce, & s'approchant de plus près en-
» core d'elle, la baisa d'ux ou trois fois ;
» & quoiqu'elle en fit les cris & ex-
» clamations à la Portugaise & Espa-
» gnole, il fallut qu'elle passât par-là. «
Comment, dit-il, *est-ce à moi à qui il
faut user de cette mine & façon? Je baise
bien la Reine ma maîtresse, qui est la
plus grande Reine du monde: & vous je
ne vous baiserai pas, vous qui n'êtes
qu'une petite Duchesse crotée! Et je veux
que vous sachiez que j'ai couché avec des
Dames aussi belles & d'aussi grande Maison que vous* (1).

Après cela, mon cher Isaac, il est difficile aux plus zélés Nazaréens de soutenir que le Cardinal de Lorraine ne se
fût point marié, s'il avoit pû le faire
sans s'appauvrir. Il faut, ou qu'ils
avouent que ce Pontife, qu'ils consi-
derent comme un des plus fermes sou-
tiens de leur Religion, fut un homme
qui regardoit l'adultere comme une ba-
dinerie, & qui ne croyoit pas devoir
chercher des moyens pour l'éviter : ou
qu'ils conviennent que s'il eut pu trouver
quelqu'expédient, sans se ruiner totalement, il en eut sans doute profité: car son
temperament étoit si violent à cet égard,
qu'il falloit absolument qu'il optât entre

(1) Brantôme, Dames Galantes, *Tome II,*
pag. 364.

le concubinage & le mariage. On fait qu'il
étoit agité d'une espece de fureur amou-
reuse; & l'on eut dit que Venus avoit fait
couler dans ses veines ce funeste poison
qui perdit les filles de Minos. » J'ai oui
» conter , dit le même Auteur que je
» viens de citer, que quand il arrivoit à la
» Cour quelque fille ou dame nouvelle
» qui fût belle , il la venoit aussi-tôt ac-
» coster ; & l'arraisonnant, il lui disoit,
» qu'il la vouloit dresser de sa main.
» Quel dresseur ! Je crois que la peine
» n'y étoit pas si grande comme à dres-
» ser quelque Poulain sauvage. Aussi
» pour lors, disoit-on, qu'il n'y avoit
» gueres, ou filles résidentes à la Cour,
» ou fraichement venues, qui ne fussent
» débauchées ou attrapées par la lar-
» gesse dudit Monsieur le Cardinal ; &
» peu ou nulles , sont-elles sorties de
» cette Cour femmes ou filles de bien.
» Aussi voyoit-on pour lors leurs robes&
» grandes garderobes plus pleines de ro-
» bes, de cottes d'or, d'argent & de soye,
» que ne sont aujourd'hui celles de nos
» Reines & de nos Princesses. J'en ai fait
» l'experience, pour l'avoir vu deux ou
» trois fois , en plusieurs qui avoient
» gagné tout cela ; . . . car leurs peres,
» meres & maris , ne leur eussent pu
» donner en si grande quantité (1).

(1) Brantôme , Dames Galantes , *Tome II.*
pag. 562.

Il eſt étonnant, mon cher Iſaac, qu'un homme tel que le Cardinal de Lorraine, qui ſentoit ſi bien par lui-même la néceſſité du mariage des Eccléſiaſtiques, & qui étoit un des plus illuſtres Membres de l'Aſſemblée que les Pontifes Nazaréens tinrent à Trente au ſujet des opinions de Luther & de Calvin, n'ait pas opiné fortement à mettre un frein à la débauche des Prêtres, en leur permettant de prendre une femme. Comment eſt-ce qu'un Prélat, à qui la Cour de France pouvoit à peine fournir aſſez de Concubines, croyoit qu'un Curé retiré dans ſon Village, avoit aſſez de force pour ne pas coucher avec ſa Servante?

On ne peut douter, qu'il n'y eut dans l'Aſſemblée de Trente un nombre de Pontifes qui connoiſſoient par eux-mêmes la néceſſité de laiſſer marier les Eccléſiaſtiques. Cependant, par une fauſſe délicateſſe & par un entêtement inexcuſable, ils donnerent de nouvelles forces à une coutume qui a depuis occaſionné un nombre infini de crimes, & rendu les Prêtres Nazaréens mépriſables aux yeux de l'Univers.

Les Partiſans des nouvelles opinions eurent un beau prétexte pour ſe récrier contre les Ordonnances qui défendoient le mariage aux Eccléfiaftiques. Le Cardinal del Monté, qui depuis fut fait Pape fous le nom de Jules III. & qui préfidoit comme Légat au Concile de Trente, avoit encore plus de raifon pour prendre une femme légitime, que le Cardinal de Lorraine. Car quoiqu'il foutint que le mariage devoit être très rigoureufement prohibé aux Prêtres & aux Evêques, non-content de s'amufer par fois avec les Dames, il ufoit du privilége accordé par les Payens aux Divinités anciennes, & il avoit un petit Ganimede, à la vérité beaucoup moins charmant que celui de Jupiter, mais dont il étoit cependant extrêmement amoureux. Il l'avoit mené avec lui au Concile ; car, il ne pouvoit fe réfoudre à s'en féparer. Il y fut pourtant une fois forcé, ayant été obligé de l'envoyer faire un voyage de quelques jours pour le rétabliffement de fa fanté. Lorfque ce bien-aimé revint, le Légat conduifit au-devant de lui la plûpart des Peres du Concile, qui furent les témoins de fes tranfports amoureux, fans que les feux violens & lafcifs de leur Préfident puffent leur faire fentir combien le mariage étoit utile & néceffaire aux Eccléfiaftiques. C'eft un celébre Hiftoricn Nazaréen Papifte, qui nous

apprend ces affreufes particularités.
» Lorfque Jules, *dit-il* (1) , n'étoit
» qu'Archevêque de Siponte, & qu'il
» gouvernoit la ville de Boulogne, il
» reçut dans fa maifon un jeune enfant
» natif de plaifance , dont la naiffance
» n'eft jamais venue à la connoiffance
» du monde. Il le prit en affection, com-
» me fi c'eut été le fien propre, & le
» mena à Trente , où il faillit de le per-
» dre par une grande maladie. Mais
» l'ayant envoyé, par l'avis des Méde-
» cins, à Vérone pour changer d'air,
» Innocent (c'étoit le nom de ce Mi-
» gnon) y recouvra la fanté, & quel-
» que-tems après retourna à Trente. Le
» jour qu'il devoit y arriver , le Légat
» fortit de la ville par forme de prome-
» nade , accompagné de quantité de
» Prélats , & l'ayant rencontré , le re-
» çut avec des témoignages exceffifs de
» joie & de tendreffe ; ce qui donna
» bien à parler , foit que ce fut une ren-
» contre fortuite , ou une chofe faite à
» deffein pour le prendre en chemin (2).

(1) Frà-Paolo, de la Traduction d'Amelot.
Liv. III. à l'Ann. 1550. *pag.* 281.
(2) C'eft ici un de fes traits qui font crier les
bigots contre les *Lettres Juives* ; mais je leur demande fi j'ai inventé le fait dont il s'agit. Frà-
Paolo eft mon Garant ; pourquoi ne puis je pas
rapporter ce qu'il a dit, & ce que tous les Hifto-

Confideres, mon cher Ifaac, jufqu'où va la bizarrerie des hommes. Des gens qui vont en foule à la fuite de leur Chef recevoir un infâme Giton , s'opiniâtrent à ne point confentir que de fort honnê-tes gens puiffent contracter des maria-ges légitimes. Pouvoient-ils fouhaiter quelque chofe de plus fort pour leur démontrer le mal que caufe le célibat des Prétres , que l'aventure qui leur ar-rivoit ?

Ce Cardinal del Monté avoit des obli-gations très-grandes à un autre Pontife nommé Jules II. qui étoit encore plus *âpre à la Curée.* Il étoit dangereux de fon tems aux jeunes Seigneurs de faire le voyage de Rome : ils ne s'en retour-noient point comme ils y étoient allés. Si l'on en croit plufieurs Hiftoriens Na-zaréens , ce Pontife violoit le droit d'hofpitalité d'une étrange maniere. *Il fe lit* , difent quelques Auteurs, *en un écrit des Théologiens de Paris , de deux jeunes Gentils-hommes par lui forcés , que la Reine Anne , femme du Roi Louis XII. avoit recommandés au Cardinal de Nan-tes , pour les amener en Italie* (1). Si le

.riens , qui n'ont point été vendus à la Cour de Rome , ont tranfmis à la poftérité , foit qu'ils ayent été Catholiques ou Proteftans

(1) *Legitur in Commentario Magiftrorum Pari-fienfium de Julio Secundo Papâ , quod duobus no-*

reproche qu'on fait à ce Pontife est véritable, il eut mieux valu aller chez les Tartares que chez les Romains. On ne risquoit chez les uns que la vie : & l'on perdoit l'honneur chez les autres.

On ne court aucun risque semblable à Londres, mon cher Isaac. Les Pontifes Anglois y ont assez d'affaires dans leur domestique, & ne songent point à s'égayer ailleurs. Une Eglise à conduire & une femme à contenter : en voilà plus qu'il n'en faut pour éloigner tous les désirs libertins. Je ne voudrois pourtant pas jurer que jamais Archevêque de Cantorbery n'ait eu de bâtard : mais cela est inconnu : & la facilité que les Ecclésiastiques ont en ce pays d'avoir des enfans légitimes, les empêche d'en souhaiter d'autres. Il paroit qu'ils ont toujours assez été dans ce goût-là : car lorsque les Pontifes Nazaréens censentirent à vivre dans le célibat, plusieurs de ceux qui étoient en Angleterre ne voulurent

---

tilissimi generis Adolescentibus, quas anna Galliarum Regina Nannetensi Cardinali informandos commiserat, & aliis multis, Diabolica Rabie (prob. facinus !) stuprum intulerit. Wolfius, Lection. Memorabil. Tome II. pag. 11. Du Plessis, Mystere d'Iniquité, pag. 58. Voilà un fait, de la vérité duquel je ne suis point garant. Aaron Monceca a pensé de même : il s'est contenté de citer les deux Auteurs qui en parlent, & n'a point voulu décider.

point se soumettre à cette Loi. Un certain Geraldus qui a vécu dans le XII. & le XIII. siecles, assure que les Pontifes étoient encore alors mariés dans le pays de Galles (1). Un Auteur plus illustre dit la même chose des Eccléfiastiques de la Bretagne Armorigue (2). Une chose dont les Nazaréens ne sauroient douter, & qui est attestée par un de leurs principaux Docteurs, c'est qu'en Irlande huit Pontifes qui s'étoient succédés les uns aux autres, avoient été mariés tous les huit, dans le tems qu'ils exerçoient leur Pontificat (3).

Ce ne fut donc qu'à la derniere extrémité que les Prélats Anglois & Irlandois consentirent de se passer de femmes; & dès qu'ils purent trouver l'occasion d'en avoir une à eux, ils cesserent de se servir de celle de leur prochain. Lorsque Henri VIII. se brouilla avec la Cour de Rome, en secouant le joug des Italiens, il voulut réformer les

(1) Voyez le Traité de *Illaudabilibus Walliæ*, inféré dans l'*Anglia Sacra*, Tome II. pag. 450.

(2) Hildebert, Evêque du Mans, Auteur du XII. siécle, cité par *Geraldus Cambrensis*, *Epist.* LXV. pag. 151 du *Tome XXI.* de la Bibliotheque des Peres.

(3) *Jam octo extiterunt ante Celsum viri uxorati, & absque Ordinibus, Litterati tamen.* Bernardus, in Vit. Mal.

abus

abus qu'il crut y avoir dans son Royaume : & s'étant fait déclarer Chef de la Religion, il rétablit l'ancienne coutume.

Si ce Prince avoit toujours agi aussi sensément, il méritoit de grandes louanges. Il n'est rien de si sage & de si judicieux que de détruire toutes les Loix pernicieuses, qui ne sont autorisées que par des préjugés ridicules. Puisque le mariage a été si souvent recommandé par les Ecritures, que l'homme est naturellement porté au vice, & qu'il trouve un remede contre lui dans une épouse légitime, par quelle raison les Nazaréens, qui croyent ainsi que nous les mêmes écritures, ont-ils établi un usage qui entraîne autant de crimes ? Leurs Prêtres se sont mariés jusqu'au XII. siécle. D'où vient vouloir abolir une coutume fondée sur le bon sens ? Ou bien lorsque cette coûtume a été abolie, pourquoi quand on en reconnoît l'utilité, ne pas la rétablir & avouer qu'on a fait une faute, au lieu de faire brûler ceux qui soutiennent la nécessité du mariage des Ecclésiastiques, comme s'ils avançoient quelque thèse contre l'existence de la Divinité ? La folie des Nazaréens, mon cher Isaac, fait notre gloire. Ainsi laissons-dans leur aveuglement.

Tome VI. C c

Porte-toi bien , mon cher Ifaac , vis
content & heureux.

De Londres , ce . . . .

LETTRE CLXXIX.

Ifaac Onis, *Caraïte , ancien Rabbin de
Conftantinople , à* Aaron Monceca.

J'AI lû avec plaifir , mon cher Monceca , ta derniere lettre. Je fuis per-
fuadé comme toi de la néceffité de permettre le mariage aux Prêtres , dans
quelque Religion que ce foit. C'eft-là
le feul moyen pour arrêter les vices
énormes qui s'introduifent dans les fo-
ciétés de gens , qui voulant s'élever au-
deffus de l'humanité , après avoir com-
battu quelque tems contre les paffions,
donnent enfuite dans les plus grands
excès , & portent la débauche d'autant plus loin qu'ils n'ont aucun fecours
pour s'en garantir. L'exemple des Moines Nazaréens & les hiftoires fcandaleu-
fes qu'on écrit tous les jours de leurs
actions lubriques , font des preuves

évidentes & incontestables de la nécessité de ne point imposer aux hommes
des regles qui sont entierement contraires à la raison , & directement opposées à la nature.

Je loue beaucoup les Pontifes Anglois d'avoir secoué un joug aussi dur
& aussi pernicieux que celui du célibat : mais je ne crois point que l'envie d'avoir une femme légitime ait été
le pricipal motif de la séparation des
Prélats Anglicans d'avec les Pontifes
Romains. L'Empire que ces derniers
avoient pris depuis long-tems sur les
premiers , & la façon hautaine avec
laquelle ils les traitoient , disposa les esprits , las d'une domination pesante , à
s'affranchir de l'esclavage : & dès que
les Anglois trouverent un prétexte ,
ils s'en servirent avec plaisir pour briser
leurs chaînes.

Je ne sai , mon cher Aaron , si tu as
jamais réflechi attentivement au pouvoir
immense que les Pontifes Romains s'é-
toient acquis dans les siecles passés ,
non-feulement sur les Ecclésiastiques ,
mais encore sur les Rois & les Empereurs. Il étoit si grand , & parvenu à
un si haut point , qu'il étoit impossible
qu'il ne fût ébranlé par sa hauteur énorme , & qu'il ne croulât enfin sous son
propre poids.

C ç 2

Je compare la puiſſance des Souverains Pontifes à celle des anciens Romains , & j'y trouve une reſſemblance
parfaite. Les Papes ne furent d'abord
que des ſimples Prélats , égaux aux
Chefs des autres Egliſes Nazaréenes.
Les Romains, ſous leurs Rois, n'é-
toient ni plus riches , ni plus puiſſans
que les autres Peuples de l'Italie. Dans
le tems de la République, ils ſoumirent
peu-à-peu, non-ſeulement leurs voiſins,
mais la moitié du monde entier. Enfin ,
cette grandeur s'éclipſa peu-à-peu ſous
les Empereurs , & depuis Conſtantin
elle alla preſque toujours en diminuant.

La même choſe eſt arrivée aux Pontifes Romains. Lorſque les Empereurs
eurent entierement abandonné la Ville
de Rome , ils commencerent par cette abſence des Souverains à s'acquerir
dans l'Italie un crédit conſiderable , qui
n'augmenta cependant que peu-à-peu ;
car pendant très-long-tems , l'Election
des Papes fut faite ou confirmée par les
Empereurs de Conſtantinople. Mais
quand les Alains, les Bourguignons,
les François, les Pictes, les Saxons,
les Vandales & les Viſigots, ſe rendirent maitres, les uns des Gaules , les
autres de la Grande-Bretagne , les autres de l'Eſpagne ; les Monarques Grecs
regardant les Provinces d'Occident com-

me abandonnées au pillage , n'eurent plus gueres d'attention que pour ce qui concernoit l'Orient : & quoiqu'ils confervaffent encore une grande partie de l'Italie , les Papes par toutes ces révolutions y avoient déja acquis beaucoup d'autorité. Elle étoit cependant balancée par celle de plufieurs petits Tyrans, qui fous une apparence d'obéiffance & de redevance aux Empereurs de Conftantinople , jouiffoient effectivement de la Souveraineté.

Les Lombards ayant détruit entierement les reftes de la domination des Monarques Grecs , l'Election des Papes ne fut plus faite que par le Peuple. Quelque tems même avant que l'Exarchat de Ravenne eut pris fin , Conftantin III. voyant qu'il n'avoit plus qu'une ombre d'autorité dans la Ville de Rome , confentit que les Romains puffent choifir un Pontife fans attendre fon confentement : & c'eft ce tems , mon cher Monceca , qu'on doit regarder comme la premiere époque de la grandeur des Papes. Peu-à-peu ils furent profiter des troubles qui arriverent. Ils eurent même une fortune auffi heureufe que les Confuls de la République Romaine : ils détrônerent les Rois , ils donnerent les Empires , ils changerent fouvent la face de l'Europe ; après avoir porté leurs armes

auffi loin qu'Alexandre, ils voulurent
être adorés ainfi que lui. Les plus grands
Souverains tomberent humblement à
leurs pieds. Cette humilité ne paroiffant point encore aſſez grande à quel-
ques·uns de ces orgueilleux Pontifes,
ils joignirent le mépris à la fierté, &
pouſſerent l'orgueil plus loin envers les
Princes Nazaréens, que les généreux
Romains à l'égard des Captifs qui or-
noient leurs triomphes.

Un Pape mit infolemment le pied fur
la tête d'un Empereur qui lui baifoit la
pantoufle, & lui renverfa fa couronne
de deſſus la tête pour marquer qu'il
étoit le maître de la lui ôter lorfqu'il le
jugeroit à propos. Un autre ne prouva
que trop par les maux dont il accabla
un Empereur, que les Pontifes avoient
aſſez de pouvoir pour détrôner les plus
puiſſans Monarques. Ce Pape nommé
Gregoire VII. ayant eu avec cet Empereur appellé Henri IV. quelques dé-
mélés touchant l'Election des Evéques,
il l'excommunia, le priva de fa dignité
Impériale, délia tous fes Sujets du ferment de fidélité, & déclara que fes ter-
res appartenoient à quiconque pourroit
s'en faifir (1).

(1) C'eſt avec beaucoup de raifon que l'illuſtre
François Bacon, Chancelier d'Angleterre, a fage-
ment remarqué que l'Héréfie n'a pas été la caufe or-

Si pareille chofe arrivoit aujourd'hui,
les Bulles du Pontife ne produiroient
pas le moindre effet : elles ne ferviroient
qu'à montrer plus clairement l'ambition
de la Cour de Rome ; & les Juges Sé-
culiers feroient flétrir une ordonnance
qui attaqueroit ainfi leur Souverain. Le
bandeau eft en partie ôté de deffus les
yeux des Peuples : il eft peu de Nazaréens qui ne foient revenus des préjugés aveugles qu'on avoit autrefois pour
les excommunications. Ils étoient fi
forts, que le malheureux Henri fuc-
comba fous leurs coups, & qu'il fut
pourfuivi par la haine Eccléfiaftique
jufques dans le tombeau.

dinaire des Excommunications que les Papes ont
prononcées contre les Souverains. Des intérêts
temporels en ont été fouvent la caufe. La Religion a fevi de prétexte à couvrir l'ambition des
Pontifes Romains. Que ne ramene-t'on point
aux intérêts de l'Eglife, lorfque celui qui eft chargé de les protéger, peut les étendre autant qu'il
veut ? *Evolvantur Hiftoriæ & videatur quæ fuerint
caufæ Principum excommunicatorum ; & quidem if-
tius tumoris, quo Reges fuerunt exauthorati feu de-
pofiti. Non folum id factum eft propter Hærefin
& Schifma, verum etiam propter vocationem &
inveftituram Epifcoporum aliarumque perfonarum
Ecclefiafticarum. . . . . . Nam quid eft quod aliqua
ratione ad Spirituale referri nequeat ? Præfertim
quando qui fert fententiam, cafum pro arbitrio for-
mare permittitur.* Baconi Orationes in Parlamento,
Camera Stellata, Banco Regio, & Cancellaria,
habitæ, pag. 1544. Col. 2. Edit. Leipf.

On ne peut lire les malheurs de ce Prince, même dans les Historiens de la Communion Romaine, qu'on ne soit ému de colere, de dépit & d'indignation, de voir jufqu'où les hommes ont pouffé leur fuperftition & leur baffeffe, & jufqu'à quel point ils ont ravallé la Majefté de leurs Souverains. » Les » Cenfures de fa Bulle, *dit un Auteur* » *Papifte* (1), fe trouverent de telle » vertu, que non pas un étranger, ains » fon propre fils, s'empara de l'Etat fur » fon pere. Piteux fpectacle véritable- » ment ; mais par lequel vous pouvez » recueillir combien lors étoit grande » la puiffance des Papes. Il y avoit affez » de fujet pour contenter l'opinion de » Gregoire. Toutefois, non affouvi, » il fait dégrader ce pauvre Prince de » fes ornemens Impériaux par les Evé- » ques de Mayence, Cologne & Vor- » mes ; & depuis, l'ayant réduit en » une étroite prifon, où il mourut, les » Liégeois l'ayant fait inhumer en Ter- » re-Sainte, font excommuniés par le » Pape, pour lever laquelle fentence » d'interdiction ils le déterrent, & fut » fon corps porté à Spire, & mis en » un cercueil de pierre hors l'Eglife,

(1) Pafquier, Recherches de la France, *Liv.* III. *Chap. XIV. pag.* 205.

» COMME :

» comme étant mort excommunié. «

Si ce fait, mon cher Monceca, n'étoit pas attesté par tous les Historiens de quelque Communion qu'ils soient, auroit-il dû trouver croyance chez la postérité ? Comment peut-on se persuader qu'un Empereur qui regna cinquante ans, qui se trouva dans un grand nombre de batailles, qui dompta la plûpart de ses ennemis, qui s'acquit enfin une très-grande gloire, ait été aussi indignement traité par ses Sujets, à la persuasion d'un Prêtre dont la haine implacable ne pouvoit être éteinte par la mort de son adversaire ?

Lorsque je parcours, mon cher Monceca, l'histoire des Pontifes Romains, ce n'est point leur orgueil, leur ambition, en un mot toute leur conduite criminelle qui m'étonnent. Comme la faveur, la caballe & l'argent, ont toujours eu plus de part à leur choix, que la probité & le mérite, il est naturel qu'il y en ait eu beaucoup moins de bons que de mauvais. Mais je ne puis revenir de ma surprise, lorsque je vois un nombre de Nations entieres ne faire aucun usage de la raison, & suivre aveuglement les impressions les plus opposées à la lumiere naturelle. Qu'un Pontife soit assez ambitieux pour vou-

loir détrôner un Roi : c'eſt un homme
qui abuſe de ſon état , pour couvrir ſes
crimes ; la choſe eſt aſſez ordinaire.
Mais que des Peuples entiers conſen-
tent à violer tous leurs devoirs , la vertu , l'honneur , la Religion , & cela
ſans aucun motif d'intérét particulier ,
c'eſt à quoi je ne penſe jamais ſans fre-
mir d'horreur , voyant quels maux peut
cauſer la ſuperſtition.

Pendant que le pouvoir des Ponti-
tifes étoit monté à ce point exceſſif,
l'Angleterre , mon cher Monceca , étoit
un des Royaumes ſur leſquels ils avoient
le plus d'autorité : ils le tenoient comme en eſclavage : & cet infortuné Pays
payoit des tributs immenſes à la Cour
de Rome. Le retour des ſciences fit
ouvrir peu-à-peu les yeux aux mortels
aveugles : ils apperçurent enfin les ſot-
tiſes de leurs peres ; & ils reconnurent
combien étoit dur le joug qu'on leur
avoit impoſé. Ils n'oſerent d'abord le
ſecouer avec vigueur ; parce qu'un reſte
de ſuperſtition , la puiſſance des anciens préjugés , & le manque d'occaſions favorables les empêchoient d'agir.
Mais d'heureuſes circonſtances s'étant
enfin préſentées , on vit tout-à-coup
la face de l'Europe changée : les eſprits
qui n'attendoient qu'un moment conve-

nable, ne manquerent point de le faifir de celui qui fe préfenta. Un fimple
Moine (1) le fit naître ; & dans l'efpace
de quinze à vingt ans, il frappa un fi
terrible coup fur le Papifme, qu'il l'é-
branla jufques dans fes fondemens, &
lui enleva une grande partie de fes Do-
maines. La Suede, le Danemarc, la
Pruffe, la Saxe, une bonne partie de
l'Allemagne adopterent fes fentimens,
& briferent enfin l'Idole qu'ils avoient
fi long-tems adorée.

D'un autre côté, Jean Calvin, habile Eccléfiaftique François, moins en-
treprenant que Luther, mais auffi capable que lui d'exécuter de grands
deffeins, acheva ce qu'il n'avoit que
commencé, & introduifit la réforma-
tion de la Doctrine & des Mœurs, non-
feulement en France, mais même en
Suiffe, dans les Pays-Bas, en Ecoffe
& en divers autres endroits. Parmi tant
de révolutions, l'Angleterre ne demeura point tranquille. L'amour & le
dépit acheverent ce que les livres de
Luther & de Calvin n'avoient qu'ébau-
ché. Henri VIII. épris des charmes
d'Anne de Boulen, & ne pouvant ob-

(1) Martin Luther, Religieux Auguftin à Wit-
temberg.

tenir de Rome la diffolution de fon ma-
riage, rompit ouvertement avec les
Papes, & détruifit ainfi le Papifme en
Angleterre.

Les nouvelles opinions que tant de
Peuples differens avoient embraffées,
occafionnerent de vives difputes entre
les Savans ; & les fciences gagnerent
infiniment à ces combats litteraires.
Chacun vouloit être inftruit : tout le
monde étudia ; ce fut alors que l'on
vit difparoitre le langage & le génie
Scholaftique. Il fallut que les Papiftes
oppofaffent de bons livres à ceux de
leurs adverfaires, ou qu'ils fe réfoluf-
fent à les voir triompher de toutes les
manieres. Afin d'y réuffir, les Théologiens furent obligés de fe rendre intelli-
gibles ; ils fe virent réduits à abandonner leur ancienne maniere. Cela acheva
d'éclairer les efprits : car alors chaque
particulier put juger clairement de ce
qu'il ne voyoit auparavant que par les
yeux des Moines & des Prêtres ; cette
clarté nouvelle porta de nouveaux pré-
judices à l'autorité des Pontifes. Peu
s'en fallut qu'ils ne perdiffent totalement
la France : ce ne fut qu'après avoir
travaillé bien du tems qu'ils vinrent à
bout d'y conferver leur ancienne autorité ; quoique de tous les Royaumes

qui la reconnoiffent ce foit celui où leur pouvoir foit le moins établi.

Les François craignent fort la Politique & les rufes de la Cour de Rome. Dans tous les tems, & même dans ceux où l'Europe entiere trembloit fous les Pontifes, ils ont toujours été attachés à leurs Rois, & n'ont point fouffert qu'on empiétât fur leurs priviléges. Il eft vrai que depuis que la Secte des Jéfuites s'eft établi chez eux, elle a corrompu quantité de Particuliers, parmi lefquels on trouve beaucoup d'Eccléfiaftiques, qui ont oublié qu'ils étoient François, & qui font prêts dans toutes les occafiuos de vendre leur Patrie aux Pontifes Romains. Mais les Parlemens, les Miniftres d'Etat, la Nobleffe, le Peuple même n'ont point changé de fentiment : & fi la Cour de Rome vouloit exiger quelque chofe qui déplût au Monarque François, toutes fes menaces & toutes fes fulminations feroient fort peu redoutables. On en a toujours fait affez peu de cas en France. Quelquefois même on a été jufqu'à y punir féverement les fautes que faifoient les Pontifes. Louis XIV. quelque peu porté qu'il fût pour les opinions contraires au Papifme, fit élever au milieu de Rome même un monument qui de-

voit servir à la honte éternelle des Romains. Cependant, après l'avoir laissé
subsister quelque-tems, il voulut bien,
par un excès de clémence, permettre
qu'on l'abbatît. Il n'est pas surprenant
que ce Roi ait agi d'une maniere aussi
forte dans un tems où l'autorité des Pontifes, pour ce qui regarde le temporel,
est regardée comme une chimere absurde. Mais, le démêlé qu'eut le Roi Philippe le Bel avec Boniface VIII. dans
un tems où les Pontifes faisoient trembler tant de Souverains, prouve évidemment le peu d'autorité que les Papes
ont eu de tout tems sur les Monarques
François. Ce Prince, brouillé avec ce
Pape au sujet de la nomination à quelques bénéfices, en reçût le billet suivant.

*Boniface, Evêque, serviteur des servi-
teurs de Dieu, à Philippe Roi des François. Crains Dieu, & observe ses com-
mandemens. Nous voulons que tu saches
que dans les choses spirituelles & tempo-
relles, tu nous es soumis. La collation des
bénéfices ne te regarde point, &c. & si
tu en as conferé quelques-uns, nous en
révoquons la donation, & la declarons
nulle ; ajoutant, que ceux qui pensent
autrement sont des fats & des insensés.
Donné, &c* (1).

(1) BONIFACIUS, Episcopus, Servus Servorum

A ce billet doux, voici la réponse de Philippe le Bel.

Philippe, par la grace de Dieu, Roi de France, au nommé Boniface, qui se fait appeller Souverain Pontife, salut fort modique, & même aucun. Sache ta grandissime fatuité, que pour le pouvoir temporel, nous ne reconnoissons personne. Nous confererons les prébendes & les bénéfices auxquels nous avons droit de nommer ; & nous en assurerons les revenus à ceux que nous en aurons pourvûs : croyant qu'il n'y a que des fats & des insensés qui puissent nous disputer ce pouvoir (1).

Dei, Philippo Francorum Regi. Deum time, & Mandata ejus observa. Scire te volumus quod in Spiritualibus & Temporalibus nobis subes. Beneficiorum & Præbendarum ad te Collatio nulla spectat : & si aliquorum vacantium custodiam habeas, usum-fructum earum Successoribus reserves ; & si qua contulisti, Collationem haberi irritam decrevimus, & quatenus processerit revocamus. Aliud credentes fatuos reputamus. Datum Laterani, quarto Nonas Decembris, Pontificatus nostri Anno sexto.

(1) PHILIPPUS, Dei gratiâ Francorum Rex, Bonifacio se gerenti pro Summo Pontifice, Salutem modicam, sive nullam. Sciat tua maxima Fatuitas, in temporalibus nos alicui non subesse ; aliquarum Ecclesiarum & Præbendarum vacantem Collationem ad nos Jure Regio pertinere, & percipere fructus earum contra omnes possessores utiliter nos tueri. Secus autem crédentes fatuos reputamus atque dementes. Datum, &c.

Dd 4

A coup sûr, un Prince qui écrivoit de cette maniere, ne craignoit nulle-ment le fort de l'Empereur Henri IV.

Porte-toi bien, mon cher Monceca; & vis content & heureux.

Du Caire, ce . . . . .

LETTRE CLXXX.

Aaron Monceca, à Isaac Onis, Caraïte, autrefois Rabbin de Constantinople.

JE ne t'ai point encore parlé, mon cher Isaac, du Parlement d'Angleterre. C'est à cette auguste Assemblée que la Nation est redevable de son bonheur & de sa liberté. Sans elle, depuis long-tems le pouvoir despotique se fût introduit dans ce Royaume ; & les Souverains ne trouvant rien qui s'opposât à leurs volontés, auroient sans doute usurpé une autorité absolue. Lorsque je considere les différens gouvernemens qui sont établis en Europe, je n'en trouve aucun qui me paroisse aussi parfait que celui d'Angleterre. En effet, il réunit toutes les qualités qu'il faut pour rendre le Peuple heureux, & le Souverain puissant tandis qu'il est juste.

Tous les Législateurs qui ont voulu fonder une République bien ordonnée, & lui donner des loix qui assurassent

la liberté, ont fenti qu'il étoit néceffaire que l'autorité du Prince fût tem-
perée & arrêtée par les remontrances,
& même par le crédit des principaux de
la Nation, qui fervoient de médiateur
entre le Prince & le Peuple, & qui
confervoient les droits de l'un & pro-
tégeoient la liberté de l'autre. C'eft-là,
mon cher Ifaac, le principal devoir du
Parlement d'Angleterre. Tandis que le
Roi n'empiete point fur les priviléges
de la Nation, il eft le maitre abfolu :
mais dès qu'il veut les détruire, il
trouve ce même Parlement toujours
oppofé à fes volontés.

Il paroit d'abord qu'un Roi n'eft point
auffi abfolu à Londres qu'à Paris ou
à Madrid. Mais l'on apperçoit quand
on examine les chofes plus attentivement, que dès qu'il eft équitable, il
eft auffi abfolu qu'un Sultan. Quel eft
l'emploi des Rois ? C'eft celui de faire
obferver les loix, de récompenfer les
gens vertueux, de punir les méchans,
& de travailler à la gloire de fon Peuple auffi bien qu'à fienne. Il n'eft point
de Monarque dans le monde, qui pour
exécuter toutes ces chofes, ait plus de
pouvoir qu'un Roi d'Angleterre.

Les Princes n'étant abfolus ici qu'autant qu'ils font juftes & vertueux, leur

autorité dépend des biens qu'ils répan-
dent fur leurs Sujets. Peut on rien voir
de plus fage & de plus fenfé qu'un pareil ufage ? Les Souverains Anglois ont
le même pouvoir que la Divinité. Puifque les Rois la repréfentent fur la terre , on a crû qu'ils devoient ainfi qu'elle n'être jamais des auteurs du mal.
Pour leur donner des fecours efficaces
contre la foibleffe humaine , on a inf-
titué un Parlement , qui leur repré-
fente avec force , mais toujours avec
un profond refpect , les erreurs dans
lefquelles ils peuvent tomber.

Les plus fages Légiflateurs ont connu
la néceffité de ne point déïfier les caprices des Souverains. Ils favoient qu'il
étoit injufte de faire dépendre de la
fantaifie d'un feul homme le bonheur de
plufieurs milliers d'autres. » De tous
» les nouveaux établiffemens de Ly-
» curgue, qui étoient en fort grand
» nombre , *dit Plutarque* , le plus
» grand & le plus confidérable fut ce-
» lui du Sénat , lequel , comme dit
» Platon , étant mêlé avec la puiffance
» trop abfolue des Rois , & ayant une
» égale autorité , fut la principale cau-
» fe de la modération & du falut de
» cet état, qui étoit toujours chan-
» cellant , & qui penchoit tantôt du

» côté des Rois vers la tyrannie, &
» tantôt vers la démocratie du côté
» des Sujets. Car ce Sénat fut au mi-
» lieu, comme une forte de left, &
» comme un contrepoids qui le main-
» tint dans l'équilibre, & qui lui don-
» na une afficette ferme & afforée ; les
» vingt-huit Sénateurs qui le compo-
» foient, se rangeant du côté des Rois
» quand le Peuple vouloit se rendre
» trop puiflant ; & fortifiant au con-
» traire le parti du Peuple quand les
» Rois tendoient à la tyrannie (1).

Lycurgue n'a pas été le seul sage qui
ait fentit la néceffité de cet équilibre.
Solon croyoit, *qu'un Etat ne pouvoit
être heureux qu'autant que les Magiftrats étoient auffi foumis aux loix que
les simples Particuliers aux Magiftrats* (2). Selon lui, les ufages établis
devoient tenir l'équilibre entre le Peuple & le Prince. Ce fage ne voyoit pas
que les hommes font souvent le con-

(1) Plutarque, Vies des Hommes illuftres de
la Traduction de Dacier, *Tome I. pag.* 224.

(2) Interrogatus quam demum Rempublicam
optime inftituram cenferet? *Eam* inquit, *in qua
cives Magiftratui, Magiftratus autem legibus ob-
temperant.* Solon, *inter Septem Sapientum* & eorum qui iis connumerántur, Apophtegmata. Con-
filia & Præcepta, &c. *pag.* 13.

traire de ce qu'ils doivent faire , &
qu'il est absolument nécessaire qu'il y
ait une force supérieure qui les contrai-
gne à ne point s'éloigner de ces loix
qui forment la liaison qui doit être entre le Souverain & le Sujet. On assûre
ainsi leur commun bonheur. Si le Peuple est sûr de ne perdre jamais sa liberté ,
le Roi est assûré d'une parfaite tranquillité , à moins qu'il n'oublie les devoirs
auxquels il s'est engagé. Alors il ne doit
se plaindre que de lui-même dans toutes les infortunes qui peuvent lui arriver , puisqu'il les a occasionnées par son
esprit inquiet & remuant.

Un sage Monarque , quand bien même rien ne s'opposeroit à ses volontés ,
doit toujours éviter de vouloir augmenter ses droits par la force , par la
violence & par l'injustice. Quiconque
veut jouir d'un regne heureux , doit
soumettre les cœurs beaucoup plutôt
par ses vertus que par ses armes. *Il n'est
rien de si rare*, disoit un sage de la Grece,
*que de voir un Tyran vieillir sur le Trô-
ne* (1). En effet , mon cher Isaac , si
nous parcourons les histoires anciennes
& modernes , nous trouverons très-

(1) Interrogatus quid visum esset rarissimum?
Senex , inquit , *tyrannus*. Thales *ibidem* pag. 23.

peu de mauvais Princes à qui il ne foit arrivé quelques infortunes marquées. Sans nous arrêter aux Nérons, aux Caligulas & aux Domitiens, en examinant ces derniers tems, quel fort n'ont pas eu Henri III. Roi de France, & Philippe II. Roi d'Espagne ? Le premier, avant d'être aſſaſſiné par un Moine, vit la moitié de ſon Royaume révoltée contre lui : & le ſecond perdit par ſes cruautés toutes les Provinces qui forment aujourd'hui la République d'Hollande.

Les loix qui donnent des bornes au pouvoir des Souverains, aſſûrent ſa puiſſance. Rarement voit-on qu'il ſe paſſe un ſiécle, ſans qu'il arrive quelque révolution étonnante dans les Pays où regne le Deſpotiſme. Lorſqu'on croit que l'autorité arbitraire eſt aſſurée par les précautions, par la Politique & par un eſclavage auquel les Peuples ſemblent être accoûtumés, on eſt ſurpris tout-à-coup des troubles ſoudains qui s'élevent. Le pouvoir abſolu eſt comme une mer vaſte & tranquille, qui n'a pas été agitée depuis long-tems : le calme ſemble y annoncer un violent orage ; & plus les vents ont retenu leur haleine, plus on doit craindre le retour de leur ſoufle impétueux. Les ſédi-

tions, les troubles & les révoltes, naif-
fent du centre de la paix, & s'élevent
avec la même force & la même impé-
tuofité que les Aquilons fortent de la
caverne d'Eole (1). Lorfque Henri II.
fit la paix, & maria fa fille avec Philippe II. quel eft le mortel qui eût pû fe
figurer les malheurs dont la France fut
comme accablée tout auffi-tôt, & pendant plus de trente ans de fuite? Si les loix
euffent empêché les violences de François II. de Charles IX. & de Henri III.
qu'une affemblée de gens fages & zélés
pour le bien public eut également répri-
mé les Royaliftes outrés, les Proteftans & les Ligueurs; & que ces trois
partis oppofés euffent été abbaiffés par
une autotité forte & décifive, qui eut
protégé le plus raifonnable : ces Princes n'euffent point injuftement traité les
Bourbons, les Colignis, ni leurs Partifans; & ceux-ci de leur côté, n'euffent jamais ofé manquer à leurs Souverains. Les uns & les autres auroient

(1) - - - - *Ac venti agmine facto,*
Quâ data Portâ, ruunt, & terras turbine perflant.
Incubuere mari, totumque à fedibus imis.
Una Eu s'que Notufque ruunt, creberque procellis
Africus, & vaftos volvunt ad littora fluctus.

Virgil. Æneid. *Lib. I.*

également été forcés de fuivre les loix :
& celui d'entr'eux qui n'eût pas voulu
s'y foumettre , eut été légitimement
puni par le pouvoir des Protecteurs de
la Nation , qui euffent embraffé la que-
relle la plus jufte & la plus raifonnable.
Mais tout au contraire , rien n'étoit
capable d'arrêter la fougue des différens
partis. Les Etats-Généraux s'étoient
vendus au Duc de Guife : & Henri III.
abandonné de ceux qui devoient le
foutenir , ne trouva de reffource que
dans l'affaffinat de fes ennemis. S'il y eut
eu une puiffance médiatrice entre lui &
fes Sujets , il n'eut jamais été obligé
d'en venir à une pareille extrémité.

On pourroit objecter que les Etats
de Blois, repréfentant le Parlement d'Angleterre , auroient dû produire le même effet. Auffi cela fut-il arrivé , fi ceux
qui compofoient ces Etats , n'euffent
point oublié non-feulement leur devoir , mais même leurs propres intérêts ; & s'ils euffent fongé à profiter
de leur autorité pour pacifier les troubles au lieu de les augmenter.

Il femble que le Ciel , pour punir les
François du mauvais ufage qu'ils faifoient de leurs Etats-Généraux , ait permis qu'ils ayent été entierement fuppri-
més. De la maniere dont on les avoit

corrompus

corrompus, loin qu'ils continuaſſent à être de quelque utilité pour le bien de la Patrie, ils ne produiſoient plus que des diviſions & des troubles. Au lieu d'y travailler ſincerement à la gloire du Souverain, & au bonheur des Peuples, on n'y penſoit qu'à caballer pour obtenir des charges & des emplois au préjudice de ſes abverſaires, ou bien à faire établir quelque reglement qui leur fût très-préjudiciable. Tout au contraire, le Parlement de la Grande-Bretagne s'attache à ſuivre exactement les loix de ſon inſtitution ; agiſſant attentivement pour le bien général de la Nation, il n'a que très-peu d'égard aux vûes intéreſſées des particuliers. Il eſt animé de cet eſprit que Lycurgue vouloit donner au Sénat de Sparte. Par-là, il n'a rien à redouter, ni de la politique des Monarques, ni de la legereté des Peuples : & il n'eſt ainſi, ni la dupe des premiers, ni le jouet des derniers.

Il eſt vrai néanmoins, qu'ils ſe forme aſſez ſouvent differens partis dans le Parlement d'Angleterre. Mais quoique ſes Membres ayent des ſentimens très-oppoſés ſur bien des ſujets, ils ſe réuniſſent preſque toujours en ce qui regarde l'avantage & la gloire de la Na-

plus par grandeur d'ame que par force.
Quant aux Génois, de quelque façon
qu'ils viennent à bout de leur deſſein,
tout leur eſt égal (1) : & même les
moyens dont ſe ſervoit autrefois le vieil
de la Montagne, ne leur paroiſſoient
point odieux.

Je t'avouerai, mon cher Iſaac, que
je trouve affreuſe la coutume de mettre
à prix ainſi la tête d'un homme qu'on
peut attaquer les armes à la main. Si
cet abus doit être toleré dans quelques
occaſions, c'eſt lorſqu'un ſujet rebelle
ſouleve tout un Peuple contre ſon Prince, & le réduit à la triſte néceſſité d'en
venir-là. Henri III. par exemple, fut
abſolument forcé de traiter ainſi les Gui-
ſes tout prêts à lui ravir ſon Sceptre &
à s'emparer de ſa Couronne. Mais quand
on en uſe de même envers un homme
qui n'eſt lié par aucun ſerment ni par
aucune obligation, c'eſt une imfâmie
que toutes les ſubtilités de la politique
ne ſauroient jamais excuſer. Je demande par quel droit il n'eſt pas permis au
Baron de Newhoff de ſe déclarer l'ennemi des Génois ? A-t'il avec eux quelqu'engagement qui le force à ſubir leurs

_____

(1) *Dolus, an virtus, quis in hoſte requirat.*
                     Virgil. Æneid. Lib. III.

volontés ? Eſt-il attaché par quelque
pacte, par quelque convention ? Point
du tout : c'eſt un étranger qui leur déclare la guerre. Qu'ils le faſſent repen-
tir de ſa témerité, qu'ils le pourſuivent
le fer & la flamme à la main : la choſe
eſt dans l'ordre. Mais qu'ils veulent le
faire aſſaſſiner, qu'ils ayent recours à
un moyen auſſi honteux : un pareil procédé ne peut trouver des approbateurs
que parmi ceux qui penſent que le crime
n'eſt plus crime dès qu'il eſt fait par des
raiſons de politique. Soutenir un pareil
ſentiment, c'eſt dégrader les Souverains:
c'eſt en faire des gens chez qui les forfaits ou les actions louables ſont également les ſuites de leur intérêt : c'eſt bannir & annéantir totalement le courage,
la grandeur d'ame & la véritable vertu.
Ta morale eſt trop pure, mon cher
Iſaac, pour ne pas condamner une opinion ſi pernicieuſe & ſi déteſtable ; &
tu penſes ſans doute, que quiconque
commet un crime, dans quelqu'état qu'il
puiſſe être, manque toujours au Ciel,
aux hommes & à ſoi-même.

Porte-toi bien, mon cher Iſaac : & vis
content & heureux.

De Londres, ce . . . .

Fin du ſixieme Volume.